# Escrevendo o para Sempre

Autoras Bestsellers do N...

## VI KEELA
## PENELOPE WARD

Copyright © 2020. HAPPILY LETTER AFTER by Vi Keeland and Penelope Ward
Direitos autorais de tradução© 2022 Editora Charme.

Todos os direitos reservados.
Nenhuma parte desta publicação pode ser reproduzida, distribuída ou transmitida sob qualquer forma ou por qualquer meio, incluindo fotocópias, gravação ou outros métodos mecânicos ou eletrônicos, sem a permissão prévia por escrito da editora, exceto no caso de breves citações consubstanciadas em resenhas críticas e outros usos não comerciais permitido pela lei de direitos autorais.

Este livro é um trabalho de ficção.
Todos os nomes, personagens, locais e incidentes são produtos da imaginação da autora.
Qualquer semelhança com pessoas reais, coisas, vivas ou mortas, locais ou eventos é mera coincidência.

1ª Impressão 2022

Design da capa: Carolyn Teagle Johnson
Adaptação da capa e Produção Gráfica - Verônica Góes
Tradução - Laís Medeiros
Revisão - Equipe Charme

Esta obra foi negociada por Brower Literary & Management.

FICHA CATALOGRÁFICA ELABORADA POR
Bibliotecária: Priscila Gomes Cruz CRB-8/8207

K26e    Keeland, Vi

Escrevendo o para sempre / Vi Keeland, Penelope Ward;
Tradução: Laís Medeiros; Revisão: Equipe Charme
Adaptação da capa e produção gráfica: Verônica Góes.
– Campinas, SP: Editora Charme, 2023.
376 p. il.

Título original: Happily letter after.

ISBN: 978-65-5933-107-9

1. Ficção norte-americana | 2. Romance Estrangeiro -
I. Keeland, Vi. II. Ward, Penelope. III. Medeiros, Laís. IV. Equipe Charme. V. Góes, Verônica. VI. Título.

CDD - 813

www.editoracharme.com.br

Editora Charme

# Escrevendo o para Sempre

Tradução: Laís Medeiros

Autoras Bestsellers do *New York Times*
## VI KEELAND
## PENELOPE WARD

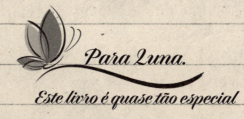

Para Luna.
Este livro é quase tão especial para nós quanto você.

# Capítulo 1
## Sadie

Sim: Diga à pessoa com quem você está em um encontro o quanto ela está bonita.

Não: Diga à pessoa com quem você está em um encontro o quanto ela lembra a sua ex-noiva... mas com um pouco mais de carne nos ossos.

O artigo dessa semana era fácil. Tudo que eu tinha que fazer era falar de forma resumida sobre o tempo que passei com Austin Cobbledick na noite anterior. Não, não estou brincando. Esse era mesmo seu nome, com referência a pênis e tudo — e ele foi esperto ao colocar somente Austin Cobb no *Match.com*. De qualquer forma, o nome não foi a pior parte. O cara era simplesmente péssimo. Eu poderia escrever a coluna *O Que Fazer e O Que Não Fazer em Encontros* dessa semana usando pelo menos meia dúzia de coisas que ele fez de errado. Vejamos...

Encarei a tela do computador da minha mesa e toquei meu lábio inferior com o dedo, ponderando as outras opções.

Sim: Feche a boca quando espirrar.

Não: Jogue partículas da comida que você acabou de mastigar de boca aberta no casaco Burberry da pessoa com quem você está em um encontro. (Que, a propósito, deixei na lavanderia pela manhã. Eu deveria mandar a maldita conta para o Cobbledick. Não me admira ter um "ex" na frente da palavra "noiva" quando ele a diz.)

No entanto, um artigo sobre ser espirrada provavelmente não teria um bom desempenho. O público de 21 a 28 anos que lia a revista *Modern Miss* tendia a ser um pouco melindroso. Talvez se interessassem mais por outro artigo sobre o Cobbledick:

Sim: Peça uma cerveja, água, um refrigerante ou uma taça de vinho durante o encontro.

Não: Peça um Shirley Temple e o use como um adereço para exibir a sua habilidade de fazer um nó no cabo da cereja com a língua com uma mulher que acabou de conhecer.

Totalmente nojento.

Minhas ruminações foram interrompidas pela minha colega de trabalho, Devin, que entrou para me entregar correspondências. Ela colocou uma pilha de envelopes na caixa que fica no canto da minha mesa e disse:

— Quer algo da Starbucks? Estou indo lá.

É importante ressaltar que ela estava com um copo de café na mão, que ainda nem havia terminado de beber.

Devin era uma das editoras de moda da revista. No entanto, às vezes, olhar para ela me fazia ficar pensativa. Hoje, ela estava usando um vestido branco com babados, uma jaqueta de lantejoulas prateadas brilhantes, botas amarelas de borracha e uma echarpe colorida em volta do pescoço que quase chegava ao chão... e nem estava chovendo. Mordi a língua. Afinal, ela havia trazido as minhas correspondências e estava oferecendo-se para me trazer um café. Eu não ia morder a mão que me alimentava. Além disso, Devin era uma das minhas melhores amigas.

Abri a gaveta, desenterrei minha carteira de dentro da bolsa bagunçada e retirei de lá uma nota de dez dólares.

— Vou querer um latte gelado de baunilha grande, sem açúcar e com leite de soja. E o seu é por minha conta.

Ela torceu seu narizinho petulante.

— Ao menos tem café nesse seu pedido?

— Espresso.

— Oh. Ok. Volto em alguns minutos. — Ela se virou e começou a sair, mas então parou na porta do meu escritório. — A propósito, como foi o seu encontro ontem à noite?

— Ele se transformou em um artigo após os primeiros cinco minutos.

Ela riu.

— Talvez você devesse voltar para o *eHarmony*.

No decorrer dos últimos dois anos, experimentei o *Match*, *Plenty of Fish*, *eHarmony*, *Zoosk* e *Bumble*. Tentei até mesmo o *Jdate*, o site onde pessoas judias procuravam por outras pessoas da mesma religião, embora eu não fosse judia. Minha má sorte com encontros românticos era uma droga, mas me dava assunto para as colunas semanais que eu tinha que escrever como redatora da revista.

— Estou pensando em tentar o *Grindr*, na verdade.

— Esse aplicativo não é para gays, bissexuais e transgêneros?

— Talvez eu reconsidere as minhas opções depois do encontro de ontem à noite.

Devin riu, achando que eu estava brincando. Mas, se eu tivesse mais encontros como os últimos, talvez tivesse seriamente que reconsiderar o quanto gostava de pênis.

Decidi esperá-la retornar com meu café para voltar a trabalhar no artigo que eu precisava terminar. Para passar o tempo, peguei a pilha de correspondências e comecei a separá-las.

Propaganda.

Propaganda.

Currículo de uma pessoa querendo fazer estágio na revista.

Provas de layouts do departamento de edição.

Propaganda.

Carta de uma mulher que não gostou do meu uso da palavra "calcinha" no artigo da semana passada. Era digitada e preenchia a frente e o verso da folha. Ela obviamente tinha muito tempo de sobra.

Parei no penúltimo envelope. Esse não estava endereçado a Sadie Bisset ou ao editor. Estava endereçada ao Papai Noel. Como estávamos em junho, chequei o carimbo postal, pensando que talvez a carta tivesse se perdido em meio a outras. Mas... não. O carimbo postal era de três dias atrás. Cada um dos redatores da *Modern Miss* tinha suas colunas semanais para escrever, mas também tínhamos que fazer uma matéria sazonal ou relacionada às festas de fim de ano. Eu era encarregada do artigo *Desejos de Natal*, que era publicado durante novembro e dezembro. Então, não era muito incomum eu receber uma carta endereçada ao Papai Noel. Contudo, o momento era obviamente estranho. Não colocávamos o endereço na revista desde dezembro do ano passado. Mesmo assim, abri o envelope e me recostei na cadeira, curiosa sobre essa pessoa que estava impaciente demais para esperar mais alguns meses.

*Querido Papai Noel,*

*Meu nome é Birdie Maxwell e eu tenho dez anos e meio.*

A primeira linha me fez sorrir. Com que idade eu parei de dizer "e meio"? Tecnicamente, eu tinha vinte e nove anos e meio. Mas certamente não queria indicar que estava tão perto dos trinta. Hoje em dia, eu preferia dizer *vinte e poucos anos* do que a minha idade real. Birdie, por outro lado, provavelmente queria soar mais madura. Naquela idade, eu também queria a mesma coisa. Voltei a ler, curiosa com o pedido da garotinha.

> Mesmo que eu esteja escrevendo esta carta, não sei se acredito mais em você. Sei que isso parece idiota, já que estou aqui escrevendo e tal. Mas tenho meus motivos. Você me decepcionou. Talvez esta carta nunca seja aberta, porque você não existe. Sei lá.
>
> Então, quatro anos atrás, eu escrevi uma carta pra você e pedi pra você fazer a minha mãe melhorar. Ela estava doente, com câncer. Mas ela morreu no dia 23 de dezembro. Quando chorei e disse que você não existia, o papai me disse que o Papai Noel era só para crianças, e que não funcionava pedir coisas para os adultos. Então, no ano seguinte, pedi uma bicicleta Schwinn azul com uma cestinha branca com flores cor-de-rosa, uma buzina com som de pato e uma plaquinha com o meu nome. As coisas nunca vêm com o nome Birdie. Nem ímãs, nem canecas, e definitivamente não placas de bicicletas. Mas você me atendeu. Minha bicicleta é super incrível, mesmo que o papai diga que os meus pés estão começando a arrastar no chão quando eu ando.
>
> Então, no ano passado, pedi um cachorrinho.

Eu queria muito, muito um dogue alemão chamado Marmaduke, que tivesse um olho azul e um castanho. Mas você não me trouxe um cachorrinho. O papai tentou me dizer que o Papai Noel não trazia presentes vivos. Ele não sabia que a Suzie Redmond, a garota mais irritante da minha turma, pediu um porquinho-da-índia e ganhou um do tal do Papai Noel. Bom, como eu disse, não sei se você é de verdade. Ou se as regras que o papai me contou que o Papai Noel precisa cumprir são verdade. Mas pensei que esse podia ser um bom jeito de mandar a minha lista desse ano. Bom, não é bem uma lista, mas uma coisa bem importante que eu quero...

Se você é mesmo o Papai Noel, pode, por favor, trazer uma amiga especial pra mim e pro meu pai? Tipo uma mãe, mas não uma mãe, porque eu só tenho uma mãe, e ela morreu. Mas talvez alguém que faça o papai rir mais. E se ela souber fazer tranças, seria o máximo. O papai é muito, muito ruim em fazer tranças.

Obrigada!
Birdie Maxwell

*P.S.: Eu sei que estamos no verão. Mas achei que poderia demorar um pouco pra você encontrar a amiga especial certa.*

*P.P.S.: Se você for de verdade, o papai está precisando de meias pretas. As que ele usou hoje estavam furadas no dedão.*

*P.P.P.S.: E se você for mesmo de verdade, pode me mandar azeitonas? Daquelas pretas e grandes que vêm na lata. Acabou a daqui de casa e o papai finalmente me deixa usar o abridor de latas. Eu gosto de colocar uma azeitona em cada dedo e comer na frente da TV.*

Pisquei algumas vezes, assimilando tudo. Era a carta mais doce, mais altruísta que já chegara à minha mesa. O fato de que a garotinha perdera a mãe aos sete anos me deu uma dor no coração. Eu tinha seis anos e meio quando a minha mãe morreu de câncer. E, *ah, meu Deus*... eu tinha acabado de pensar na última vez em que vira minha mãe e me dei conta de como lembrei da minha idade: seis anos... *e meio*.

*Oh, Birdie, eu te entendo perfeitamente.* Nos anos após a morte da minha mãe, o meu pai raramente sorria também. Meus pais começaram a namorar no ensino médio. No Dia dos Namorados do primeiro ano, ele deu a ela um anel de pirulito em frente a uma pizzaria que ficava descendo a rua da escola deles. Cinco anos depois, ele a levou para o mesmo local e a pediu em casamento com um anel de verdade. O amor deles era digno dos sonhos de qualquer garota. Embora inspiradora, sua história de romance tinha uma desvantagem. Meus pais fizeram meu padrão de relacionamento ser tão alto que eu me recusava a me conformar com menos.

Suspirando, reli a carta. Na segunda vez, estava com lágrimas nos olhos quando terminei. Eu não sabia o que podia fazer por Birdie, mas senti uma vontade repentina de ligar para o meu pai. Então, foi o que fiz.

Como uma típica novaiorquina, minhas compras de comida se resumiam a visitas diárias ao pequeno mercado que ficava na esquina da minha casa, após o trabalho. Cairo, o homem que trabalhava no caixa, se mudara para cá do Barein com o sonho de ser um comediante de stand-up. Ele tratava os fregueses como se fossem sua plateia-teste.

Comecei a colocar os itens da minha cesta no balcão do caixa.

— Ontem à noite, eu disse à minha esposa que ela estava desenhando as sobrancelhas altas demais. Ela pareceu surpresa.

Dei risada e balancei a cabeça.

— Legal, Cairo. Mas você me conhece, eu gosto das piadas sujas.

Cairo olhou em volta e então gesticulou para que eu me aproximasse um pouco.

— Uma garota notou que havia começado a crescer pelos entre as pernas. Sem saber o que era, ela ficou nervosa e perguntou à mãe se isso era normal. A mãe respondeu: "É normal, querida. É a sua macaquinha. Significa que você está se tornando mulher". A garota ficou animada. Naquela noite, durante o jantar, ela ficou se gabando para irmã. "A minha macaquinha agora tem pelos!" A irmã dela sorriu. "Grande coisa. A minha já comeu uma dúzia de bananas."

Dei risada.

— Deixe essa na apresentação.

Cairo apontou para o corredor atrás de mim.

— Você viu? Recebi mais daqueles biscoitos wafer de chocolate que você gosta tanto.

Grunhi. Biscoitos wafer *Pirouline* com recheio de avelã eram a minha fraqueza. Eu tinha sorte, já que todo o meu peso extra ia para a minha bunda, e ter bunda grande estava na moda.

— Eu disse para você parar de pedi-los.

Ele sorriu e fez um gesto vago com a mão.

— Pegue. Por minha conta.

Suspirei. Mas, ainda assim, voltei para o corredor. Porque... bem... biscoitos. O pequeno mercado de Cairo não tinha um padrão para localização dos produtos. Esponjas ficavam bem ao lado do macarrão, e do outro lado estavam os biscoitos. Peguei a lata da frente e, ao me virar, notei uma pilha de latas ao lado do local de onde tinha acabado de pegar os biscoitos. *Azeitonas pretas.* Sorri, pensando em Birdie, e comecei a caminhar de volta para o caixa. Dei apenas três passos antes de virar novamente e pegar duas latas de azeitonas da prateleira.

Cairo me contou três piadas terríveis sobre azeitonas enquanto eu terminava de pagar pelas minhas compras. Saí de lá com duas sacolas, e não fazia ideia do que ia fazer com as azeitonas, mas, por alguma razão, cantarolei *Jingle Bells* durante todo o caminho para casa.

# Capítulo 2
## Sadie

— Mas o que você está fazendo?

Na tarde seguinte, Devin entrou no meu escritório e me encontrou com um rolo de papel de presente natalino espalhado sobre a mesa e uma lata no meio. Dei de ombros e comecei a cortar o papel.

— Embrulhando azeitonas.

— Hã... por quê?

Enfiei a mão dentro da sacola plástica que estava na minha cadeira e ergui o item que comprara durante o horário de almoço.

— Como você acha que devo embrulhar isto? Não tenho uma caixa.

As sobrancelhas cheias de Devin se juntaram.

— Você quer embrulhar meias pretas masculinas?

Pousei a tesoura sobre a mesa e dobrei o papel listrado vermelho e branco em volta da lata.

— Bem, eu não posso enviar as azeitonas em um embrulho festivo e as meias não.

Ela pegou as meias da minha mão e as enrolou em uma bola.

— Eu tenho dois irmãos. Meu pai costumava me dar vinte pratas para comprar um presente para cada um deles durante as festas de fim de ano. Todo ano, eles ganhavam meias de um dólar da prateleira de promoções e eu usava o resto do dinheiro para comprar maquiagem. Esse é o melhor jeito de embrulhá-las, fazendo uma bola.

— Oh. Esperta.

Devin encostou-se em minha mesa e empurrou o dispensador de fita para perto de mim.

— Então, para quem são as azeitonas e as meias? Um cara novo sobre o qual não estou sabendo?

Neguei com a cabeça.

— Não, são para Birdie.

— *Uhhh*. Birdie. — Ela balançou a cabeça para frente e para trás, como se tudo fizesse sentido. — Quem raios é Birdie?

— É uma garotinha que escreveu para a coluna *Desejos de Natal*. Quero realizar alguns dos desejos dela.

— E os desejos dela foram meias pretas masculinas e azeitonas?

— Aham. E uma amiga especial para seu pai. A mãe morreu de câncer há alguns anos. Ela é tão fofa.

Devin franziu a testa.

— Que droga. Mas como é o pai dela?

— Como é que vou saber?

Ela deu de ombros.

— Ele é viúvo. E está prestes a ter meias limpinhas. Isso é melhor do que metade dos homens com quem você tem saído ultimamente.

Dei risada.

— Verdade. Mas acho que não.

— Como quiser. A filha dele parece ser esquisita, de qualquer jeito.

Quem pede azeitonas ao Papai Noel?

Parei de embrulhar e olhei para ela.

— Quando eu tinha sete anos, pedi um galo, porque queria ovos caipira fresquinhos.

— Mas... galos não põem ovos.

— Eu não disse que era uma criança de sete anos muito inteligente.

Devin riu ao sair do meu escritório.

— Acho que você acabou de provar por que *deveria* pesquisar o pai da Birdie no Google. Parece que vocês são uma combinação perfeita.

Acabei não fazendo pesquisa alguma no Google. Na verdade, depois que enviei as azeitonas e as meias para Birdie, desejei-lhe tudo de bom mentalmente e não pensei mais nisso. Até que outro envelope chegou à revista cerca de uma semana depois. Quando percebi que era seu nome no remetente, deixei as outras correspondências de lado imediatamente e abri o envelope.

Uma foto, que estava junto com a carta, caiu no chão. Quando a recolhi, deparei-me com a imagem de uma linda garotinha com cabelos dourados e um sorriso radiante que derreteu meu coração. Era uma foto de escola do tamanho ideal para se guardar em carteiras. Uau. *É ela.* Parecia surreal estar realmente olhando para Birdie. Ela era tão linda, com olhos bondosos e, diante de tudo que eu sabia, uma alma tão linda quanto. Coloquei a foto de lado e li a carta.

Querido Papai Noel,

Ai, meu Deus. Ai, meu Deus. Ai, meu Deus! Você é de verdade. Você é mesmo de verdade. Eu recebi as azeitonas e as meias hoje. Os buracos serviram direitinho nos meus dedos! Não os buracos das meias. Os buracos das azeitonas. As meias não tinham buracos. As meias do meu pai não têm mais buracos. Elas são ótimas e macias. Você deveria ter visto a cara dele quando encontrou as meias na gaveta! Ele ainda não sabe como elas foram parar lá. Ele disse que hoje devia ser o dia de sorte dele por ter encontrado. E eu ri. Foi muito engraçado! E depois, ele me levou à sorveteria que fica ao lado do restaurante dele pra comemorar o nosso dia de sorte. Não tive coragem de dizer que eu estava muito cheia porque tinha acabado de comer uma lata de azeitonas.

Eu te contei que o meu pai é dono de um restaurante chique? As pessoas usam salto alto quando comem lá. Eu prefiro comer usando meu pijama comprido. Mas o papai me faz usar um vestido quando saímos pra jantar. Fazemos isso toda primeira terça-feira do mês. Antes a mamãe ia com ele. Mas agora sou eu que vou. É o meu dia favorito do mês. Não porque eu gosto de me vestir toda chique e comer no restaurante do papai, mas porque, depois do jantar, o papai volta pra casa comigo. Ele geralmente trabalha até bem tarde.

Ah! E eu também não contei pra ele que escrevi pra você. Ele teria me dito que estava cedo demais para escrever pro Papai Noel e que eu devia ter paciência.

Ontem à noite, eu disse ao papai que quero muito outra pessoa pra fazer tranças no meu cabelo. Ele não sabe fazer direito. Mas aí, eu o vi assistindo a um vídeo no YouTube que ensinava a fazer tranças. Eu disse que quero aquela trança que passa em cima da cabeça. Aquela mais elegante. Ele estava vendo alguém fazendo a trança desse tipo. Se ele tentar fazer uma dessas no meu cabelo, eu vou ficar com pena e deixar. E vou ficar parecendo uma boba.

Bom, eu só queria te agradecer por me mostrar que é real.

Birdie Maxwell

P.S.: Estou te enviando uma das minhas fotos da escola. Eles me deram um monte, e eu não tenho mais ninguém pra dar as fotos, só o meu pai e as minhas avós.

*P.P.S.:* Eu coloquei mais uma coisa na minha lista de Natal. Você já ouviu falar em 23andMe? Na escola, nós fizemos umas árvores enormes que mostravam os nossos pais e avós em galhos diferentes. A srta. Parker nos contou sobre como a gente pode cuspir em um tubinho e encontrar pessoas da nossa família de até centenas de anos atrás. Eu quero acrescentar galhos à minha árvore, até cobrir uma parede inteira do meu quarto! A minha árvore era uma das mais vazias da escola, porque eu não tenho irmãos.

*P.P.P.S.:* Só falei, mas não estava pedindo nada. Não quero que você mande um teste desses pra mim. A minha tia sempre me dá vestidos que eu não gosto, então vou pedir pra ela esse ano!

Soltei um longo suspiro e fiquei encarando a foto. Birdie realmente poderia ser eu na sua idade. Tínhamos tanto em comum, desde nossos cabelos loiros até... bem, nossas mães falecidas.

E seu comentário sobre as tranças me trouxe de volta minhas próprias lembranças sobre o meu pai tentando, em vão, fazer tranças nos meus cabelos quando eu era pequena. Ele ficava muito frustrado e desistia. E então, eu acabava indo para a escola parecendo a Pippi Meialonga.

Aham. O pai dela me lembrava o meu. Nós duas éramos sortudas por termos homens assim em nossas vidas. Eu sentia muito pelo sr. Maxwell, quem quer que ele fosse — alguém fazendo o melhor que podia para que a vida de sua filha fosse o mais normal possível.

Quando voltei para minha mesa com as correspondências, tentei trabalhar no artigo por um tempinho, mas logo minha mente começou a divagar. Comecei a pensar em Birdie novamente e, de repente, abri o Google e digitei: Birdie Maxwell.

Não.

Deletar.

Alguns segundos depois, a tentação me venceu novamente. Digitei: Birdie Maxwell Nova York, Nova York.

Deletei novamente.

*O que estou fazendo?*

*Só deixe isso para lá.*

*Por que você precisa saber mais sobre essa pobre garotinha e seu pai?*

Meu coração acelerou conforme digitei novamente: Birdie Maxwell Nova York, Nova York.

Não sei o que estava esperando, mas o primeiro resultado era algo para o qual eu não estava preparada.

Era um obituário. Cliquei no link.

No topo, estava a foto de uma linda mulher de cabelos castanhos, com o braço em volta de uma garotinha loira — uma Birdie mais nova.

> Amanda Maxwell, 32 anos, da cidade de Nova York, faleceu no dia 23 de dezembro.
>
> Amanda foi criada em Guilford, Connecticut, e gostava dos verões durante a infância com seus primos, que cresceram no litoral de Connecticut. Ela gostava de organizar grandes festas em família na casa que compartilhava com seu marido e filha.
>
> Frequentou a Guilford High School antes de se formar na Universidade de Nova York, onde cursou administração. Foi lá que ela conheceu o amor de sua vida, Sebastian Maxwell. Amanda trabalhou como analista de negócios em Manhattan

por vários anos antes de entrar na escola de culinária. Ela e seu marido, Sebastian, acabaram abrindo um restaurante italiano cinco estrelas em Manhattan.

Apesar de seu sucesso, não havia nada que Amanda amasse mais do que ser mãe de sua querida filha, Birdie, que era seu mundo inteiro.

Amanda deixa seu marido, Sebastian, e sua filha pequena, Birdie Maxwell, de Nova York; sua mãe, Susan Mello, de Guilford, Connecticut; irmão Adam Mello, do Brooklyn, Nova York; irmã Macie Mello, de Nova Jersey; e muitas tias, tios e primos amados.

Ela pediu um velório e funeral íntimos em Guilford. A família agradece a todos aqueles que a rodearam de amor durante seus últimos dias. Para aqueles que gostariam de celebrar a vida de Amanda, o velório acontecerá na Funerária Stuart, na Main Street, em Guilford, no dia 2 de janeiro, das 16h às 21h. Em vez de flores, a família pede que você faça uma doação para o Hospital Infantil de Pesquisas St. Jude em nome de Amanda.

A voz de Devin me sobressaltou.

— Você está chorando?

Limpei as lágrimas que caíam dos meus olhos.

— Não.

— O que aconteceu?

Peguei um lencinho e disse:

— É aquela garotinha... Birdie.

— O que tem ela?

— Ela... enviou uma carta de agradecimento com uma foto dela da escola. E eu deveria ter somente lido a carta e parado aí, mas acabei pesquisando seu nome no Google e a primeira coisa que apareceu foi o obituário de sua mãe. Acabei me identificando demais com essa situação.

— Ai. Imagino. Eu sinto muito. — Devin olhou para minha tela, rolando para o topo para ver a foto no obituário, examinando por alguns segundos.

Cliquei no ícone no topo para fechar a página.

— Tudo bem. Enfim, eu preciso parar de pensar nela e trabalhar.

— O que ela disse na carta? Imagino que recebeu as suas azeitonas, não foi?

Peguei o envelope e o estendi para ela.

Após ler a carta de Birdie, Devin disse:

— Ai, meu Deus. Ela parece ser tão doce. E o pai... pesquisando vídeos sobre como fazer tranças? Que amor. Aposto que é um gato. A mãe era tão linda.

Sentindo-me estranhamente na defensiva, eu falei:

— Dá para você parar com isso?

— Por quê?

Minha reação ao jeito como ela falou sobre o pai — como se ele fosse um gostosão — meio que me pegou de surpresa. Acho que eu estava me colocando no lugar de Birdie. Essa situação toda era um assunto muito sensível. Eu estava triste por mim? Por Birdie? Eu nem sabia mais.

Sabe quando, às vezes, você simplesmente pensa em algo e, de repente, começa a ver anúncios por todas as redes sociais sobre isso, como se os anunciantes tivessem visto dentro do seu cérebro, de alguma forma?

Alguns dias depois que a carta de Birdie chegou, comecei a ver anúncios de faixas de cabelo trançadas, feitas com cabelo sintético. Daí, uma vez que você clica no anúncio, já era — eles nunca mais param de aparecer. Essa faixa parecia exatamente uma trança que atravessava o topo da cabeça — o tipo de trança que Birdie disse que queria.

Quando dei por mim, uma semana depois, uma caixa com a faixa trançada chegou ao meu escritório. Eu havia examinado a foto de Birdie para comprar o tom de loiro mais próximo possível de seus cabelos.

Pegando o papel de presente listrado vermelho e branco debaixo da minha mesa, embrulhei a trança antes de endereçar a caixa para a Eighty-Third Street.

# Capítulo 3
## Sadie

Em alguns dias, eu trabalhava no escritório, e em outros, precisava sair para fazer minhas pesquisas. Para o meu próximo artigo sobre namoro on-line, intitulado *Melhor de Dez*, marquei dois encontros por dia por cinco dias consecutivos. Para minimizar as variáveis envolvidas, encontrei todos os dez homens no mesmo restaurante, até mesmo na mesma mesa. A ideia da matéria era determinar se quantidade equivalia a qualidade — se você poderia encontrar pelo menos uma maçã boa entre dez opções que conhecia on-line.

A resposta para mim, infelizmente, foi não. Absolutamente nenhum dos dez caras com quem me encontrei era alguém com quem pude me ver em um segundo encontro. Um deles me deixou pagar a conta inteira depois que me ofereci para pagar a minha parte. Nem ao menos tirou o cartão da carteira. Quando perguntei se ele queria dividir, ele me informou que seus "fundos estavam escassos no momento". Outro cara me perguntou se eu me importava em deixá-lo sentir o cheiro da parte de dentro do meu sapato. Aparentemente, ele tinha um fetiche por pés. Os outros oito não foram melhores, cada um com alguma característica que me desanimava na hora.

Então, no fim dessa semana em particular, eu estava mais exausta do que de costume quando passei no mercado da esquina da minha rua. Em dias como esse, eu queria que Cairo vendesse álcool, porque estava cansada demais para ir a alguma loja de bebidas.

Examinando os corredores, peguei um pacote de salgadinhos de queijo, bolinhos de chocolate com recheio de baunilha, uma garrafa grande de Coca-Cola Zero, alguns pacotes de balinhas azedas e uma pizza de pepperoni congelada. Seria uma noite daquelas.

Quando cheguei ao caixa, Cairo arregalou os olhos ao ver a festa de besteiras em minha cesta.

Ao passar as compras, um sorriso sugestivo começou a surgir em seu rosto, como sempre acontecia enquanto sua mente criava uma nova piada.

— O que você tem para mim esta noite, Cairo?

Ele foi logo perguntando:

— O que a pizza com tesão disse ao pepperoni?

— O quê?

— Eu gosto de você por cima. — Ele deu risada.

— Ah. Legal. — Não sei se a culpa era do meu humor, mas achei aquela mais irritante do que divertida.

— Vai ficar em casa esta noite? — ele perguntou. — Sem encontros românticos hoje?

— Já tive dez encontros essa semana, se dá para acreditar nisso, só que estavam mais para encontros desastrosos. Nunca estive tão feliz por poder passar uma noite de sexta-feira sozinha. — Passei meu cartão de crédito na maquininha dele e sorri. — Tenha um bom fim de semana, Cairo.

Ao sair do mercado com minha sacola de papel, meu celular apitou com uma notificação de mensagem. Enfiei a mão na bolsa e peguei o aparelho enquanto uma brisa soprou minha saia, quase me expondo para as pessoas que passavam.

Devin: Você não voltou para o escritório depois do seu compromisso hoje, então peguei a sua correspondência. Você recebeu mais uma carta daquela garotinha, Birdie. Eu trouxe comigo para casa, se quiser que eu vá deixar na sua.

*Merda.* Eu queria me envolver nisso esta noite? Eu sabia que me deixaria emotiva. Era melhor eu só assistir Netflix para escapar e encerrar a noite. Contudo, mesmo que eu soubesse que isso era o melhor para mim, digitei o oposto.

Sadie: Sim. Isso seria ótimo. Comprei algumas besteiras para comer, se você estiver a fim. Traga uma garrafa de vinho.

Mais tarde, naquela noite, Devin e eu havíamos terminado a pizza, metade dos outros lanches, uma garrafa de vinho e três episódios de *Stranger Things* antes de eu decidir abrir a carta.

*Querido Papai Noel,*

*Obrigada por me mandar a trança. Eu não estava esperando receber mais nada. Não quero que você pense que eu te contei que queria uma trança em cima da minha cabeça só pra você me mandar. Eu nem sabia que existiam faixas de tranças! É muito legal! Nem dá pra ver que é de mentira!*

Na primeira vez que escrevi, eu só queria saber se você era de verdade. E você é. Por isso eu pedi azeitonas. (Mas eu queria mesmo eram as meias pro papai.) A trança me deixou muito feliz. Meu pai me viu usando e me perguntou de onde ela veio. Eu disse que ganhei de uma pessoa que era minha amiga. Não é exatamente uma mentira. Ele pareceu feliz por ver que não precisava mais aprender como fazer trança no meu cabelo.

Outra noite, eu vi o papai falando com uma moça. Foi meio estranho. Eu estava com fome, então saí da cama escondido pra pegar biscoitos, e ele estava no sofá e tinha uma mulher falando com ele pelo computador. Corri de volta pro meu quarto, porque isso me assustou um pouco. Não sei por quê. Ele não me viu. Sei que eu deveria estar na cama, mas queria comer Oreo. Aí eu comi no café da manhã.

Bom, não vou mais pedir nada. Não até o Natal.

Mas quero saber se você pode me falar uma coisa. Já que o Polo Norte é bem aí em cima, você consegue ver o céu? Pode me dizer se a minha mãe está bem? Ela consegue me ver? Eu falo com ela o tempo todo, mas não sei se ela consegue me ouvir ou me ver. Pedi que ela me enviasse um sinal, mas talvez ela não consiga. Tipo, se eu pedir que ela me mande uma borboleta ou um pássaro, eles estão em todos os lugares, então como eu saberia que é ela? Minha mãe andava a cavalo antes de ficar doente. Ela andava em uma égua linda chamada Windy — porque ela corria como o vento. Ela era toda preta e tinha crina loira e comprida na cabeça e na cauda. Talvez eu possa pedir pra minha mãe me mostrar um cavalo preto correndo como o vento? Essa seria uma maneira de saber com certeza que a mamãe está bem. Será que é possível você passar esse recado a ela?

Obrigada mais uma vez, Papai Noel.

Te amo muito!

Birdie

P.S.: Eu não te falei o nome da minha mãe! É Amanda Maxwell, e ela tem cabelos castanhos compridos (ela tinha antes de perdê-los, mas provavelmente já o recuperou), e usa o perfume Angel.

O vinho que consumi não estava fazendo nada para me ajudar a processar isso. Eu não sabia se ria ou chorava dessa vez. Então, eu fiquei apenas... em choque.

Devin notou minha expressão e falou:

— O que ela disse na carta?

Entreguei o papel para ela e deixei-a ler.

— O que diabos você deveria fazer com isso? — ela perguntou ao me devolver.

Suspirei.

— Não sei.

— Sabe, você se enfiou em algo muito louco, Sadie. É fofo e tal, mas talvez você devesse ter parado nas azeitonas, sabe? Talvez deva escrever para ela e encerrar isso de maneira gentil para que ela não fique magoada.

— O negócio é que... eu não *escrevo* para ela. Eu só *enviei* coisas para ela. Não sei se é uma boa ideia começar a responder com cartas a essa altura. Sinceramente, tem sido até divertido iluminar os dias dela. Não acho que eu mudaria nada. E também não me importaria em mandar mais coisas para ela, se isso a fizesse feliz. Mas um cavalo preto com cabelos loiros compridos correndo como o vento? Eu simplesmente não posso fazer isso acontecer.

Por mais que eu achasse que estivesse sendo sincera com as palavras que tinha acabado de dizer, as engrenagens na minha cabeça já estavam girando.

Nunca fui o que eu considerava normal. Eu gostava de cachorro-quente com a salsicha enrolada em pão de forma e com Doritos esmagados por cima, em vez de dentro de um pão normal de cachorro-quente e com ketchup. Quando estou em um encontro e fico entediada, crio rotas de fuga imaginárias — geralmente visualizando-me saltando por cima de uma mesa próxima ou pulando sobre um carro no estacionamento como uma heroína de filme de ação. E nem me faça começar a falar sobre as mentiras insanas que gosto de inventar para estranhos quando estou em um avião — uma vez, quando ganhei um upgrade para a primeira classe, eu disse a uma mulher que era uma duquesa da Bélgica. Mas, hoje... acho que hoje superou todas as outras insanidades. Pelo menos, eu teria um artigo futuro no banco de ideias: *Cinco Encontros de Dez Minutos*.

Pedi a cada um que me encontrasse em um local diferente, começando às onze.

Sam me encontrou no Prospect Park, no Brooklyn, primeiro. Eu havia contado a cada um deles com antecedência qual seria o conceito. Nós nos encontraríamos, programaríamos um alarme para dez minutos e nos despediríamos quando tocasse. Se algum de nós ficasse interessado, esperaríamos 24 horas e enviaríamos uma mensagem. Sem rebuliço, sem dar desculpas esfarrapadas... direto e simples. A única coisa que não mencionei aos cinco caras com quem sairia no domingo foi o motivo pelo qual escolhi cada lugar.

Enfim, Sam era um fofo! Meu sorriso conforme caminhávamos pelo parque era genuíno. É claro que eu tinha segundas intenções, que era escrever um artigo e fazer uma pesquisa para Birdie — dois coelhos, uma cajadada só. Mas encontrar o amor verdadeiro nunca estava fora da gama de possibilidades. Então, imagine a minha decepção quando comecei a passear com o Sam fofo e ele cuspiu. *Cuspiu!* Não tipo *Ai, meu Deus, uma abelha entrou na minha boca, tira isso daqui!,* e sim *escarrou* e cuspiu com força no chão diante de nós.

*Eca.*

O que viria em seguida? Tapar uma narina e assoar na grama?

Nosso encontro durou apenas dez minutos. Ele não podia esperar para fazer isso? Talvez até tipo... *estarmos casados* e eu já ter encontrado 34 motivos especiais para amá-lo e encobrir esse defeito horroroso?

*Sayonara*, Sam!

O segundo encontro aconteceu no Zoológico do Brooklyn, seguido do encontro três no Parque Bryant, depois o encontro número quatro no Parque Hudson River. Deixe-me resumi-los para você.

*Chato. Chato. E chato.*

Também não tive sorte alguma no que intitulei Busca da Birdie.

Meu quinto e último encontro ocorreria no Central Park. Eu ia me encontrar com Parker. Às cinco da tarde em ponto, eu estava em frente à Fonte Bethesda. Era uma tarde cheia, mas não vi um homem de um metro e oitenta olhando em volta à procura da mulher de seus sonhos. Enquanto esperava, peguei meu celular e abri uma foto de Parker para me certificar de que me lembrava de como ele era. Eles estavam começando a se embaralhar na minha cabeça. Após mais alguns minutos, sentei-me e comecei a olhar o Instagram. Às 17h20, desisti. Eu oficialmente tinha levado um bolo. Quatro entre cinco não era ruim, eu acho. Além disso, eu estava ansiosa para dar uma olhada na minha última parada da Busca da Birdie do dia.

Andei a distância equivalente a cerca de doze quarteirões da cidade pelo parque e cheguei à bilheteria.

— Posso comprar um ingresso, por favor?

O rapaz atrás do vidro balançou a cabeça.

— Está fechado. A última rodada foi às cinco. Só estou finalizando as coisas aqui por hoje.

Olhei para o carrossel.

— Será que... eu poderia entrar e só dar uma olhada nos cavalos rapidinho?

O rapaz não pareceu achar o meu pedido estranho. Ele deu de ombros.

— Se quiser. Mas você vai ter que pular a cerca. Os seguranças já trancaram tudo.

Olhei mais uma vez para o carrossel. Havia uma cerca de um metro de altura em volta dele. Fazia muito tempo desde que fiz algo assim. Mas, ei, por que não?

— Ok.

De algum jeito, consegui escalar a cerca sem rasgar minha calça jeans. Comecei a andar em volta do carrossel colorido, procurando pelo que estava começando a parecer mais um unicórnio do que um cavalo preto com cabelos loiros compridos. Estava quase na metade quando parei de repente.

*Ai, meu Deus.*

Ali estava.

Era perfeito! Bati palminhas. Ele não somente era um cavalo preto com uma crina loira, mas seus quatro cascos estavam erguidos como se estivesse em meio a um galope — correndo como o vento.

Pulei a cerca novamente e voltei correndo até a bilheteria. O rapaz estava trancando a porta.

— Posso comprar um ingresso, por favor?

Ele franziu as sobrancelhas.

— Já te falei. Está fechado.

— Não quero andar nele agora. Só quero comprar um ingresso. Dois, na verdade.

— Já fechei a caixa registradora.

Eu estava tão animada por ter encontrado o meu unicórnio que acabei me empolgando além da conta.

— Te dou cinquenta dólares por dois ingressos.

O rapaz apontou para a placa grudada no vidro.

— Você sabe que cada ingresso é somente 3,25, não é?

— Eu sei. Mas preciso muito dos ingressos. Eles têm validade?

Ele sacudiu a cabeça.

— Não.

Abri minha bolsa e retirei uma nota de cinquenta dólares. Exibir dinheiro vivo sempre funcionava para fechar algum acordo em Nova York. Bem, isso ou roubavam a sua carteira quando você exibia o dinheiro e saíam correndo. Mas isso só aconteceu comigo uma vez. Ergui a nota de cinquenta, segurando-a entre dois dedos.

— Cinquenta dólares. Não vai demorar mais do que alguns minutos para você abrir a caixa registradora de novo, tenho certeza. O troco é seu.

A rapaz pegou a nota da minha mão.

— Volto já.

Senti como se tivesse ganhado na loteria... pagando 43,50 a mais por dois ingressos.

Aham, eu pirei.

Após ter passado sete horas andando por três bairros, ido a quatro encontros ruins e levado um bolo, eu estava muito animada ao ir embora do parque com os ingressos garantidos na minha bolsa. Senti como se tivesse vencido uma batalha. Mas, na verdade, era somente meia batalha. Porque, como diabos eu ia levar a pequena Birdie ao Central Park?

# Capítulo 4
## Sadie

Decidi deixar o resto para o destino. Eu sei, eu sei... depois de toda aquela busca pelo cavalo preto e subornar o bilheteiro no parque, alguma coisa ainda me parecia errada em escrever para essa garotinha. Então, coloquei os dois ingressos para o carrossel em uma caixa, embrulhei-a com o papel de presente de Natal listrado e a enviei pelo correio. Se ela fosse, que bom. E mesmo que ela fosse, não havia garantia de que desvendaria o que eu vinha tentando fazê-la ver. Sem carta há duas semanas, deduzi que meus dias de bancar o Papai Noel tinham acabado pelo verão.

Até que... vi Devin caminhando pelo corredor. Ela acabou ficando quase tão investida nessa saga louca de Papai Noel e Birdie quanto eu. Todos os dias, quando trazia a minha correspondência, ela checava se havia uma carta antes de vir. Suas expressões sérias me diziam que nada havia chegado antes mesmo que ela entrasse. Mas hoje... ela estava literalmente saltitando até o meu escritório e com um sorriso de orelha a orelha.

— Chegou! — Ela ergueu o envelope e o balançou de um lado para o outro. — Chegou!

*O que há de errado conosco?*

Eu não sabia. Mas teria que descobrir isso somente depois de ler a carta. Abri o envelope e Devin deu a volta em minha mesa para ler por cima do meu ombro.

> *Querido Papai Noel,*
>
> *Eu adoro o Central Park! Não sabia que tinha um carrossel lá! Perguntei pro meu pai se ele podia me levar no fim de semana passado, mas acabamos não indo por causa da inundação. Aconteceu alguma coisa a um cano velho e enferrujado na cozinha do restaurante dele, e a Magdalene teve que vir ficar comigo. A Magdalene é a minha babá. Ela me perguntou se eu queria que ela me levasse, mas eu queria muito ir com o papai. Na semana passada, a minha nova professora deste ano mandou uma carta de boas-vindas para todas as crianças da minha turma, então eu disse que ela tinha me mandado os ingressos com a carta.*
>
> *Então, eu faço aula de dança todos os sábados às nove da manhã, e o papai disse que a gente poderia ir logo depois. Aí, vou poder ir neste fim de semana! Obrigada por mandar os ingressos pra gente.*
>
> *Além disso, eu queria te contar uma coisa. Lembra da Suzie Redmond? A garota pra quem você deu o porquinho-da-índia? Eu te contei como ela era horrível na minha primeira carta. Bem, fui eu que*

cortei o cabelo dela. Ela senta na minha frente na sala de aula... e, ah, eu tinha uma tesoura. Mas só cortei um pouquinho atrás. Nem foi tanto assim. Ela nem teria percebido se não tivesse encontrado alguns dos pedaços ruivos que caíram no chão. Ah, ela mereceu. Na terça-feira, eu usei os Crocs cor-de-rosa lindos que o papai comprou pra mim. A Suzie estava numa roda enorme de amigos quando passei e disse "Isso são Crocs? Não acredito que sua mãe deixou você sair de casa assim. Ah, espere. É claro. Você não tem mãe".

Você deve estar se perguntando por que estou te contando sobre a Suzie. Sabe, o papai me faz ir a umas aulas de religião no domingo de manhã. Semana passada, a gente falou sobre confissão. Você vai à igreja e conta ao padre todas as coisas que fez de errado, e então ele manda você fazer algumas orações e fica tudo bem de novo. Queria que funcionasse assim pra você também. Porque eu não quero que você descubra e não traga a nossa amiga especial pro papai.

Obrigada!

Te amo muito!

Birdie

*P.S.: Eu também guardei um pedaço do cabelo da Suzie. Está na minha caixinha de joias.*

Comecei a rir cerca de três segundos antes de Devin.

— Ai, meu Deus. Eu adoro essa criança! — eu disse.

Devin riu.

— Ela acha que o Papai Noel é como a Igreja Católica. Mate alguém, e mesmo assim São Pedro abrirá para você os portões perolados do céu. Corte o cabelo de uma garota e mesmo assim continue recebendo presentes do Papai Noel!

Tive que limpar lágrimas dos olhos.

— Talvez eu devesse escrever de volta para ela e mandá-la cantar três *Jingle Bells* e duas *Noite Feliz*.

Nós duas rimos pra valer, e então Devin suspirou.

— Nossa, aquela tal de Suzie é uma bostinha por dizer aquilo para Birdie. Aposto que a mãe dela também é uma baita cretina.

— Não é? Que pestinha malvada. Eu queria ser o Papai Noel de verdade. Encheria a meia de presentes dela com carvão esse ano e não lhe traria nada.

— E o coitado do pai da Birdie. Aquele homem não tem um dia de paz. Esposa morta, mau gosto para calçados, cano estourado. — Devin arregalou os olhos e ergueu um dedo. A única coisa que faltava na imagem diante de mim era a lâmpada acendendo sobre sua cabeça. — Tive uma ideia!

Dei risada.

— Não me diga...

— Vamos ao Central Park no sábado e procurar Birdie e seu pai no carrossel. Você vai poder ver a expressão da garotinha se ela perceber o cavalo preto, e eu finalmente poderei dar uma conferida no pai dela. Eu *tenho certeza* de que ele é um gato.

— Não podemos fazer isso!

— Por que não?

— Porque... é... sei lá, bizarro.

Devin encostou-se em minha mesa.

— Hummm. Você não me fez te acompanhar para seguir aquele tal de Blake com quem saiu algumas vezes, quando ele foi do trabalho para casa? Aquele que ficava recebendo mensagens de uma pessoa chamada Lilly e te disse que era a mãe dele?

— Não era a mãe dele! Ele era casado!

— Exatamente o meu ponto. Às vezes, ser uma perseguidora bizarra é necessário.

Balancei a cabeça.

— Não sei. Seguir uma criança parece horrível.

— Então, faça de conta que não está seguindo Birdie. Você está seguindo o pai gostoso dela, como eu!

— Estou quase tentada a fazer isso, só para provar que você está errada em relação ao pai dela.

Eu imaginava um cara meio como o meu pai era no tempo em que a minha mãe morreu. Ainda assim, por alguma razão, Devin achava que ele seria um supermodelo.

Ela bateu os nós dos dedos sobre a minha mesa.

— Prove que estou errada, então. Passo na sua casa às nove, para podermos chegar ao parque às 9h30. Quanto tempo dura uma aula de dança? Uns 45 minutos? Uma hora, no máximo?

— Eu não sei...

Devin seguiu para a porta do meu escritório e parou.

— Te vejo amanhã de manhã. E se você não abrir a porta, eu vou sozinha.

— Não acredito que estamos fazendo isso.

Devin e eu pegamos o trem C para o Columbus Circle e passamos na Starbucks antes de irmos para o carrossel. Minha parceira de crime se vestiu para a espionagem, usando preto da cabeça aos pés, óculos escuros e uma touca de lã... em *pleno verão*. Tínhamos sorte por estarmos em Nova York, ou talvez ela parecesse a esquisita que é. Eu, por outro lado, estava usando uma calça jeans e uma camiseta do Aerosmith. Porque... você sabe... Steven Tyler e aqueles *lábios*. Eu nem me importava por ele estar com quase setenta anos. Eu ainda chuparia aquelas belezinhas.

Sentamos em um banco localizado à direita do carrossel — não diretamente de frente para ele, mas de onde ainda conseguíamos ver todo mundo que entrava e saía. Ao nos posicionarmos, comecei a me sentir muito mal pelo que estávamos prestes a fazer: invadir a privacidade de Birdie.

— Talvez não devêssemos fazer isso.

Devin pousou a mão em meu ombro e aplicou um pouco de pressão, só para caso eu tentasse levantar.

— Nós vamos fazer isso. Nem tente fugir.

Afundei-me no banco.

— Tá.

Ficamos ali sentadas por quase uma hora, bebendo café, fofocando sobre o trabalho e olhando em volta procurando por uma garotinha e seu pai. Quando vi a hora em meu celular, disse:

— Já passa das onze. Acho que eles não vêm.

— Vamos esperar até 11h30.

Revirei os olhos. Mas dane-se, já tínhamos chegado até aqui, então eu podia muito bem ir até o fim. Do contrário, Devin nunca pararia de me encher por isso. Às 11h30 em ponto, me levantei.

— Vamos embora, Lacey.

— Quem?

— *Cagney & Lacey*. Era uma série que a minha mãe costumava assistir quando eu era criança. Era com duas mulheres detetives.

— Bem, qual delas era mais bonita? Talvez eu não queira ser a Lacey.

Dei risada.

— Você pode ser a que quiser.

Virei-me para jogar meu copo de café na lixeira próxima ao banco, e estava prestes a começar a ir embora quando avistei uma garotinha e um homem acabando de entrar no parque. Eles estavam bem longe, mas achei que poderia ser Birdie.

— Ai, meu Deus. Sente-se! Sente-se! Eu acho que são eles ali.

Nós duas sentamos novamente no banco ao mesmo tempo. Devin inclinou-se para frente e estreitou os olhos.

— Você tem certeza?

Agarrei seu braço e a puxei para trás.

— Não seja tão óbvia.

Ficamos observando, enquanto falhávamos completamente em parecer naturais, o homem e a menininha se aproximarem. O homem era alto, com ombros largos, e usava uma calça jeans e uma camiseta. Ele estava segurando a mão da garotinha. E ela usava... um collant e um tutu. Definitivamente, era Birdie!

— Ai, meu Deus. São eles!

Nenhuma de nós disse uma palavra conforme o pai e a filha se aproximaram no carrossel. Quando estavam perto o suficiente para que eu pudesse ver seus rostos, arfei.

— Ai, meu Deus. Ele é...

Devin agarrou minha mão.

— Eu o quero. Falei primeiro. Eu quero ter os filhos dele.

Eu não conseguia acreditar no que estava vendo. Enquanto eu esperava que ele fosse uma versão moderna do meu pai vinte anos atrás, o homem diante de mim era tudo, menos isso. Só para constar, meu pai é maravilhoso, e sua aparência não é ruim. Mas esse homem... era... lindo. De. Morrer. *Uau*. Apenas... é. Uau.

Sebastian Maxwell tinha cabelos escuros, estrutura óssea de matar e lábios lindos e cheios. Eu brincara com o fato de Devin achar que o cara era um supermodelo, mas esse homem poderia realmente ser um supermodelo. Ele tinha cabelos bagunçados e com mechas meio compridas — do tipo pelo qual ele poderia passar as mãos e o deixaria como se tivesse acabado de transar à exaustão ou de sair de uma sessão de fotos. Sim, esse era ele. Eu estava absolutamente sem palavras.

Fiquei tão ocupada babando no pai que quase me esqueci do motivo real pelo qual concordara em vir, que era ver a reação de Birdie quando encontrasse o cavalo preto. Precisei de quase toda a minha força de vontade, mas, de alguma forma, consegui mudar o foco da minha atenção para a linda garotinha. Os dois entregaram os ingressos para o bilheteiro, e observei-os passarem pelo portão em direção ao carrossel. Eles estavam a cerca de um quarto do caminho quando Birdie apontou para um cavalo branco e sorriu. Seu pai a ergueu, subiu no carrossel e a colocou sobre a sela do cavalo.

*Merda.* Ela nem passou pelo cavalo preto para notar.

Senti-me derrotada.

Contudo, recebi um reforço moral... ou algo assim... quando o pai de Birdie se curvou para prender o cinto de sua filha.

*Que bunda.* Fiquei com um pouco de inveja do tecido que abraçava a curva daquele traseiro durinho.

Sebastian subiu no cavalo ao lado de sua filha, e os dois começaram a rir enquanto esperavam o carrossel começar a girar. Birdie deu risadinhas do pai fingindo que ia cair do cavalo, e acariciou a crina do seu.

Quando o carrossel começou a girar, Devin e eu nos recostamos no banco. Para ser honesta, esqueci por alguns minutos que a minha amiga estava sentada ao meu lado.

— Acho que estou apaixonada. — Devin colocou uma mão no peito.

— Então, acho que seria melhor você avisar isso ao homem que colocou esse anel enorme no seu dedo.

Ela sorriu de orelha a orelha.

— Diga. Devin Marie Abandandalo estava certa.

Revirei os olhos.

— Ele é bonitinho, eu acho.

Devin explodiu em uma gargalhada.

— Você está blefando. Você queria que ele estivesse te montando agora, em vez daquele cavalo de plástico.

Bem, já fazia um tempo.

— Cale a boca.

Ela sorriu.

— Sadie e Sebastian. Soa muito bem, não é? Sadie e Sebastian. Combina. Como se pudesse até mesmo ser uma série de TV. Soa melhor do que *Corey e Lacey*.

— Cagney — corrigi.

Devin deu de ombros.

— Tanto faz.

Suspirei.

— Birdie não viu o cavalo preto com crina loira.

— É. Mande um de pelúcia para ela, ou um hamster vivo, para

compensar. Vamos voltar a falar sobre o pai gostoso.

O carrossel girou por cerca de cinco minutos, e quando foi desacelerando até parar, o cavalo preto ficou diretamente de frente para mim. Toquei o braço de Devin.

— Ali está!

— Talvez ela o note quando estiver saindo.

Eu não estava vendo Birdie e seu pai em lugar algum, então deduzi que o carrossel havia parado com eles do outro lado. O portão de saída ficava a cerca de dois cavalos à direita, então se eles viessem pela direita, ela não teria a chance de ver o preto. Fiquei olhando as pessoas descerem do carrossel e começarem a caminhar em direção ao portão. Infelizmente, quando Birdie e Sebastian apareceram, estavam vindo pelo lado direito. Eles foram as últimas pessoas a descer daquela rodada, e parecia que minhas tentativas de bancar o Papai Noel e Deus não serviram para nada.

Até que... uma borboleta passou voando perto de Birdie quando ela estava prestes a sair. Ela sorriu e passou por baixo do braço do pai para ir atrás do inseto. Sebastian chamou-a, mas ela já havia corrido para bem longe. Quando ele a chamou pela segunda vez, em uma voz mais profunda e severa, ela congelou... diretamente de frente para o cavalo preto.

Eu literalmente prendi o fôlego.

Juro que tudo aconteceu em câmera lenta depois disso.

Birdie moveu-se, como se fosse se afastar. Mas ela deve ter percebido o cavalo ao fazer isso. Sua cabeça girou de uma vez na direção dele, e seus olhos se arregalaram como dois pires. Ela cobriu a boca com as duas mãos. Ela ficou ali, petrificada, por bastante tempo. Pelo menos, foi o que pareceu. Até que seu pai se aproximou e segurou sua mão.

Ela disse algo para ele que não pude ouvir e, então, eles começaram a ir embora. Birdie deu mais uns três passos antes de se desvencilhar da mão do pai, correr de volta até o carrossel e beijar a crina do cavalo que corria como o vento.

# Capítulo 5
## Sadie

Ver aquela borboleta conduzir Birdie até o cavalo foi verdadeiramente mágico. Foi como se o Universo tivesse interferido para me provar que, se pensei que podia controlar tudo, era melhor pensar duas vezes.

Talvez, em algum lugar lá em cima, Amanda Maxwell estivesse olhando para mim e balançando a cabeça. Talvez ela tenha pensado que já estava na hora de intervir para me mostrar quem *realmente* estava no comando.

Parte de mim torcia para que Birdie não escrevesse novamente, porque estava começando a parecer que eu estava brincando de Deus. Não queria ter que continuar a enganá-la, mas também não queria desapontá-la. Esse era, honestamente, um ótimo momento para me afastar da situação — tudo estava feliz.

Na tarde de domingo, depois que vi Birdie no parque, peguei o trem para Suffern para visitar meu pai. Parecia o momento perfeito para visitá-lo. Ele sempre foi bom em me oferecer um discernimento quando eu me sentia empacada com alguma coisa. Talvez ele pudesse me dar sua opinião, me dizer se achava que eu havia ido longe demais. Bem, eu *sabia* que havia ido longe demais, mas ainda queria a opinião dele. E, para ser honesta, também queria que ele me contasse sua perspectiva de como realmente foi ser um pai solo. Havia certas coisas que eu nunca tive coragem de perguntar a ele quando era mais nova. Mas agora que eu estava mais velha, fiquei curiosa e queria saber se ele namorou mais do que percebi, naquele tempo. Eu sabia que ele teve algumas namoradas mais recentemente, mas será que houve mulheres sobre as quais eu não soube enquanto crescia?

Acho que a minha curiosidade surgiu por ter visto Sebastian ontem. Um homem como aquele devia ter mulheres se jogando nele por todos os lados. Ainda assim, pelo que pude perceber através das cartas de Birdie, ele tentava ser discreto para não perturbar suas vidas.

Meu pai morava na mesma casa em que cresci. Ainda era marrom do lado de fora, embora a pintura estivesse descascando um pouco agora. A casa tinha uma varanda frontal grande com vasos de plantas pendurados. Nossa casa certamente não era das maiores na cidade, mas tínhamos um terreno incrivelmente vasto. O papai tinha um jardim maravilhoso, e essa era a época do ano em que ele vendia tomates para todos os vizinhos, porque tinha tantos que não sabia o que fazer com eles.

Meu pai sempre calculava o tempo exato que eu levaria para chegar, baseado no meu trem. Como de costume, ele estava de pé na porta esperando por mim.

Ele me deu um abraço.

— Como está a minha Sadie?

Olhando para cima, notei algo pendurado no topo da porta e disse:

— Estou muito bem. Vejo que você fez mais uma engenhoca.

Meu pai adorava criar instrumentos que acreditava serem capazes de fazer a previsão do tempo. Mesmo que existissem inúmeras tecnologias hoje em dia que faziam isso, ele preferia construir ferramentas do zero que jurava serem tão boas, se não melhores, do que um Radar Doppler. Ele também dava nomes engraçadinhos para cada um.

— Como esse se chama? — perguntei.

— O umbugo.

— E o que quer dizer?

— O "um" vem do fato de que aquela faixa de papel ali se expande quando o tempo fica mais úmido. Quanto mais se expande, maior é a chance de cair uma tempestade. O "bugo" simplesmente soou bem com o "um".

— Você é tão engraçado.

A parte interessante era que eu me lembrava de que esse hobby de fazer instrumentos de previsão do tempo começou pouco tempo depois que a minha mãe morreu. Foi o jeito que ele arrumou de manter a mente ocupada, talvez, para que não pensasse demais em coisas que eram muito dolorosas.

— Acabei de preparar um café fresquinho — ele disse conforme o segui para dentro de casa.

— Hummm, café fresquinho — provoquei. — A que devo esta honra? Acho que sou alguém especial.

Eu sempre brincava com o meu pai quando ele fazia café fresco, porque, normalmente, ele fazia uma grande quantidade pela manhã e o tomava no decorrer do dia. Simplesmente o esquentava no micro-ondas. Mas ele sabia que eu gostava de tomar café fresco, então jogava o café velho fora antes de fazer um novo sempre que eu o visitava. Eu tentei comprar uma daquelas máquinas com cápsulas para que ele pudesse tomar café fresco o dia todo, mas ele disse que não se importava em tomar café um pouco queimado e velho e preferia não contribuir com o perigo ambiental que o desperdício de plástico causa.

Sobre a bancada, estava uma bacia gigantesca de tomates em tons variados de vermelho, verde e laranja, ao lado de uma fileira de pepinos e pimentões sobre papel-toalha.

— Deixe-me adivinhar... salada de tomate e pepino para o almoço?

— Com queijo feta e azeitonas. — Ele piscou. — E pão sírio quentinho da padaria.

Meu estômago roncou.

— Hummm. Parece delicioso.

Não havia nada melhor do que o conforto do lar. Embora essa casa trouxesse à tona lembranças dolorosas, havia muitas boas também. Almoços preguiçosos em um domingo com o meu pai definitivamente se encaixavam na categoria de boas lembranças.

Ele sentou-se de frente para mim.

— Então, o que te fez vir agora? Pensei que só viria no próximo fim de semana — ele perguntou ao servir uma caneca com café e me entregar.

— É, bem, eu meio que tive um problema no trabalho que me fez pensar em você.

— Espero que não tenha sido um daqueles homens tolos com quem você sai.

— Não. — Dei risada. — Se bem que *essa* situação não melhorou nem um pouco. — Suspirei. — Foi na coluna *Desejos de Natal*. Sabe, aquela da qual eu normalmente me encarrego durante as festas de fim de ano?

— Sim, claro.

— Bom, teve uma garotinha que enviou uma carta para a coluna, mesmo que ainda seja verão, e isso deu início a uma cadeia de eventos interessantes.

Bebendo café, passei os minutos seguintes contando ao meu pai a história sobre Birdie e suas cartas. Ele ouviu atentamente e, como eu esperava, achou a situação muito cativante.

Ele balançou a cabeça ao se servir de mais café.

— Ela tem um nome tão adorável. Parece um nome que eu daria a um dos meus instrumentos de previsão do tempo.

— É... e ela é tão adorável quanto seu nome. — Balancei a cabeça. — Mas estou muito confusa.

— Está se perguntando se deveria continuar mandando coisas, caso ela responda mais uma vez?

— Estou muito dividida quanto a isso. A outra coisa é que toda essa situação me fez pensar bastante sobre a minha infância. Por causa do quanto a minha situação e a de Birdie são similares.

— É realmente estranho ela ter perdido a mãe quando tinha mais ou menos a mesma idade que você.

— É. — Suspirei e, após alguns segundos de debate interno, decidi abordar o assunto sobre o qual fiquei muito curiosa. — Ela mencionou em uma das cartas que acordou no meio da noite e viu o pai conversando com uma mulher pelo computador. Ela disse que isso a assustou, e voltou correndo para a cama. Isso me fez pensar se você namorava quando eu era pequena. Sempre deduzi que você não estava com nenhuma mulher naquela época, porque você não fazia nada na minha frente. Acho que isso pode ter sido ingênuo da minha parte.

Meu pai baixou o olhar para sua caneca e assentiu.

— Eu nunca vou amar alguém como amei a sua mãe. Você sabe disso. Nenhum outro namoro seria capaz de apagar isso. — Ele ergueu o olhar para mim novamente. — Mas a solidão vem, em algum momento. E teve vezes em que eu te disse que ia jogar pôquer com uns amigos ou que ia para a casa do seu tio Al quando, na verdade, ia me encontrar com uma mulher.

Assenti, assimilando aquela revelação por um momento.

— Eu tinha quantos anos?

— Acho que foi cerca de quatro anos depois que a sua mãe morreu, então, talvez dez? Nos primeiros anos, eu não conseguia sequer pensar em olhar para outra mulher. Mas, quando completou três anos, bem, o fato de que eu era um homem com necessidades se fez muito claro. Não teve nada a ver com querer superar a sua mãe. Entende o que quero dizer?

Era difícil imaginar o meu pai fazendo sexo por aí, mas, infelizmente, eu sabia exatamente o que ele queria dizer.

— Claro. Entendo isso agora. E você não podia ter explicado sexo casual para mim naquele tempo. Se eu o tivesse visto com uma mulher, teria presumido que estava tentando substituir a minha mãe. Eu teria ficado chateada.

— Bem, foi o que imaginei. Então... tentei não abrir uma caixa de Pandora. Mas, sinceramente, se eu tivesse encontrado alguém especial, eu a teria trazido para casa eventualmente, porque teria sido bom para você ter uma influência feminina positiva na sua vida.

Encarei o nada, pensando sobre o fato de que eu bem que desejei uma influência feminina na minha vida conforme fui crescendo.

— Houve um tempo, quando entrei na adolescência, em que eu quis muito que você tivesse encontrado alguém... não somente para você, mas também para mim.

— Não estava no nosso destino. Eu tive o grande amor da minha vida, mesmo que não tenha sido por tempo suficiente. E agora... eu não preciso de mais ninguém, além de você. — Ele sorriu e bateu algumas vezes sobre a mesa com os nós dos dedos. — E eu venci o câncer. O que mais posso querer?

Quando eu era adolescente, meu pai foi diagnosticado com câncer no cólon. Lembro-me de pensar que seu diagnóstico seria o fim da minha vida, porque, se eu perdesse o meu pai, além da minha mãe, como eu poderia seguir em frente? Ele era tudo para mim. Graças a Deus, por algum milagre, os tratamentos funcionaram e o ele permanecia em remissão até então.

Papai se levantou, caminhou até a jarra de café quase vazia e a ergueu.

— Quer mais uma caneca?

— Não. Diferente de você, não consigo beber uma jarra inteira de café sem consequências. Tenho quase certeza de que, se enfiassem uma agulha na sua veia, só sairia Maxwell House.

*Maxwell House.*

*Maxwell.*

Só me toquei agora.

A lata estivera sobre a bancada o tempo todo, mas só então fiz a conexão entre o sobrenome de Birdie e a marca do café que meu pai sempre usava.

Me perguntei como seria a verdadeira *casa dos Maxwell*. Então, é claro, minha mente devaneou até Sebastian — seu rosto e cabelo lindos. O modo como ele claramente adorava sua filha no parque. Birdie disse que ele era dono de um restaurante. Imaginei como o lugar seria.

— Ainda está me ouvindo? — meu pai perguntou, arrancando-me do devaneio.

— Sim. Eu só estava pensando...

— Na Birdie?

— É, indiretamente. — Bebi o restante do meu café e suspirei. — Enfim, espero que ela não escreva novamente. Por mais que eu tenha amado realizar seus pequenos desejos, não posso continuar brincando de Deus para sempre.

Ele sorriu.

— Por falar em Deus, não rezo por muita coisa além de saúde, hoje em dia, mas rezo para que um desses otários com quem você sai como parte do seu trabalho acabe te surpreendendo e seja um homem decente. Não quero ter que me preocupar com você quando eu partir, um dia.

— Eu posso muito bem cuidar de mim mesma. Não preciso de um homem.

— Não é sobre finanças. Eu sei que você é uma mulher forte e independente, mas a verdade é que... todo mundo precisa de alguém. Eu só fiquei bem depois que a sua mãe morreu porque tinha você.

— Então que bom que o meu pai não vai a lugar algum tão cedo. — Pisquei.

A visita ao meu pai durou algumas horas. Depois de me empanturrar com a comida deliciosa que ele fez, pedi um carro de aplicativo para me levar de volta para a estação de trem. Como o papai e eu tínhamos dividido uma garrafa de vinho durante o almoço, eu não queria que ele dirigisse.

Quando me levou para fora para esperarmos o Uber, ele olhou para seu aparelho de previsão do tempo.

Ele coçou o queixo.

— Hum.

— O que foi?

— Umbugo está dizendo que vai chover.

E é claro, no caminho de volta para casa naquela tarde, a tempestade que o meu pai previu veio, batendo nas janelas do trem. Então, depois, um belo sol de fim da tarde brilhou sobre a paisagem da cidade de Nova York ao longe, enchendo-me de esperança e, para meu desânimo, de pensamentos sobre Sebastian Maxwell.

# Capítulo 6
## Sadie

Digitei: Sebastian Maxwell restaurante.

As teclas fizeram um barulho de clique conforme eu imediatamente deletei as palavras.

*Não, eu não posso fazer isso.*

Após alguns segundos encarando o Google, digitei novamente.

Sebastian Maxwell restaurante Nova York.

Dessa vez, ao invés de deletar as palavras, apertei na tecla "Enter".

A seção *Sobre Nós* de um site apareceu como primeiro resultado da busca.

Bianco's Ristorante.

Eu li.

Bianco's Ristorante foi fundado em 2012 por Sebastian Maxwell, um empresário da cidade de Nova York, e sua esposa, Amanda, uma chef. Os Maxwell se inspiraram na avó paterna de Sebastian, Rosa Bianco, que emigrou do norte da Itália em 1960. No decorrer dos anos, Sebastian salvou todas as receitas de sua nonna e hoje, junto ao chef Renzo Vittadini, criou um dos cardápios mais deliciosos de toda a área entre Nova York, Nova Jersey e Pensilvânia, ostentando receitas do velho mundo infundidas por um toque moderno. A cozinha de alto nível do Bianco's, juntamente com seu ambiente rústico e pouco iluminado, transforma o seu programa noturno em muito mais do que apenas uma refeição — é uma experiência culinária.

Para jantares íntimos ou eventos particulares, contate-nos para fazer uma reserva.

Cliquei na aba do cardápio.

Cada prato principal tinha o nome de uma pessoa. Torta de Ricota do Renzo, Frango à Parmegiana da Nonna Rosa, Macarrão à Bolonhesa da Birdie, Manicotti da Mandy.

Mandy.

*Amanda.*

Saltimbocca do Sebastian.

Eles tinham uma lista extensa de vinhos.

— O que você está fazendo?

Sobressaltei-me ao som da voz de Devin vindo por trás de mim.

— Você me assustou.

— Por que você mudou de aba no navegador agorinha?

— Por nada. Você sabe... eu não deveria estar matando trabalho.

Ela abriu um sorriso sugestivo.

— O que é Bianco's?

*Ótimo.* Ela leu o nome no topo da aba.

Soltei um longo suspiro, mas fiz o melhor que pude para soar indiferente.

— É o restaurante do pai da Birdie.

— Ótimo! — Ela riu, satisfeita até demais com a minha aparente fraqueza. — Você sabe que sou a favor de espionar, especialmente de espionar aquele espécime maravilhoso.

— Eu sei que você apoia completamente. Mas me sinto idiota fazendo isso.

— Mas parte de você não consegue evitar, não é?

Dei de ombros.

— Ele é intrigante.

Os olhos dela se encheram de animação, como uma criança empolgada que acabou de descobrir que um parque de diversões estava chegando à cidade.

— Então, quando nós iremos? De repente, me bateu uma vontade enorme de comer um belo prato de macarrão *al dente*.

— Oh, não. É aí que está o limite. Espionar pela internet é uma coisa. É só um passatempo. Inocente, até. Mas aparecer pessoalmente? Não. — Balancei a cabeça. — Não, não, não.

— É um restaurante público. Como isso é espionagem?

Folheando alguns papéis na minha mesa, eu disse:

— Devin... esqueça isso.

— Você se importaria se eu fosse lá dar uma conferida, então? Armando e eu estamos procurando um lugar novo para experimentar.

— Você vai contar ao seu noivo que o verdadeiro motivo pelo qual você quer ir é para poder babar no proprietário gato?

Ela fez um gesto vago com a mão.

— Ele não precisa saber disso. Ele ama comida. Vai ficar animadíssimo.

— Devin inclinou-se para o meu computador. — Dá para fazer uma reserva on-line?

— Não sei. Não vi isso, porque não tenho a mínima intenção de ir.

— Deixe-me ver — ela falou, pegando meu mouse e abrindo a aba antes de examinar o site. — Ah. — Ela abriu um sorriso largo.

— O que você está fazendo, Devin?

Ela começou a digitar todas as suas informações.

— A única reserva disponível é no sábado às cinco da tarde. Parece que todos os outros horários estão reservados. Que bom que eu adoro jantar cedo como uma pessoa idosa.

Balançando a cabeça, eu disse:

— Você é louca.

Ela piscou para mim.

— Eu te aviso se o vir.

Duas semanas se passaram, o verão terminaria em breve, e não havia mais chegado cartas de Birdie. Devin e Armando acabaram indo ao jantar maravilhoso e caro no Bianco's — sem sinal algum de Sebastian Maxwell. *É isso que ela ganha por tentar espioná-lo.*

Como já fazia um tempo, eu estava convencida de que nunca mais teria notícias de Birdie.

Então, certa tarde, para minha completa surpresa, no meio das minhas correspondências de sempre, havia uma carta da minha amiguinha.

Meu pulso acelerou conforme corri para minha mesa, deixei as outras correspondências de lado e rasguei o envelope para abri-lo.

Querido Papai Noel,

A mamãe te contou que foi me visitar no Central Park? Eu sei que você deu o meu recado pra ela, porque tinha um cavalo preto no carrossel igual ao que te contei. Ela mandou uma borboleta que me levou até ele. Não sei se ela mandou a borboleta ou se a borboleta era ela. Sei lá. Foi muito incrível. Eu sinto muita saudade dela.

Mas você pode perguntar por que ela não está mais tentando vir me visitar? Eu fico procurando, e ela não me deu mais nenhum sinal. Agora que você conseguiu falar com ela, e ela encontrou um jeito de se comunicar, pensei que fosse querer passar mais tempo comigo.

Estou com medo de que ela esteja brava comigo, agora que consegue me ver. Talvez saiba o que eu fiz com o cabelo da Suzie ou que, às vezes, eu pego biscoitos escondida no meio da noite.

Será que você pode pedir pra ela me mandar só mais um sinal, pra eu saber que ela não está brava? Mesmo que ela não possa ficar?

Desculpe te incomodar de novo, Papai Noel. Esta

*vai ser a última vez. Eu prometo.*

*Birdie*

Ao dobrar a carta enquanto lágrimas escorriam por minhas bochechas, eu percebi que talvez Birdie não fosse mais a única pessoa que precisava de ajuda.

Fazia muito tempo que eu não visitava a minha terapeuta, dra. Eloisa Emery. Seu consultório tinha vista para a Times Square, o que eu sempre achei irônico, já que era a coisa mais caótica que eu poderia imaginar. Definitivamente, não era uma atmosfera relaxante para uma sessão de terapia. Durante as minhas sessões, eu ficava encarando o outdoor digital gigantesco que mudava de imagem constantemente, enquanto tentava organizar meus pensamentos.

Já fazia um tempo que eu vinha suspeitando que precisava examinar a cabeça, e foi o que fiz literalmente, compartilhando a história de Birdie e torcendo para que a dra. Emery pudesse me ajudar a superar tudo isso.

Contei a ela sobre as nossas correspondências e terminei ao falar sobre a que recebi mais recentemente.

— Essa parecia ter um tom de pânico — eu disse. — Ela estava realmente com medo de ter feito alguma coisa para afastar o espírito da mãe. Também não tinha nenhum P.S. no final como de costume, então o tom da carta, no geral, foi um tanto curto. Isso me fez perceber que eu tinha realmente piorado as coisas ao fazer com que ela encontrasse aquele cavalo, mesmo que tenha sido a borboleta que a conduziu até ele.

Ela retirou seus óculos e os pousou na perna.

— Então, você está sentindo muita culpa.

— Sim, é claro. Agora, existe uma expectativa de mais contato de sua mãe, quando *não* há mais nada. Eu comecei uma bagunça. A mãe dela está morta, e qualquer indicação de que Birdie ainda poderia se comunicar com ela é enganosa.

A dra. Emery colocou os óculos no rosto novamente e rabiscou algumas coisas em seu caderno antes de erguer o olhar para mim.

— Sadie, eu acho que vai ser importante você aprender a aceitar o fato de que não pode mudar nada do que fez até agora. Você sabe que brincar com o destino como fez, por mais encantador que tenha sido, não foi uma ideia muito sábia. Então, acho que você precisa arrancar o curativo de uma vez.

Senti minhas mãos suarem ao esfregá-las nas pernas.

— O que você quer dizer com isso, exatamente?

— Você parece incapaz de não se envolver sempre que ela entra em contato. Eu acho que, em algum nível, você está muito empenhada porque ela a faz se lembrar de si mesma, então é quase como se você tivesse recebido essa oportunidade para fazer por outra pessoa o que não foi feito por você. E isso foi difícil de resistir. Você também está se conectando um pouco com a sua criança interior. Mas agora, sabe que se engajar é prejudicial. E quanto mais se dedicar, mais difícil será parar. Então, talvez, se ela a contatar novamente, você devesse não abrir a carta de jeito nenhum. .

Balançando a cabeça repetidamente enquanto fitava pela janela, eu disse:

— Não posso fazer isso.

— Por que não?

— Porque tenho que ao menos saber que ela está bem... mesmo que eu não me engaje com o pedido dela.

— Ela não sabe que você existe. Não sabe que desenvolveu sentimentos por ela. Logo, os seus sentimentos, não importa o quanto sejam fortes, não a impactam. Se você não se comunicar com ela e se prometeu não interferir mais ao fingir que é o Papai Noel, então não deve se envolver na vida dela de nenhuma maneira. Isso inclui ler as cartas. — Ela inclinou a cabeça para o lado. — Você pode fazer isso? Pode cortar todos os laços pelo seu próprio bem e, no fim das contas, pelo bem dessa garotinha?

Olhei para o outdoor e o vi mudar três vezes antes de finalmente falar:

— Vou tentar.

# Capítulo 7
## Sadie

Fazia quase um mês desde que eu recebera a última carta de Birdie. Segui o conselho da dra. Emery e não escrevi de volta para a minha amiguinha, chegando até mesmo ao ponto de colocar Devin como vigia das correspondências, pedindo a ela que sondasse o que eu recebia diariamente e retirasse qualquer carta que Birdie pudesse ter mandado. Contudo, fraquejei em mais de uma ocasião e exigi saber se havia chegado alguma carta, mas Devin jurou que até então, não precisou intervir para esconder algo de mim. Recentemente, parei até mesmo de ficar remoendo se as minhas cartas foram mais prejudiciais do que úteis. Mas hoje não era um desses dias, e por um bom motivo.

Tive um compromisso na Eighty-First Street com uma casamenteira profissional — não para mim, pessoalmente, mas para uma pesquisa para a revista. Eu pretendia escrever no mês seguinte um artigo sobre os prós e contras de utilizar esse serviço, e hoje foi a minha primeira entrevista. Kitty Bloom administrava a agência que visitei e me deu muitas informações boas para o artigo. Ela também me ofereceu uma assinatura do serviço por trinta dias grátis — que custava o valor assombroso de dez mil dólares. No entanto, se eu quisesse tentar, teria que fornecer um monte de informações pessoais — desde exames médicos e um perfil psicológico a declarações financeiras e um questionário detalhado de basicamente tudo, desde os meus hobbies aos meus fetiches e apetite sexual. Aceitei o presente, mas não tinha certeza se queria alguém enfiando o nariz na minha vida pessoal.

Era um lindo fim de tarde, então decidi dar uma volta. O escritório da casamenteira ficava no térreo em um quarteirão cheio de lindas casas de tijolinho geminadas, e o Upper West Side era um dos meus bairros favoritos onde eu nunca teria condições de morar. Eu estava na esquina da Broadway com a Eighty-First Street, e Birdie morava em algum lugar na Eighty-Third Street, que poderia ser ali perto.

*Eu não deveria.*

Vinha me comportando tão bem ultimamente.

*Mas... já estou aqui...*

Que mal faria só passar em frente?

Eu havia pedido um Uber para chegar ali porque estava atrasada para o meu compromisso, mas eu poderia pegar o trem de volta em alguma estação ali por perto. Então, não ia desviar muito do meu caminho se andasse um pouco em qualquer outra direção. Eu poderia apenas dar uma caminhada pela Eighty-Third Street, e se por acaso passasse pela casa de Birdie a caminho da estação de trem, seria o destino. Eu lembrava qual era o número de sua casa, e somente porque era a data de aniversário de casamento dos meus pais, 10 de fevereiro, ou 210, mas não fazia ideia de com qual quarteirão ela se cruzava. Então, se eu passaria ou não em frente à sua casa estava mesmo a cargo do destino. Se eu passasse por uma estação de trem antes de chegar à casa de Birdie, então eu poderia ver a casa dela. Oba.

Ainda assim... parecia tão errado.

Especialmente quando dobrei na Eighty-Third Street e vi o número da primeira casa pela qual passei: 230.

*Ai, meu Deus.*

A Eighty-Third Street era infinita. Somente o lado oeste devia ter pelo menos uns oitocentos metros, do Central Park até próximo ao Rio Hudson... no entanto, o primeiro quarteirão em que virei era exatamente onde Birdie morava.

Isso meio que me assustou um pouco.

Meu sangue começou a pulsar mais rápido a cada passo.

228.

226.

224.

Era uma das próximas oito casas, mais ou menos.

Nossa, a vizinhança era muito linda. Birdie morava em uma rua delineada por árvores com casas de tijolinho caríssimas. Eu não sabia por quê, mas a imaginara morando em um apartamento, num espaço apertado como o resto de nós na vida agitada da cidade, não em uma casa tão luxuosa. Essas propriedades valiam milhões. Mesmo que eles não fossem os donos e somente alugassem, ainda seria bem caro.

Comecei a desacelerar ao contar os números das casas.

220.

218.

*216.*

A casa de Birdie ficava a apenas mais três de distância.

Quando parei bem em frente a ela, meu coração começou a bater muito forte. Desacelerei minha caminhada e tentei ver alguma coisa pela janela. Mas ficava a cerca de dez passos de distância da calçada, e eu não conseguia ver muita coisa de onde estava. Senti uma decepção me preencher. Após passar um pouco da escadaria que levava à porta da frente de Birdie, forcei-me a parar de encarar como se estivesse analisando o lugar para assaltá-lo. Ao baixar o olhar, algo brilhante chamou minha atenção pela minha visão periférica, no último degrau da escada.

*Isso é...?*

Não... não podia ser.

Olhei em volta — ninguém parecia estar prestando atenção. Então, voltei alguns passos e me curvei para olhar mais de perto.

Arregalei os olhos.

*Oh, meu Deus.*

Uma presilha de cabelo prateada estava no último degrau, do tipo que uma garotinha usaria para prender seu cabelo para trás quando seu pai era péssimo em fazer tranças. E... tinha uma borboleta prateada nela.

*Borboletas.*

*Birdie.*

Não havia dúvidas de que as duas combinavam.

Sem pensar, eu a peguei.

Só que... o que eu ia fazer assim que a tivesse na mão?

Supus que colocar em algum lugar mais seguro seria a coisa certa a fazer. A linda presilha poderia estragar ficando aqui fora, no último degrau. Ou, no mínimo, alguém poderia pisar nela e quebrá-la.

Não parecia ter ninguém na casa nos Maxwell, de qualquer forma. Eu poderia simplesmente deixá-la em sua porta da frente.

É... era uma boa ideia.

O fato de que eu poderia ver melhor lá dentro pela janela se subisse as escadas até a porta da frente era somente uma coincidência. Eu estava fazendo a coisa certa, afinal, certificando-me de que a pequena presilha de Birdie não quebrasse. Ela podia ser apegada a essa coisa, até onde eu sabia. Olhando em volta novamente, notei que também havia uma porta sob a escadaria principal, alguns degraus abaixo do andar térreo. Talvez os Maxwell morassem no apartamento do subsolo? Mas o meu instinto me dizia que não.

Então, respirei fundo e subi as escadas. Meus joelhos tremiam um pouco quando cheguei ao último degrau. Deus, eu estava muito nervosa.

Da calçada, eu não tinha me dado conta do quão altas eram as portas da frente — portas de vidro duplas e ornamentadas que deviam ter pelo menos três metros de altura, talvez até mais. Olhando para a minha esquerda, eu podia ver diretamente pela janela frontal, o que me deu uma vista parcial da grande sala de estar. O paletó de um homem estava pendurado no encosto de uma poltrona de frente para o sofá, e me perguntei se pertencia a Sebastian. Fiquei ali de pé olhando por um longo momento, tentando captar qualquer pequeno detalhe que pudesse ver — os títulos dos livros na estante, as fotos nos porta-retratos sobre a lareira —, até que a cortina se moveu de repente.

Havia alguém em casa!

Senti a cor fugir totalmente do meu rosto.

*Ai, meu Deus.*

*Eu preciso dar o fora dali!*

Em pânico, procurei um lugar para deixar a presilha. Como não encontrei nenhum apropriado, equilibrei-a na maçaneta da porta, pensando que alguém a veria ou, se não visse, ela cairia no chão quando a porta abrisse e chamaria sua atenção.

Então, comecei a descer as escadas rapidamente. Meu coração estava martelando tão rápido que parecia que eu estava fugindo da cena de um crime em vez de ter feito uma boa ação ao devolver a presilha favorita de uma garotinha.

Consegui descer apenas alguns degraus antes de ouvir um som atrás de mim — o som de uma fechadura destrancando. Apavorada, continuei descendo... até que uma voz profunda me fez parar de repente.

— Ei. Você. O que está fazendo?

*Ai. Meu. Deus.*

Fechei os olhos. *Aquela voz.* É claro que eu ouvira Sebastian Maxwell falar apenas brevemente no carrossel, mas, ainda assim, tinha 100% de certeza de que era ele. Aquele barítono rouco, profundo, rico e sexy

**ESCREVENDO O PARA SEMPRE 67**

combinava completamente com o resto do pacote.

Quando não respondi, ele vociferou novamente. Mais alto, desta vez.

— Eu perguntei para onde você está fugindo.

Respirei fundo, me dando conta de que teria que enfrentar as consequências das minhas ações, e virei lentamente.

*Jesus Cristo.* Sebastian era ainda melhor de perto. Ele parecia ter acabado de sair do chuveiro. Seus cabelos estavam molhados e penteados para trás, e ele estava usando uma camiseta branca simples e calça jogger cinza. Assim, tão de perto, fiquei hipnotizada pela cor de seus olhos verdes — eram tão incomuns, não com o tom avelã ou verde que a maioria das pessoas têm, que lembra jade ou musgo, mas a cor viva de uma esmeralda brilhante, e as áreas que rodeava suas pupilas eram cheias de pontinhos dourados.

— Você está atrasada — ele esbravejou.

— Hã...

— A campainha não está funcionando. Tenho que consertá-la nesse fim de semana. Então, vai ter que bater um pouco mais forte e chegar no horário certo, se quiser esse emprego. Preciso sair para o trabalho em cinco minutos.

— Emprego?

— Você é a adestradora de cães, não é?

Seus lindos olhos estavam me perfurando, e isso me deixou mais do que um pouco nervosa. No momento, senti como se ele fosse enxergar a verdade sobre mim e pensar que eu era algum tipo de perseguidora maluca de sua filha de dez anos. Quero dizer, eu era, é claro, mas de jeito nenhum eu queria que ele pensasse isso. Então, entrei em pânico.

— Hã... sim. Desculpe pelo atraso. Hum. Trânsito.

*O que diabos estou fazendo?*

Ele gesticulou para a casa.

— Bem, apresse-se. Vamos. Não tenho o dia todo. Vou apresentá-la e, então, você faz o que tem que fazer. Traga-o de volta em uma hora. A babá estará aqui e o receberá quando você voltar. Sejam quais forem os comandos que precisam ser treinados em casa, ensine-os para Magdalene. Ela passa mais tempo aqui do que eu, de qualquer forma.

Hesitei, mas comecei a subir as escadas novamente. Meus joelhos tremiam mais e mais a cada degrau. Quando cheguei à porta da frente, Sebastian já estava dentro da casa. Dei alguns passos cautelosos para o vestíbulo e, então, do nada, fui atacada.

Tudo bem. "Atacada" talvez não fosse a palavra certa. Mas, quando dei por mim, caí de bunda no chão, com duas patas gigantes pressionadas ao meu peito e me segurando deitada. E a maior língua que já vi começou a lamber a lateral do meu rosto.

— Marmaduke! — Sebastian gritou.

O dogue alemão gigantesco branco com manchas pretas olhou para trás e praticamente riu do homem grande e bravo olhando para ele. O cachorro, então, voltou a lamber meu rosto.

Depois que o choque passou, de algum jeito consegui empurrar a criatura enorme de cima de mim. Limpei a saliva do meu rosto e fiquei de pé, encontrando Sebastian não muito feliz. *Mas o que é isso?* A nocauteada fui eu, não ele.

Ele colocou as mãos nos quadris.

— Espero seriamente que essa não tenha sido uma demonstração das suas habilidades de adestramento. Você teve menos controle sobre ele do que eu.

Fiquei irritada.

— O que você esperava? Ele me derrubou sem aviso. A propósito, que gentil da sua parte estender uma mão para me ajudar a levantar.

Sebastian fez uma carranca.

— Você não parece alemã.

Passei as mãos em minha calça para limpá-la.

— Bem, deve ser porque eu não sou.

Ele estreitou os olhos para mim.

— Então, por que você adestra cães em alemão?

*Oh, merda.*

— Hummm. — Pisquei algumas vezes antes de arrancar uma resposta esfarrapada do rabo. — Por favor, não comece a questionar os meus métodos ainda. Se não quiser que eu adestre o seu cachorro, que claramente precisa de um treinamento que você não é capaz de oferecer, me diga e eu irei embora.

O canto dos lábios de Sebastian repuxou levemente para cima.

— Está bem. Vou pegar a coleira dele.

*Sério?* O que raios eu estava fazendo? Eu havia precisado de uma visita à dra. Emery para discutir as minhas ações em relação à garotinha que escrevera para o Papai Noel. Então, por que eu estava fingindo ser uma adestradora de cães que ensinava comandos em alemão? Deus, como eu me enfiei nessa situação?

Sebastian voltou com a coleira e a entregou para mim. Fiquei surpresa quando seu tom suavizou e ele estendeu a mão.

— Peço desculpas. Não me apresentei. Às vezes, esse cachorro me dá nos nervos. Sou Sebastian Maxwell, e você deve ser a Gretchen.

*Gretchen. É claro!* Porque a mulher que *não* é da Alemanha e treina cães em alemão logicamente se chamaria Gretchen. Coloquei a mão na sua e a apertei. Quando sua mão grande apertou a minha com firmeza, um choque elétrico subiu por meu braço. Ótimo, mais um comportamento perturbador para discutir com a dra. Emery. Se bem que fez sentido eu acender como uma árvore de Natal, já que eu era o maldito Papai Noel. Eu ia precisar de um empréstimo para pagar as minhas sessões de terapia a partir de agora.

Puxando minha mão de volta, foquei em dar o fora dali. Aparentemente, eu levaria meu novo aluno junto. Consegui prender a coleira em Marmaduke e fiz o meu melhor para personificar uma adestradora de animais profissional.

— Ok. Então, voltarei em uma hora. — Puxei a coleira do cachorro gigantesco, e, para minha surpresa, ele me seguiu. Só para solidificar o fato de que eu havia perdido completamente a cabeça, virei-me e sorri para Sebastian Maxwell. — *Danke.*

Após dizer isso, comecei a questionar se isso ao menos realmente era "obrigada" em alemão ou não. Marmaduke saiu correndo pelas escadas, e tive que correr para acompanhá-lo. Quando chegamos ao último degrau, equilibrei-me e puxei sua coleira com mais força.

— Ôôô... — eu disse.

*Merda. Ôôô?* Isso era usado com cavalos, não era? Olhei para trás por cima do ombro, esperando que Sebastian tivesse entrado na casa e não tivesse me ouvido. É claro que não tive essa sorte.

Sebastian estava no topo das escadas, me observando. Ele parecia estar bastante cético.

*É, somos dois, cara. Somos dois.*

Marmaduke e eu fomos a um parque próximo que tinha um espaço para cães, o que significava que eu podia deixá-lo solto sem coleira na área cercada enquanto pesquisava sobre adestramento de cães no Google.

Passei meia hora lendo as coisas básicas sobre treinar um cachorro a ser obediente e depois procurei quais os motivos para se adestrar um cachorro em alemão. Surpreendentemente, era mais comum do que eu imaginava. Muitas pessoas adestravam cães no idioma nativo da raça. Um dogue alemão também era chamado de grande dinamarquês, mas sua raça era de ascendência alemã. Então, fazia sentido, eu acho. Além disso, treinar em um idioma estrangeiro fazia com que fosse mais fácil o animal não confundir quando outras pessoas usassem palavras comuns perto deles. Também pesquisei algumas palavras para o adestramento básico em alemão. *Sitz*, pronunciada *zitz*, significava "senta". *Platz*, pronunciada *plátz*, significava "deita", e *nein*, pronunciada *náin*, significava "não". Imaginei que Marmaduke precisava desesperadamente dessas três palavras em sua vida.

A única coisa boa em um filhote de cachorro grande com muita energia era que ele cansava bem rápido. Quando vi que ele parecia estar mais subjugado, retirei-o da área para cães e procurei uma árvore em um local tranquilo para sentarmos debaixo e trabalharmos em seu adestramento.

Ele deitou o corpo enorme por cima das minhas pernas. Eu o acariciei ao falar.

— Então, Marmaduke, me conte sobre as pessoas com quem você mora. O Sebastian é mesmo tão babaca quanto pareceu lá na casa? Ele definitivamente não é nada como esperei que fosse depois de Birdie falar sobre ele. — Quando eu disse "Birdie", Marmaduke começou a abanar o rabo. Queria ver se isso foi uma coincidência ou não. Então, esperei ele parar de balançá-lo e falei um pouco mais com ele. — Pois é. Eu esperava que ele fosse um cara legal, que talvez falasse mansinho, mesmo que ele seja claramente um cara grande como você. Mas Sebastian é um pouco malvado, não é?

Nada. Marmaduke só ficou olhando para mim, mas seu rabo não se mexeu.

— Espero mesmo que ele não fale com *Birdie* do jeito que falou conosco.

No instante em que eu disse "Birdie", o rabo do cachorro começou a balançar. Sorri e cocei suas orelhas.

— É, eu entendo, amigo. Pude ver que ela era muito especial só pelas cartas. Fico feliz que você esteja lá para protegê-la.

Birdie havia escrito em uma de suas primeiras cartas que pedira um cachorro de Natal, e o Papai Noel não lhe trouxera um. Então, fiquei me perguntando o que havia feito seu pai lhe dar um agora. Será que havia algum perseguidor rondando a vizinhança e ele sentiu que ela precisava de proteção quando ele não estava em casa? Bem, algum perseguidor além de mim. Eu esperava que esse não fosse o caso.

Eu realmente precisava ensinar alguma coisa para esse cachorro hoje, porque já estava quase na hora de levá-lo de volta. Mas a maioria das informações sobre adestramento que li dizia que você precisava de petiscos de cachorro. Então, improvisei. Procurei na minha bolsa qualquer coisa que eu tivesse que pudesse ser um bom substituto. Infelizmente, eu não tinha muitas opções — somente um chiclete e uma barrinha de cereais KIND, que era feita basicamente de vários tipos de nozes. Como a metade das pessoas do mundo pareciam ser alérgicas a isso hoje em dia, pesquisei no Google "cães podem comer nozes?" para ter certeza. Eles podiam, mas tinham que evitar macadâmias e avelã. Após conferir os ingredientes da barrinha de cereais, coloquei o chiclete na boca e levantei-me. Marmaduke levantou-se junto comigo. Quebrei a barrinha em alguns pedaços e mostrei um para ele.

— Senta — eu disse severamente. — Oh, espere, não. *Sitz.*

O cachorro ficou apenas olhando para mim. Suspirei e consultei novamente um dos melhores artigos que li sobre adestramento de cães e procurei a seção sobre ensinar o animal a sentar.

*Passo um: Ajoelhe-se diretamente de frente para o seu animal de estimação.*

Ótimo. Manchas de grama na minha calça branca. Respirei fundo e ajoelhei-me mesmo assim.

*Passo dois: Segurando o petisco na mão, deixe que seu cachorro veja sua recompensa e aproxime-o de seu focinho.*

Isso meio que parecia maldade. Torci para que Marmaduke não avançasse nos meus dedos e arrancasse alguns junto com o pedaço de barrinha de cereais por provocá-lo. Mas ele não fez isso. Hum... talvez a pessoa que escreveu esse artigo realmente soubesse de alguma coisa. Então, continuei.

*Passo três: Esconda a recompensa na sua mão e a erga. Mande o seu cachorro sentar.*

Escondi o pedaço de barrinha de cereais na minha palma e falei, com a voz firme:

— Sitz!

*Puta merda.*

Marmaduke sentou.

*Ele sentou!*

Dei o petisco a ele e esfreguei suas orelhas.

— Bom garoto. Você é um bom garoto.

Quando chegou a hora de ir embora do parque e voltar para a casa dos Maxwell para devolver meu aluno prodígio, ele havia seguido meu comando pelo menos cinco vezes. Na última vez, eu nem estava mais com um petisco na mão. No instante em que ergui o braço, ele simplesmente pousou a bunda no chão. Não dava para acreditar. Mas mesmo tendo conseguido cumprir uma pequena tarefa, eu definitivamente não era uma adestradora profissional. E precisava cortar essa loucura pela raiz. Ter me intrometido na vida de Birdie já havia causado danos o suficiente. Eu deveria estar recuando nas minhas interferências, não mergulhando nelas de cabeça. Contudo, eu tinha que admitir que estava muito animada para conhecer a linda garotinha. E o fato de que eu ia voltar para a casa e encontrar a babá e não Sebastian me deixou bem menos estressada do que estaria se tivesse que encará-lo novamente.

Cheguei a Eighty-Third Street alguns minutos depois do horário em que eu deveria devolvê-lo. Parando para respirar fundo algumas vezes, eu me recompus e subi o lance de escadas para a casa de tijolinho dos Maxwell. Toquei a campainha e esperei, mas ninguém veio atender. Após um minuto, lembrei-me de que Sebastian dissera que a campainha estava quebrada e eu precisava bater à porta com mais força. Então, foi o que fiz.

Uma mulher que parecia ser muito simpática e tinha provavelmente pouco mais de cinquenta anos abriu a porta. Com seu sorriso caloroso, ela não era nem um pouco tão intimidante quando o cara com quem eu tivera de lidar mais cedo.

— Você deve ser a Gretchen — ela disse.

Assenti.

— Aham, sou eu. Gretchen, a adestradora de cães.

Ela deu um passo para o lado.

— Entre. Eu sou Magdalene. O sr. Maxwell disse que eu deveria aprender qualquer coisa que precisemos trabalhar em casa para ajudar no adestramento do Marmaduke.

Olhei em volta ao entrar. A casa estava quieta. Nenhum sinal de Sebastian ou Birdie.

— Hum. O sr. Maxwell está em casa? Todos são bem-vindos para se juntarem ao treinamento.

Ela balançou a cabeça.

— Não. Ele saiu para o trabalho. Ele trabalha à noite. Mas a filha dele e eu estamos ansiosas para trabalhar no adestramento. O cachorro é dela.

Meu coração palpitou inesperadamente diante da menção à Birdie.

— O cachorro é da filha dele. Oh, ok. Ela pode se juntar a nós?

Magdalene balançou a cabeça.

— Não, ela saiu com sua tropa de Garotas Escoteiras para fazer uma arrecadação de fundos em frente ao supermercado. Mas eu ensinarei a ela o que quer que você achar que devemos praticar.

Fiquei desanimada. *Nada de Birdie.*

Engolindo um suspiro, assenti.

— Ok. Bem, hoje nós trabalhamos o comando de sentar, mas ele atende em alemão. Meus petiscos acabaram. Você teria algum para que eu possa demonstrar?

— Claro. Só um momento. Eles estão no armário da cozinha. Por favor, sinta-se à vontade enquanto vou buscar.

Parte de mim sentia-se tão culpada pelo que eu estava fazendo, enquanto outra parte de mim não pôde evitar olhar em volta, com a oportunidade presente. A parte mais feia venceu quando vi os porta-retratos sobre a cornija da enorme lareira que avistei mais cedo pela janela. Meu coração apertou quando peguei a primeira. Era uma foto de Sebastian e sua esposa usando casacos e toucas de inverno, em frente a uma montanha coberta de neve. Os dois tinham esquis, e Sebastian estava segurando Birdie no ar com um braço — e ela tinha uma prancha de neve presa em seus pequenos pés. Ela não devia ter mais que cinco ou seis anos na foto. Suas bochechas cheinhas estavam vermelhas, e exibia o sorriso mais feliz que eu já vira. Mesmo que Sebastian estivesse muito lindo, era para o sorriso de Birdie que eu não conseguia parar de olhar.

Magdalene retornou antes que eu pudesse parar de fitar a foto. Vendo o que havia capturado minha atenção, ela abriu um sorriso triste.

— Esses são o sr. Maxwell e sua filha, Birdie. — Ela fez o sinal da cruz. — E sua amada esposa, Amanda. Ela faleceu. Que Deus a tenha.

Senti que estava começando a ficar engasgada com a emoção, então tossi para limpar a garganta e coloquei o porta-retratos de volta no lugar.

— Bem, eles formam uma linda família.

Magdalene assentiu. Ela me entregou o petisco do cachorro e voltei minha atenção para Marmaduke. Torci muito para que ele lembrasse do que aprendera. Seguindo o que praticamos, deixei-o ver o petisco e em seguida ergui a mão com a recompensa escondida dentro dela.

— *Sitz* — eu disse. Milagrosamente, Marmaduke se sentou imediatamente.

Magdalene sorriu.

— Oh, minha nossa. Você é muito boa no seu trabalho. Esse garotão não dá ouvidos a ninguém.

Por mais louca que a situação fosse, ainda me senti orgulhosa do que consegui realizar.

— Obrigada. — Sorri. — Ou *danke*. — Quase dei risada após falar a última palavra, mas não pude evitar entrar ainda mais na personagem. Após a minha demonstração, dei algumas dicas para Magdalene que tirei da internet e, então, estava na hora de ir.

— Ok. Bem, boa sorte com ele. Ele é um amor de cachorro.

Magdalene me levou até a porta.

— Você voltará semana que vem, certo?

— Hum... bem...

— Birdie vai ficar tão chateada por ter perdido hoje. Para ser honesta, nós tínhamos esquecido que você viria quando ela fez esses planos com sua tropa. Tenho certeza de que ela vai ficar plantada na porta esperando por você na próxima terça-feira.

*Plantada na porta esperando por mim.*

Imaginei Birdie com seu nariz pressionado ao vidro, empolgada para trabalhar no adestramento de seu cachorro.

Eu não podia deixá-la na mão. Podia?

*Só mais uma semana não vai fazer tão mal assim, vai?* Quero dizer, eu já tinha chegado até ali. Como eu poderia encerrar as coisas sem ao menos conhecer a pequena Birdie? Além disso, ela ficaria tão decepcionada se a adestradora desistisse depois do primeiro dia.

— Quer saber? Claro. Te vejo na próxima terça-feira.

Saí da casa e respirei fundo.

*Merda. Lá vamos nós de novo.*

# Capítulo 8
## Sadie

— Bleib.

Au!

— Bleib.

Au!

— O que diabos você está ouvindo? — Devin, mais uma vez, me pegou brincando no trabalho. — Isso é alemão... e latidos?

Cliquei no botão "Pausa" o mais rápido que pude. Estava assistindo a mais um tutorial no YouTube sobre adestrar cães em alemão. Era tudo a que eu vinha assistindo ultimamente sempre que tinha algum intervalo. Na verdade, adestrar cães em alemão havia me consumido, a ponto de que, na noite anterior, eu havia sonhado que estava em um julgamento por algum crime, e o tribunal inteiro estava cheio de cachorros latindo para mim em alemão.

— Não. — Balancei a cabeça e menti. — Não tem nada de alemão aqui. Não sei o que você acha que ouviu.

— Não? O que era, então?

Eu não ia conseguir me safar dessa.

Me rendi.

— Ok, era sim.

— Eu sei que era... porque a minha avó Inga é alemã. Você vai viajar? — Ela abriu um sorriso enorme diante da possibilidade de eu fazer uma viagem para fora do país. — Um artigo sobre namoro internacional! Eu topo na hora ser a sua assistente nessa pesquisa!

Devin não fazia ideia da bagunça na qual eu havia me metido. Mas eu ia explodir se não contasse a alguém. Se tinha uma pessoa que me entenderia e não me comprometeria, essa pessoa era Devin. *Só Devin.*

— Não vou fazer um artigo sobre namoro internacional. — Suspirei. — Mas eu tenho que te contar uma coisa, e acho melhor você se sentar para ouvir isso.

Devin nem conseguia mais ficar sentada. Ela estava andando para lá e para cá, animadíssima, no espaço entre o meu cubículo e o dela.

— Ai, meu Deus! Isso é bom demais para ser verdade.

— É um desastre, isso sim! E vai acabar depois dessa próxima visita.

Ela parou por um momento.

— Então, você está pretendendo fingir ser a adestradora de cães alemã só mais uma vez e, depois, o quê?

Fiquei batendo minha caneta na mesa e soltei um longo suspiro.

— Depois vou ter que achar um jeito de sair dessa.

— Espere... o que aconteceu com a *verdadeira* adestradora de cães?

*É a pergunta do ano, não é?*

— Não faço ideia. Esse é o outro problema. Até onde sei, *Gretchen* não apareceu ontem, mas não faço ideia do porquê ou se ela vai aparecer em algum momento.

— Vamos torcer para que não. — Ela suspirou. — Isso é o destino, Sadie. A presilha de borboleta, o fato de que ele abriu a porta exatamente naquele momento, o jeito como o cachorro só atendeu às suas instruções malucas em alemão como se você fosse algum tipo de expert! Essa é a sua oportunidade. Por que desistir após mais uma visita?

Eu não estava acreditando no que ela estava sugerindo, embora não devesse ficar surpresa.

— Minha oportunidade de fazer o quê, exatamente, Devin? E não diga cair na cama do Sebastian.

— Na verdade, eu ia dizer... sua oportunidade de entrar na vida da Birdie. Você pode vê-la agora, se certificar de que ela está bem, sem ter que realizar desejos inalcançáveis brincando de Papai Noel. — Ela fez uma pausa e, então, abriu um sorriso malicioso. — E, sim, isso também poderia levar a sexo incrível com Sebastian Maxwell.

Levantei da minha cadeira.

— Só mais uma vez e acabou, Devin. Estou falando sério. Não posso mentir na cara daquela garotinha. É a única coisa pior do que brincar de Deus à distância.

— Você não está mentindo. Essa é a beleza de tudo isso. Você é... *você*. Só também está, por acaso, adestrando o cachorro dela, e em alemão. Você *é* a adestradora de cães. Você mereceu isso. Quem liga para a maneira como chegou lá?

— E o meu nome é *Gretchen*? Isso não é uma mentira?

Ela deu de ombros.

— Só um pequeno detalhe.

Puxei meus cabelos.

— Como se diz "fraude" em alemão?

Era uma linda tarde de fim de verão na Eighty-Third Street. O dia perfeito para um piquenique no parque ou uma caminhada com um copo de café. Havia inúmeras coisas que eu poderia estar fazendo hoje — qualquer coisa além de continuar com essa farsa. Mas, com o coração martelando, subi as escadas para a casa de tijolinho dos Maxwell e bati à porta.

Por trás da porta, pude ouvir as patas de Marmaduke arranhando o chão de madeira conforme ele corria freneticamente para me cumprimentar.

Quando a porta se abriu, ali estava ele, que pulou imediatamente em mim. Quem tinha aberto a porta? Tudo que vi foi ele. Foi como se tivesse feito isso sozinho.

Virei o rosto, tentando evitar que ele babasse em minha boca.

— Calma. *Sitz. Sitz.*

Aparentemente, ele havia esquecido tudo que aprendeu da última vez. Dizer *sitz* não ajudou em nada a evitar que ele ficasse de pé tentando me dar um beijo de língua.

— Entre — Magdalene disse de algum lugar atrás de Marmaduke. — Sinto muito pela energia dele hoje. Como pode ver, ele está muito indisciplinado, então é o momento perfeito para mais uma aula.

Eu estava esperando que Birdie estivesse aguardando na porta como Magdalene dissera que ela faria, mas não havia sinal dela.

Com Marmaduke logo atrás de mim, segui Magdalene para dentro, olhando em volta à procura de Birdie. Magdalene me conduziu até a cozinha. Meus olhos, então, pousaram nas mechas de cabelo loiras de Birdie.

*Aí está ela.*

Ela parecia estar se apressando para colocar algo de volta dentro do armário. Quando virou-se para nós, suas bochechas estavam cheias como as de um esquilo.

— Você está bem? — Magdalene perguntou.

Ela assentiu rapidamente e murmurou com a boca cheia.

— Aham.

Magdalene não sabia o que ela estava fazendo? Porque não era preciso muita inteligência para saber que Birdie havia aproveitado enquanto a babá atendia à porta para roubar biscoitos. Dei risada internamente. *Minha pequena ladra de biscoitos ataca novamente.*

Ela virou-se de costas para nós brevemente, e quando voltou a ficar de frente, suas bochechas estavam vazias. Aparentemente, ela engoliu os biscoitos. Agora que eu não estava mais distraída por suas bochechas, pude realmente ver seus lindos olhos azuis. Birdie era uma garotinha deslumbrante, e olhar nos olhos da criança que encantou meu coração por tanto tempo de longe foi surreal. Eu não aguentaria olhar naqueles olhos e mentir para ela. Então, decidi que daria o meu melhor para ser o mais honesta possível, sob as circunstâncias.

— Birdie, esta é Gretchen, a adestradora do Marmaduke — Magdalene disse.

— Na verdade, Gretchen é somente o meu nome de trabalho. Pode me chamar de Sadie.

Birdie ficou com uma expressão confusa.

— Você tem dois nomes?

Hesitei.

— Sim.

— Eu quero ter dois nomes! Vou pensar em outro nome para mim.

Sorrindo, eu falei:

— É divertido, eu acho.

— Nós vamos levar o Marmaduke ao parque de cães? — Birdie perguntou.

— Sim, eu estava pensando em deixá-las me verem fazendo alguns comandos com ele e, depois, vocês duas podem tentar também.

Birdie saiu correndo do cômodo.

— Vou pegar o meu suéter. — Com o rabo abanando, Marmaduke a seguiu por um corredor.

Após ela retornar, Birdie, Magdalene e eu fomos andando juntas ao parque. Bem, foi mais para Marmaduke correndo até o parque e me levando junto com ele, enquanto Birdie e Magdalene corriam atrás de nós. Eu precisava descobrir como ensiná-lo a "ir devagar".

Quando chegamos ao nosso destino, procuramos um local para fazer nossas aulas.

Birdie virou-se para mim e perguntou:

— Você é alemã?

— Não, não sou.

— Então, como você ensina ao Marmaduke em alemão?

— Eu aprendi as palavras importantes, e vou ensiná-las a você também, para que não precise mais de mim. O objetivo é fazer com que ele obedeça a você, Magdalene e ao seu pai.

— Você pode ensiná-lo a não pular na cara do papai pela manhã? É assim que o Marmaduke o acorda, e ele fica tão bravo. Tenho medo de que, se ele continuar fazendo isso, o papai queira se livrar dele.

— Eu não acho que o seu pai vá querer fazer isso.

Eu provavelmente não deveria ter feito essa promessa em nome de Sebastian. Pelo menos, eu esperava que ele não partisse o coração da filha dessa maneira.

Desta vez, vim munida de um pacote cheio de petiscos. Eu esperava que ter os tipos certos de reforços fizesse com que isso fosse mais fácil.

Demonstrei o comando *sitz* (senta) e *platz* (deita) algumas vezes antes de entregar alguns petiscos para Birdie. Como sempre, o rabo de Marmaduke balançava loucamente sempre que Birdie assumia as rédeas. O nível de empolgação que ele tinha por essa garotinha era diferente de qualquer coisa que eu já tinha visto. Birdie deu um gritinho de alegria na primeira vez que o cachorro obedeceu ao seu comando por um petisco. Era verdadeiramente milagroso como esse negócio de adestramento parecia estar dando certo. Eu realmente achei que não daria conta disso, mas parecia que eu estava conseguindo, por enquanto.

Mas, de acordo com tudo que li, um adestramento apropriado costumava durar mais do que apenas duas sessões. Eu não tinha como simplesmente desistir após duas vezes sem uma boa razão. Então, teria que inventar uma desculpa para explicar por que não poderia mais vir após o treinamento de hoje. Até mesmo somente pensar nisso era inquietante.

Ironicamente, estávamos trabalhando no comando "fica" — *bleib* — quando Marmaduke fez exatamente o oposto após ficar distraído por um filhote de cachorro que havia entrado na área para cães. Não importava o quanto eu gritasse *bleib* para convencê-lo a não correr atrás do animalzinho. Foi preciso nós três para dominar Marmaduke e conduzi-lo para a área mais quieta, longe dos outros cachorros. Após atiçá-lo com mais alguns petiscos, pudemos descansar sob uma árvore. Embora estivesse um pouco mais frio, eu estava suando.

— Então, como você começou a carreira de adestradora de cães? — Magdalene perguntou.

*Ah, você nem acreditaria.*

— Não é a minha carreira. É só uma coisa que acabei começando a fazer por acaso, literalmente. Faço isso como um trabalho extra. Eu tenho outro emprego.

— Você tem dois empregos e dois nomes! — Birdie riu.

Magdalene sorriu.

— Posso perguntar qual é o seu outro emprego?

— Eu escrevo uma coluna para uma revista.

Ela arregalou os olhos.

— Oh, isso parece divertido. Qual é o assunto?

— Encontros, na verdade. Às vezes, eu vou a encontros com rapazes e escrevo sobre eles.

Birdie torceu o nariz.

— Eca. Você tem que beijá-los?

Dei risada.

— Não. Definitivamente não.

— Que bom. O único garoto que eu quero beijar é o meu pai.

— E eu acho que o seu pai ficará perfeitamente bem com isso pelo tempo que for possível — eu disse.

Magdalene e eu sorrimos uma para a outra.

— Aposto que muitos garotos querem beijar você — Birdie acrescentou. — Você tem cabelos loiros lindos e um sorriso simpático.

Que amor.

— Bem, obrigada, Birdie. Posso te contar um segredo?

Ela inclinou-se para mim, curiosa.

— Sim!

Baixei meu tom de voz para dar um efeito.

— Na maioria dos dias, eu preferiria beijar um sapo.

Ela arfou.

— E aí ele viraria um príncipe! A minha mãe leu uma história assim para mim, uma vez.

Meu coração apertou.

— Foi mesmo?

— Sim. Eu não me lembro muito bem. Mas sei que havia um sapo, um beijo e um príncipe.

— Parece uma história legal.

Ela ficou em silêncio por um momento antes de dizer:

— Você sabia que a minha mãe morreu?

— Sim. Sim, eu sabia disso.

A culpa começou a tomar conta de mim. Magdalene me contara sobre Amanda na semana anterior, mas elas mal sabiam que eu sabia disso há *muito* mais tempo do que poderiam imaginar. De repente, lembrei-me do fato de que eu era uma impostora.

— Ela morreu quando eu tinha sete anos.

Eu havia prometido a mim mesma que faria tudo que estivesse ao meu alcance para não criar um vínculo com essa garotinha hoje. Eu precisava me livrar da vontade insana de fazer isso. Infelizmente, a necessidade de mostrar que ela não estava sozinha falou mais alto.

— Eu também perdi a minha mãe quando tinha mais ou menos a sua idade.

Sua expressão mudou de triste para admirada.

— Perdeu?

Foi como se ela nunca tivesse ouvido alguém dizer isso antes.

— Sim, perdi.

— O que aconteceu com ela?

— Ela morreu de câncer.

— A minha também!

Senti meu coração pesar tanto que poderia jurar que estava me sufocando. Ela parecia tão aliviada por conhecer alguém que havia passado pelo mesmo que ela. Isso me deixou feliz por ter escolhido me abrir.

— Você parou de pensar nela, algum dia? Tenho medo de esquecer a minha quando for mais velha. Eu só me lembro de poucas coisas agora.

Tentando acalmá-la, eu disse:

— Eu nunca me esqueci das coisas das quais lembrava quando tinha a sua idade. Porque essas lembranças são tão importantes e preciosas que ficam gravadas em nós. E também tenho um pai maravilhoso que se certificou de que eu não a esquecesse. Mas sabe qual é o motivo número um pelo qual você nunca será capaz de esquecê-la?

— Qual?

Apontei para meu coração.

— Porque ela está bem aqui. Sempre. Ela faz parte de você, e você a carrega dentro do seu coração todos os dias. Você não pode esquecer do próprio coração, e não esquecerá.

Birdie fechou os olhos e sussurrou:

— É. Ok.

Eu nunca esqueceria esse momento. Mesmo que eu nunca mais visse Birdie novamente, pelo menos sabia que havia conseguido fazê-la sentir-se um pouco menos sozinha nesse mundo. Durante todo o tempo em que ela se comunicava comigo como se eu fosse o Papai Noel, a única coisa que eu sempre quis dizer a ela foi: "Eu também. Eu sei como você se sente".

— Estou muito feliz por ter te conhecido. Nunca conheci uma pessoa que tivesse perdido a mãe quando era nova como eu.

Não pude evitar meu sorriso.

— Bem, talvez estivéssemos destinadas a nos conhecermos, para que assim você pudesse saber que existem outras pessoas iguais a você.

Os olhos de Magdalene estavam marejados.

Quando me dei conta de que talvez tivesse levado as coisas longe demais emocionalmente, levantei-me.

— Bom, vamos voltar ao treino do Marmaduke, que tal?

O cachorro parecia estar quase dormindo, curtindo a brisa com a língua pendurada para fora.

Birdie e eu o fizemos se levantar e, mais uma vez, alternamos ao recitar os comandos em alemão e recompensando Marmaduke com petiscos quando ele obedecia. Estava tudo indo normal, até que aquele filhote de mais cedo entrou em sua linha de visão novamente. Nesse momento, ficou claro que a nossa sorte em domá-lo havia acabado.

Nós o levamos para fora do parque e começamos a voltar para a casa de Birdie.

Assim que estávamos de volta à casa dos Maxwell, Magdalene insistiu que eu ficasse mais alguns minutos antes de ir embora, para provar uma receita que ela deixou cozinhando o dia inteiro em uma panela elétrica. Nós três estávamos à mesa e havíamos acabado de terminar de comer o ensopado quando notamos um barulho estranho vindo de Marmaduke no cômodo ao lado.

Quando levantamos de nossas cadeiras, não demorou muito até percebermos que ele estava engasgando com alguma coisa.

*Ele está engasgando. O cachorro está engasgando.*

Senti um pânico total se instalar em mim.

A partir daí, tudo aconteceu tão rápido.

Eu havia assistido, outra noite, a um vídeo demonstrando o que fazer se um cachorro começasse a engasgar. O YouTube me recomendou, porque era relacionado aos resultados da minha busca sobre adestramento de cães. Naquele momento, pensei que talvez fosse bom assisti-lo, já que eu treinaria o cachorro mais uma vez. Mas, meu Deus, nunca pensei que fosse precisar usar alguma dessas habilidades.

Lutei para me lembrar das instruções do tutorial ao partir para a ação, posicionando-me atrás do cachorro e colocando meus braços em volta de seu corpo.

*Pense.*

*Pense.*

*Pense.*

Fechando minha mão esquerda em punho, coloquei meu polegar contra sua barriga e, com a outra mão, apertei e empurrei em direção aos ombros de Marmaduke. Sem saber se tinha feito corretamente, continuei repetindo esse movimento até ouvir Magdalene dizer:

— Saiu!

— Saiu! Saiu! — Birdie ecoou, com lágrimas descendo por seu rosto.

Magdalene recolheu o culpado do chão. Era uma bolinha de borracha, mais ou menos do tamanho de uma moeda de cinquenta centavos.

Nunca senti tanto medo na minha vida. A pobre Birdie ficou tão assustada. Não tive tempo para pensar direito sobre o que quase havia acontecido.

— Você salvou a vida do Marmaduke — Birdie choramingou ao abraçar o cachorro pelo pescoço e pressionar a bochecha contra o rosto dele. Ele não parecia nem um pouco perturbado pelo que poderia ter acontecido.

Abaixei-me para confortá-la.

— Eu só fiz o que qualquer pessoa faria nessa situação.

Magdalene estava com a mão no peito, parecendo mais agitada do que nós.

— Eu não saberia o que fazer, Sadie. Graças a Deus você estava aqui.

O barítono da voz por trás de mim literalmente me fez estremecer.

— Mas o que está havendo aqui? Por que Birdie está chorando?

Até ele falar, ninguém havia percebido que Sebastian tinha chegado em casa.

Birdie correu até seu pai.

— Papai, a Sadie salvou a vida do Marmaduke! Ele estava engasgando com uma bolinha, e ela fez a manobra de ai, meu hímen.

Ela disse "manobra de ai, meu hímen"? Claramente, ela quis dizer *manobra de Heimlich*. Eu teria dado risada se não estivesse recebendo um olhar mortal de Sebastian, que estreitou os olhos em confusão.

— Quem é Sadie?

Ela apontou para mim e começou a falar muito rápido.

— A adestradora! Ela só usa Gretchen para o trabalho. O nome verdadeiro dela é Sadie, e o Marmaduke engoliu a bolinha que peguei na máquina de chicletes do supermercado outro dia. A Sadie fez um negócio nele e a bolinha saiu. Eu fiquei com tanto medo. Pensei que ele ia morrer.

— Foi realmente incrível, sr. Maxwell — Magdalene disse.

Sebastian olhou para mim e depois para Birdie, antes de curvar-se para baixo e afagar a cabeça do cachorro, parecendo um pouco abalado agora que tinha absorvido por completo o que havia acabado de acontecer.

Ele ergueu o olhar para mim.

— Você fez a manobra de Heimlich nele?

Deus, nem eu mesmo sabia *o que* tinha feito. Só me lembrei das instruções daquele vídeo e parti para a ação.

— Sim, algo desse tipo.

Ajoelhando-se, Sebastian abraçou sua filha.

— Você está bem?

Ela assentiu.

— Sim.

Meus olhos focaram em suas mãos fortes enquanto ele afagava as costas dela.

— Que tal você ir para a cozinha com Magdalene para que ela lhe dê alguns biscoitos e leite? — Ele olhou para mim e levantou-se. — Posso falar com você por um momento, por favor?

— Comigo? — perguntei idiotamente.

— Sim.

*Com quem mais seria?*

— Claro. — Virei-me para Birdie. — Caso eu não a veja novamente antes de ir embora, foi um grande prazer conhecê-la, Birdie.

— Te vejo semana que vem, Sadie. Não beije garotos feios.

Não tive coragem de dizer a ela que talvez não nos veríamos na semana seguinte.

*Espere*... "talvez"? Agora eu estava duvidando se ia mesmo acabar com isso depois de hoje?

Segui Sebastian até seu escritório. Era tão intimidante quanto ele, com madeira escura e uma cadeira de couro marrom-escura atrás de sua mesa grande.

Ficamos a alguns bons metros de distância um do outro, e antes que ele pudesse dizer alguma coisa, comecei a gaguejar.

— E-ela só estava... eu escrevo para uma coluna de relacionamentos. Contei isso a ela. Ela... foi por isso que ela disse aquilo sobre beijar garotos. — Encolhi-me diante de minhas próprias palavras.

— Você é escritora?

— Sim. O adestramento de cães é... algo a mais.

*Sim, algo bem mais doido.*

Ele assentiu e contemplou minha admissão por um momento antes de esfregar os olhos.

— A última coisa que eu precisava nessa casa era de um cachorro. Passei anos decidido a não adotar um. Trabalho por horas demais e mal consigo manter a minha filha viva e saudável, imagine trazer um animal quase do tamanho de um cavalo para dentro de casa.

— Eu entendo. É muita responsabilidade.

— Minha filha pedia um dogue alemão chamado Marmaduke há tanto tempo que perdi a conta. Eu não tinha a mínima intenção de realizar esse desejo. Mas, algumas semanas atrás, por algum motivo, ela convenceu-se de que sua mãe, que já morreu, estava brava com ela por algumas coisas que fez. Eu sinceramente não sei de onde ela tira essas ideias. Tudo que sei é que a única coisa que ela realmente quer, mais do que um cachorro, mais do que qualquer coisa... eu nunca poderei dar a ela. Que é ter sua mãe de volta.

Ele fez uma pausa. Lágrimas estavam começando a se formar em meus olhos, mas fiz o melhor que pude para lutar contra elas conforme ele continuou.

— Então, fiz algo que, vendo agora, provavelmente foi muito idiota. Dei a ela exatamente o que queria. Procurei em todos os lugares pelo dogue alemão branco com manchas pretas que ela queria, exceto pelos olhos com cores diferentes. Eu disse a ela que sua mãe apareceu para mim em um sonho, que ela me disse para adotar o cachorro, mas também para avisar à Birdie que só por não estar recebendo sinais não significa que sua mãe estivesse brava. — Ele ficou encarando o nada e balançou a cabeça. — Eu basicamente menti para a minha filha para tirar sua tristeza. De alguma forma, me convenci de que mentir em prol de fazer alguém feliz cancela a mentira.

*Uau.*

*E é precisamente por isso, sr. Maxwell, que estou aqui diante de você nesse momento.*

— Eu compreendo isso mais do que você imagina — eu disse, engolindo em seco.

— Enfim, as coisas têm sido melhores com ela desde que aquele cachorro chegou, exceto pelo fato de que ele me acorda babando o meu rosto todo dia. Mas isso é problema meu. O que quero dizer é... eu não consigo imaginar o que teríamos feito se alguma coisa tivesse acontecido com aquele animal hoje. Não somente pelo bem do cachorro, mas pelo da minha filha. Estou muito grato por você estar aqui.

Senti minhas bochechas esquentarem enquanto ele me fitava nos olhos. O poder de suas emoções era quase demais para que eu pudesse aguentar.

Pigarreei.

— Como eu disse à Birdie, qualquer um teria feito o mesmo.

Seus olhos queimaram nos meus, parecendo desafiar minha fraca tentativa de minimizar o que havia acontecido.

— Duvido que Magdalene saberia o que fazer. O fato de que você estava aqui salvou a vida daquele cachorro.

— Bem, então que bom que eu estava... aqui.

Ele mordiscou o lábio inferior por um instante e, então, acrescentou:

— Também quero pedir desculpas por ter sido grosso com você quando chegou na semana passada. Eu estava tendo um dia ruim por muitas razões. Mas isso não é desculpa.

— Bom, eu estava... atrasada, então entendo.

Ele não disse nada ao enfiar as mãos nos bolsos, ainda olhando para mim. Seu pedido de desculpas foi uma surpresa. Isso provou que Sebastian definitivamente não era o babaca insensível que pareceu ser durante a nossa primeira interação. Ele tinha um lado vulnerável. Eu podia ver isso agora. Ele era um homem que queria proteger sua filha de vivenciar mais uma tragédia.

Senti uma vontade imensa de reconfortá-lo, de assegurá-lo de que eu entendia o quanto era difícil para um pai viúvo assumir a responsabilidade da paternidade solo. Eu vivera essa vida através do olhar do meu pai, afinal.

Mas eu não ia dizer nada. Porque, a essa altura, estava simplesmente sufocada pelo poder de seu olhar, e senti a necessidade de fugir.

— Bom, é melhor eu ir.

Ele assentiu.

— Vou enviar o seu pagamento para o endereço do PayPal que você me passou.

— Obrigada.

Ao sair do escritório, eu ainda não fazia ideia de como diria a eles que não voltaria. Contudo, antes de passar pela porta, senti-me compelida a virar de volta e dizer uma última coisa para ele.

— Só para constar, sr. Maxwell, mesmo com o curto tempo em que pude vê-lo e conhecer a sua filha, posso dizer que acho que você está se saindo incrivelmente bem. E também não estou dizendo isso por dizer. Você tem uma filha incrível, e sem dúvidas, isso se deve ao tipo de pai que você é.

Ele piscou algumas vezes, e achei que não fosse responder, então continuei a sair pela porta.

Sua voz me deteve.

— Sadie.

Virei-me.

— Sim?

— Me chame de Sebastian. — Ele pausou e, então, abriu um sorriso genuíno. — E... *danke*.

# Capítulo 9
## Sadie

Número de vezes por semana que você gosta de praticar coito.

Mordi a ponta da caneta enquanto ponderava sobre mais uma pergunta difícil. Isso depende, não é? Quero dizer, ele é bom e me leva até o meu lugar feliz antes de cruzar a linha de chegada? Eu tinha que presumir que, já que eu estava buscando o meu par ideal, estavam me perguntando como as coisas seriam com ele, e não com algum apressadinho qualquer. Minha mente vagueou para Sebastian. Aquele homem definitivamente tinha um ar poderoso. Era impossível ele não ser daqueles que entregam tudo.

Suspirei. Decidi aproveitar o teste grátis que ganhei da casamenteira para tentar *parar* de pensar em Sebastian Maxwell. No entanto, ele parecia surgir na minha mente sempre que eu ponderava sobre cada pergunta intrusiva.

Descreva a aparência física do seu par ideal.

Fechei os olhos e pensei no tipo de homem que me atraía, e escrevi a descrição que me veio à mente. Alto, ombros largos, olhos verdes, mandíbula esculpida, antebraços fortes e uma postura de macho-alfa. *Deus do céu.* A única coisa que faltava eram os pontos dourados dos olhos de Sebastian. Eu realmente precisava desviar minha mente do Maxwell.

Local de residência preferido.

*Dã*. Uma casa de tijolinho no Upper West Side, é claro. Contudo, em minha defesa, eu teria respondido isso mesmo antes de conhecer um certo alguém.

Que música você cantou em particular pela última vez?

Ai, não. Talvez eu tivesse que mentir nessa resposta. Eu estava me sentindo um pouco para baixo pela manhã, então, antes de entrar no chuveiro, coloquei uma música antiga, mas muito boa para tocar bem alto e rebolei ao som de Sir Mix-a-Lot enquanto passava xampu no cabelo. Eu tinha quase certeza de que todos nós *gostávamos de bundas grandes*, mas isso não deixava um perfil de relacionamentos muito atraente. Então, escolhi uma resposta um pouco mais madura: *Someone You Loved*, de Lewis Capaldi, e depois fiquei desperdiçando tempo pensando sobre qual tipo de música Sebastian devia gostar. Por alguma razão, eu imaginava que ele seria fã de country — todas aquelas músicas sobre mulheres perdidas e cães pareciam combinar. Contudo, estranhamente, eu tinha a distinta sensação de que Sebastian ficaria muito mais intrigado por uma mulher que cantava Sir Mix-a-Lot do que por uma que cantava Lewis Capaldi.

Complete esta frase: Eu queria ter alguém com quem pudesse compartilhar...

Minha vontade imediata era de responder *tudo*. Mas pensei que isso podia fazer com que eu soasse carente demais. Então, peguei mais leve, mas ainda respondi algo que era verdadeiro e tinha um pouco mais de personalidade: macarrão frio e risadas às duas da manhã.

O som de saltos de sapatos clicando no chão me alertou que Devin estava vindo pelo corredor, então escondi o questionário rapidamente debaixo de alguns papéis.

— Hora do café. — Ela entrou em meu escritório. — Vai querer o de sempre?

— Sim. Seria ótimo. Estou me arrastando esta tarde.

— É mesmo? Fez alguma coisa interessante ontem à noite?

Como eu não categorizava assistir a vídeos de adestramento de cães como interessante, neguei com a cabeça.

— Que nada. Só acordei cedo e não consegui voltar a dormir.

Devin baixou o olhar para minha mesa.

— No que você está trabalhando?

— Na revisão dos meus artigos do mês que vem.

— Uhum. — Ela estreitou os olhos para mim. — Ok... bem. É a minha vez de pagar pelo café, então voltarei logo.

— Ótimo, obrigada.

Devin virou-se em direção à porta e, depois, de volta para mim.

— Na verdade... esqueci minha carteira. Pode me emprestar vinte dólares?

— Sim, claro. — Levantei-me e fui até o armário que ficava sob a janela e onde eu guardava a minha bolsa. Assim que enfiei a mão dentro dela para procurar minha carteira, Devin pegou a pilha de papéis de cima da mesa.

Estreitei os olhos.

— Mas o que você está fazendo?

— Revisão é uma ova. — Ela começou a folhear os papéis. Tentei pegá-los, mas ela puxou de volta rapidamente.

— Me dê isso!

Ela procurou por entre mais algumas páginas, e então, puxou uma delas.

— *Rá!* Eu sabia que você estava fazendo algo que não queria que eu visse.

— Você é louca.

Ela começou a ler o papel em voz alta.

— Serviços de Formação de Casais Bloom. Serviços sofisticados para solteiros da elite. — Devin revirou os olhos. — Deixe-me traduzir. "Sofisticado" significa "caro". "Solteiros da elite" significa "um monte de babacas metidos que se acham bons demais para o Match.com ou conhecer alguém em um bar".

— É pesquisa para um artigo.

— Então, por que você mentiu para mim e disse que estava fazendo revisão?

— Exatamente por causa do que você está fazendo nesse momento. Você faz tudo parecer ter uma proporção maior.

Devin estava ocupada demais lendo as folhas de papel para ao menos ouvir a minha defesa. Ela abriu um sorriso sugestivo quando ergueu o olhar.

— A descrição do seu par ideal soa bastante familiar.

— Eu sempre gostei de homens altos com cabelos escuros.

Ela arqueou uma sobrancelha.

— Com uma boa estrutura óssea, olhos verdes e uma postura de macho-alfa?

— Quem *não* gosta disso?

— Aham. Então, você não estava descrevendo Sebastian Maxwell nesse formulário?

— De jeito nenhum.

Ela virou a página e leu as perguntas que eu havia respondido mais cedo.

— "Quantos filhos o seu par ideal tem?" "Zero a um"? Desde quando você está procurando um pai solo? É a primeira vez que fico sabendo disso.

Peguei os papéis de sua mão.

— Você não tem um trabalho a fazer? Ou um café para infiltrar nas suas veias ou algo assim?

— Você precisa chamá-lo para sair e sabe disso.

— Sim. É exatamente isso que preciso fazer. Porque a fundação de qualquer bom relacionamento começa com uma série de mentiras sobre... vejamos... meu nome, minha profissão e meu relacionamento com sua filha única. Estava obviamente no destino. Nós provavelmente estaremos casados até o Natal.

Devin suspirou.

— Então, por que você não esclarece logo as coisas? Conte a verdade a ele.

— E depois, o quê? Chamá-lo para sair?

Ela deu de ombros.

— Claro. Por que não?

— Porque ele vai soltar os cachorros em mim se descobrir. Ele comprou um dogue alemão indisciplinado que o está enlouquecendo porque a filha dele, de repente, ficou convencida de que sua mãe morta estava brava com ela por algo que fez. Isso foi *tudo culpa minha*, Devin. Eu fiz uma criança pensar que o Papai Noel tinha contato direto com uma mulher morta.

— Mas você tinha boas intenções.

— Tenho certeza de que Sebastian Maxwell não verá dessa forma.

— Bom, você nunca vai saber a menos que conte a ele, não é?

Suspirei e balancei a cabeça.

— Eu preciso muito daquele café.

Devin assentiu.

— Tudo bem. Estou indo. Mas pense nisso, Sadie. Há oito milhões de pessoas nessa nossa cidadezinha e, de alguma forma, você acabou conhecendo esse cara. Pode ter começado de uma maneira errada, mas talvez exista uma razão para vocês terem se conhecido.

Depois que Devin saiu, amassei o papel do formulário da casamenteira que estava preenchendo. A verdade era que eu não tinha vontade alguma de ir a qualquer encontro. Devin estava certa. Eu sentia algo real por Sebastian. E não somente porque ele era ridiculamente lindo. Ele tinha um lado carinhoso que reservava para sua filha. Eu tinha certeza de que sua esposa também havia vivenciado esse seu lado. Havia algo tão lindo em um homem que guardou as melhores partes de si mesmo para as mulheres da sua vida. Eu sabia... porque ele me lembrava de outro homem que eu adorava. Nossa, Freud faria a festa comigo.

Decidi confessar tudo. Para meu choque, Devin estava certa. Desde a primeira carta de Birdie, senti que era algo do destino. Como se, por alguma razão, eu tivesse que conhecer a ela e seu pai. É claro que o fato de que o homem era insanamente lindo quando isso aconteceu, ajudou. Mas parte de mim sentia de verdade que, mesmo que Sebastian Maxwell não fosse lindo, eu ainda me sentiria atraída por ele. Minha atração ia mais a fundo do que somente na superfície. Eu também estava muito ciente de que estava fascinada por essa pequena família por me identificar com partes da minha própria história, mas não é assim que a vida funciona? Nossos corações são feitos de diferentes pedaços que pertencem a outras pessoas, e quando encontramos as certas, elas nos mostram como eles podem se encaixar.

Talvez eu estivesse viajando na maionese e sendo filosófica demais, mas o fato é que... eu já havia me aventurado pelo mundo dos relacionamentos o suficiente para saber que, quando uma pessoa surge na sua vida e te faz sentir borboletas no estômago, você precisa ir atrás dela e mantê-la na sua vida. Porque isso não acontece com muita frequência.

Então, decidi que, após a sessão de adestramento de hoje, pediria para falar em particular com Sebastian e contaria toda a verdade. A probabilidade era que ele surtaria e nunca mais quisesse me ver. Mas, a essa altura, eu não podia mais continuar com as mentiras. Não era justo comigo, nem com ele, nem com sua filha. E se existia alguma chance remota de que talvez algo pudesse acontecer entre nós, eu não podia deixar que isso fosse construído sobre uma base de mentiras.

Minhas palmas começaram a suar conforme me aproximei da casa de tijolinho dos Maxwell. Eu estava muito nervosa. Parte de mim esperava que Sebastian não estivesse lá hoje, só para que eu pudesse adiar mais um pouco ter que fazer isso. Na última vez que treinei Marmaduke, somente Magdalene e Birdie estavam em casa. Quando cheguei, respirei fundo e rezei para que esse fosse o caso hoje.

Subir as escadas até a porta da frente foi como caminhar pela prancha da morte. Sacudi minhas mãos formigantes e forcei-me a bater. Alguns segundos depois, vi sombras do outro lado da porta e prendi a respiração conforme a maçaneta começou a girar.

Infelizmente, não era Magdalene.

— Sr... hum... Sebastian... eu não esperava que você fosse atender à porta.

Ele cruzou os braços contra o peito e estreitou os olhos para mim.

— Não? E por quê, *Sadie*?

Foi impressão minha ou ele disse o meu nome de um jeito estranho? Talvez fossem meus nervos tomando conta de mim. Puxando fios imaginários da minha calça para evitar seu olhar intenso, pigarreei.

— Eu... hã... pensei que você estaria no trabalho. Na última vez que vim, era Magdalene que estava aqui.

Sua boca se curvou levemente em um sorriso perverso.

— Tirei a tarde de folga. Pensei que você e eu pudéssemos ter uma sessão de adestramento. Só nós dois.

Um bolo gigantesco se formou em minha garganta. *Merda*. Agora, eu não tinha outra escolha a não ser confessar. Eu havia deixado a cargo do destino, e o destino me deu um belo tapa na cara. Esse homem que trabalhava seis dias por semana havia, milagrosamente, tirado o dia de folga para passar tempo comigo. Sozinho.

— Hum. Ok. Que bom.

Ele deu um passo para trás, abrindo mais a porta.

— Entre. Eu gostaria de começar os treinos dentro de casa hoje, se não se importar.

Eu me importava. Muito. Passar pela soleira da porta me fez sentir claustrofóbica. Pelo menos, se estivéssemos do lado de fora, eu teria para onde correr. A porta se fechou com uma batida atrás de mim de repente, e dei um pulo.

Sebastian exibiu mais um sorriso perverso.

— Desculpe. Escorregou.

Se eu não soubesse, pensaria que ele estava intencionalmente me fazendo ficar tensa.

Por sorte, Marmaduke veio ao meu resgate. Ele avançou até mim e quase me derrubou ao tentar lamber meu rosto.

— Ei, garoto. — Cocei atrás de suas orelhas. — É bom te ver também.

Quando ergui o olhar, encontrei os olhos de Sebastian queimando em mim. Ele segurava uma folha de papel dobrada na mão que eu não tinha reparado antes.

— Onde você disse que treinou para ser adestradora, mesmo?

*Hã.* Pelo que me lembrava, eu não havia treinado. Olhando em volta no ambiente, senti um pânico começar a tomar conta de mim. Eu poderia ter arrancado o curativo de uma vez e confessado naquele momento, mas meu coração estava descontroladamente acelerado, e eu simplesmente não estava pronta. Então, o que eu fiz? Cavei ainda mais minha própria cova, é claro. O corredor onde estávamos tinha uma mesa redonda. Sobre ela, havia um molho de chaves.

— Eu fui à Escola de Treinamento Chaves.

— Escola de Treinamento Chaves...

Ele olhou para as chaves sobre a mesa e depois de volta para mim, com os olhos estreitos.

— Onde fica, exatamente?

— Hummm... no centro.

— Vou ter que pesquisar sobre ela. Ver se há uma seção de comentários para poder dar uma boa avaliação. É Treinamento C-H-A-V-E-S?

*Merda.*

— Sim... mas está fechada.

— Fechada por hoje ou de vez?

— De vez.

— É uma pena. Já que eles claramente formaram uma adestradora de cães *tão* qualificada.

Mas o que é isso? Ele estava zombando de mim? Havíamos ficado em bons termos depois que salvei a vida de seu cachorro, e agora, de repente, eu sentia que estávamos de volta à estaca zero.

Ele inclinou a cabeça para o lado.

— Por que eles fecharam?

— Hummm. Acho que foi porque o aluguel é muito alto na cidade.

Ele estreitou tanto os olhos que eu mal podia ver o branco deles. E então, sem mais uma palavra, ele virou de costas para mim e começou a entrar na sala de estar.

— Venha comigo.

Como um cachorrinho, fui logo atrás dele. Marmaduke tinha ido na frente e estava ocupado fazendo alguma coisa no canto. Sebastian virou-se para mim e apontou para o cão.

— Isso é novo. Talvez possamos começar a sessão de hoje com você demonstrando como fazer com que o meu cachorro pare de fazer isso com os bichos de pelúcia da minha filha.

Aproximando-me um pouco para olhar mais de perto, vi que o animal imenso estava encoxando uma tartaruga de pelúcia. *Aff.* Estava com o batonzinho para fora e tudo. Torci o nariz.

— Ele está encoxando uma tartaruga.

— É isso que ele está fazendo? Eu não tinha muita certeza. Talvez você tenha muito mais prática do que eu.

Arregalei os olhos. *Ele acabou de me chamar de vadia?* Pisquei algumas vezes.

— Como é?

— Bem, você disse à minha filha que trabalha escrevendo sobre a sua vida amorosa. Então, naturalmente, presumo que isso significa que você sai com uma vasta variedade de homens.

Eu estava ficando cada vez mais irritada. Eu podia ser uma mentirosa, mas com certeza não era promíscua. Coloquei as mãos nos quadris.

— Só porque eu vou a muitos encontros não significa que saio transando com tudo que encontro por aí, como o seu cachorro. Quem sabe você devesse olhar para dentro de si, porque talvez ele esteja aprendendo esses hobbies com o dono. Como é a *sua* vida amorosa, exatamente?

Sebastian praticamente rosnou para mim. *Dane-se.* Rosnei de volta.

Minha atenção foi distraída de novo quando Marmaduke começou a mandar ver com tudo. Antes, ele estava circulando os quadris em movimentos leves, mas agora estava estocando como um homem em uma missão. Ou melhor, um cachorro. Eu quis dizer um cachorro em uma missão.

— Marmaduke. Não! — gritei para ele.

Para meu choque, o cachorro parou. Ele ficou lá, congelado no meio de uma estocada, como se não tivesse se dado conta de que alguém estava assistindo e, agora, tivesse sido pego em flagrante. Enquanto ele estava confuso, marchei até ele e puxei o animal de pelúcia de debaixo dele. *Eca.* Estava... molhado. Eu nem queria saber em que tipo de fluidos corporais caninos estava tocando. Segurei a tartaruga pelo rabo entre dois dedos e olhei para Sebastian.

— Onde fica a sua máquina de lavar roupas?

— A lavanderia fica logo depois da cozinha.

Eu sabia onde a cozinha ficava, então segui para lá. Levei a tartaruga abusada para a cozinha e abri algumas portas até encontrar a que continha a pequena lavanderia. Erguendo a tampa da máquina de lavar, joguei o brinquedo de pelúcia dentro e virei-me para Sebastian, que estava observando do vão da porta.

— O que mais ele anda encoxando?

— Alguns dos outros bichinhos de pelúcia da minha filha.

— Vá buscá-los.

Sebastian desapareceu e voltou instantes depois com mais três pequenos brinquedos de pelúcia. Ele os entregou para mim, e eu joguei todos na máquina de lavar.

— Você tem vinagre?

Ele franziu as sobrancelhas.

— Acho que sim.

— Vá buscar.

Mais uma vez, ele me surpreendeu ao fazer o que instruí sem questionar. Quando retornou, eu estava enchendo a máquina com água e adicionei duas tampas de vinagre.

— Filhotes de cachorro só chegam à puberdade com seis a oito meses de idade, então ele não está fazendo isso por prazer sexual. Geralmente, é apenas uma brincadeira que eles acham divertida. Animais tendem a pegar coisas com cheiro bom. Lavar os bichos de pelúcia com um pouco de vinagre na água pode ajudar a fazê-lo parar.

Felizmente, eu vinha lendo bastante e me deparei com um artigo sobre a mania de encoxar dos cachorros. Por um instante, quase soei como alguém que sabia do que raios estava falando.

Sebastian assentiu, parecendo ter deixado de lado o estado de arrogância em que se encontrava quando cheguei. Passei por ele para sair da lavanderia e voltei para a sala de estar, encontrando Marmaduke sentado. Parecia que ele estava me esperando voltar.

— Você disse que queria treinar um pouco dentro de casa hoje, mas acho que é melhor eu levá-lo para dar uma volta antes de tentarmos isso. Ele tem muita energia e obedece melhor aos comandos quando está um pouco cansado.

— Está bem. Eu vou com você.

Ergui minha palma para ele.

— Prefiro ir sozinha. — Sem querer admitir para ele que precisava de um momento para me recompor, arranquei mais uma balela do rabo. — É o meu momento de criar um vínculo com Marmaduke como sua adestradora.

Os olhos de Sebastian percorreram meu rosto, como se ele estivesse debatendo o que eu tinha acabado de dizer. Por fim, ele deu um curto aceno com a cabeça, confirmando.

— Ok. Vou esperar aqui.

Sabe quando você se sente calmo durante os segundos em que um desastre é evitado por pouco, somente para o seu coração começar a martelar loucamente depois que a situação está sob controle de novo? Foi exatamente isso que senti conforme desci as escadas da residência dos Maxwell com Marmaduke. Minhas pernas tremiam a cada degrau, e tive que puxar o ar pela boca algumas vezes para conseguir recuperar o fôlego. O que diabos foi aquilo que aconteceu lá dentro? Repassei os últimos dez minutos mentalmente — o jeito debochado como Sebastian falou comigo, como ele pareceu desafiar cada palavra que saía da minha boca, o modo como ele questionou meus hábitos de me relacionar. Mas, depois de dar a volta no quarteirão algumas vezes, me acalmei e me convenci de que a minha própria culpa me fez interpretar as coisas erroneamente. Foi como a história do coração batendo debaixo do assoalho, no conto *O Coração Revelador*, de Edgar Allan Poe — a cada minuto que passei na presença de Sebastian, ouvia as batidas ficarem mais altas, e comecei a sentir como se o cômodo estivesse se fechando em volta de mim. Mas, na realidade, não havia batida alguma debaixo do assoalho. Aquele encontro maluco havia sido fruto da minha imaginação.

Sim, era isso. Tinha que ser. Quero dizer, claro, Sebastian era osso duro de roer. Mas ele não fazia ideia de quem eu realmente era. Se soubesse, teria me desmascarado imediatamente. Então, aquilo tudo devia mesmo ser só coisa da minha cabeça.

Vinte minutos depois, finalmente reuni coragem para voltar para a casa. Respirei fundo e ergui a mão para bater, mas a porta se abriu de uma vez antes dos nós dos meus dedos se conectarem à madeira.

— Já estava na hora.

— Marmaduke estava com muita energia hoje.

— Eu estava começando a achar que você ia fugir com o meu cachorro.

Eu meio que ri dessa ideia. Quem em sã consciência fugiria com esse animal descontrolado? Só mesmo uma pessoa pirada, obviamente. *Oh. Espere.* Talvez eu me qualificasse mesmo, então. Acho que entendia seu ponto.

— Desculpe. Vou ficar mais um tempinho para que você tenha a sua hora completa de adestramento, se quiser.

Sebastian afastou-se para o lado, e notei que novamente ele segurava um pedaço de papel branco dobrado. Só que, dessa vez, eu não ia deixar a minha imaginação me dominar ao pensar que, o que quer que aquilo fosse, continha algo sinistro para me expor como uma fraude. Então, ergui o queixo e ignorei sua mão ao entrar na casa.

De volta à sala de estar, senti a presença de Sebastian por toda parte. Era desconfortável, mas, ao mesmo tempo, estranhamente excitante. Pigarreei.

— Tem algo específico que você gostaria de praticar hoje?

Ele me observou atentamente.

— Sim. Pular por cima das pessoas.

Franzi as sobrancelhas.

— Perdão?

— O seu site dizia que esse é um dos truques que você ensina. Achei que a minha filha poderia gostar desse tipo de coisa, então eu gostaria que você ensinasse ao cachorro como pular por cima das pessoas enquanto elas ficam de quatro no chão.

— Você quer que eu ensine ao Marmaduke como pular por cima das pessoas enquanto elas ficam de quatro no chão?

Sebastian olhou em volta.

— Tem um eco aqui?

— Não. Mas, eu só... me parece que passar o tempo de treino ensinando alguns comandos básicos ao Marmaduke seria mais útil. Não algo tão... avançado.

— Você não tem capacidade para ensinar um truque avançado a ele?

*Hã... não... não cheguei nessa parte do YouTube ainda.*

— Claro que tenho.

Sebastian abriu um sorriso cínico e sentou-se no sofá. Ele esticou os dois braços sobre o topo do encosto do móvel e colocou os pés sobre a mesinha de centro de frente para ele.

— Ótimo. Agora, fique de quatro, srta. Schmidt.

— Schmidt?

— Oh, esse não é o seu sobrenome? No seu site, dizia *Gretchen Schmidt*. Mas, ainda assim, você disse à minha filha que o seu nome verdadeiro é Sadie? Então, como é? Você é Sadie Schmidt, ou tem outro sobrenome?

Comecei a sentir minhas bochechas esquentarem.

— Hummm. Não, é Schmidt. Como eu disse à sua filha, eu só uso Gretchen para fins de trabalho.

— Certo. Porque soa mais alemão.

— Isso mesmo.

— Muito bem, então, *srta. Schmidt*. Que tal você começar? Como se diz "pular" em alemão?

*Ai, Deus.* Entrei em pânico total e disse as primeiras sílabas embaralhadas que consegui forçar a saírem da minha boca.

— *Flunkerbsht.*

Sebastian ergueu as sobrancelhas.

— *Flunkerbsht.*

— Isso mesmo.

Eu poderia jurar que detectei um pequeno sorriso repuxar os cantos de seus lábios. Mas, então, desapareceu rapidamente.

— Quando estiver pronta… *flunkerbsht.*

# Capítulo 10
## Sadie

Foram os dez minutos mais longos da minha vida. Sério. Cada segundo que passava era excruciante, enquanto Sebastian simplesmente me assistia, de braços cruzados, fazer papel de otária.

Tentei em vão fazer o cachorro enorme pular por cima das minhas costas com um comando inventado que não significava absolutamente nada. Parecia que eu teria muito mais chances de conseguir transformar água em vinho.

Como diabos se ensina um cachorro a pular por cima das suas costas, afinal? Eu tentei de tudo, desde demonstrar o ato pulando por cima de uma mesinha gritando "flunkerbsht" repetidamente... a pegar outro bichinho de pelúcia do quarto de Birdie e pular por cima dele. Ele acabou indo atrás do brinquedo para encoxá-lo.

*Eu sou mesmo uma* flunkerbsht. *Uma* grande *flunkerbosta.*

Em um último ato de desespero, tentei ficar de quatro e gritar "flunkerbsht" enquanto acenava com a cabeça, torcendo que, por algum milagre, Marmaduke interpretaria isso como um sinal para pular por cima de mim. Mas ou ele deitava com o queixo no chão, ou, pior, subia nas minhas costas e tentava ficar lá. Em determinado momento, fiquei presa debaixo dele. Então, depois que girei no chão, ele começou a lamber o meu rosto enquanto eu lutava para me levantar.

Como eu tinha ido de estar pronta para contar a verdade a Sebastian mais cedo para... isso?

Eu precisava acabar com isso.

Agora.

Eu precisava contar tudo a Sebastian.

Quando finalmente consegui tirar Marmaduke de cima de mim, fiquei de pé.

Limpando minha calça, eu disse:

— Sebastian, nós precisamos...

— Pare, Sadie. Apenas pare. — Seu tom era áspero e seus olhos se encheram de raiva quando falou: — Não diga outra palavra. Não importa. Porque será mais uma mentira.

Meu coração martelou, e senti como se o cômodo estivesse girando.

*O que está acontecendo?*

Ele desdobrou o papel que estava segurando e o virou para mim. Era a foto de uma mulher e algumas palavras. Parecia uma biografia. A mulher tinha cabelos ruivos, longos e ondulados.

— Quem é essa? — Engoli em seco.

— É a verdadeira adestradora de cães, Gretchen Schmidt. Ela me contatou recentemente para se desculpar por não comparecer algumas semanas atrás, devido a uma emergência familiar. Então, me deu o link do site dela, onde encontrei sua biografia.

*Oh, não.*

Eu sabia que deveria ter dito alguma coisa, àquela altura, mas as palavras não saíam.

Ele continuou:

— E olhe só isso... ela se formou em Munique quando passou um ano viajando para o exterior, não na... o que foi que você disse, mesmo? A Escola de Treinamento Chaves? Aparentemente, tudo que ensinam lá é como mentir descaradamente!

Eu ia vomitar, sem brincadeira.

— Eu posso explicar...

— Bom saber, mas, infelizmente, não há nada que você possa dizer agora em que eu acreditaria. Então, o que eu preciso que você faça é sair da minha casa e nunca mais voltar.

*Isso é ruim.*

*Muito, muito ruim.*

— Eu vou embora. Mas, por favor, posso explicar primeiro?

— Não, a menos que queira explicar para a polícia.

Para a polícia? Ele tinha que estar brincando. Assumir o papel de uma adestradora de cães é ao menos um crime? Eu não tinha muito conhecimento jurídico para saber se estava em uma encrenca muito séria. Então, em vez de me arriscar e piorar as coisas, decidi fazer o que ele pediu e segui para a porta.

Ele podia muito bem ter me dito para não deixar a porta bater na minha bunda quando estivesse saindo, porque eu podia jurar que a senti bater nela quando ele a fechou com força atrás de mim.

O ar de Nova York nunca esteve tão frio, o céu nunca pareceu tão nublado, conforme desci as escadas e cheguei à calçada, sentindo-me um lixo descartado que havia sido mais fodido do que a tartaruga de pelúcia de Birdie.

Um misto de emoções me atingiu com força. Não era somente pelo choque de ter sido descoberta, mas também uma sensação inexplicável de perda — não somente a perda de Birdie, mas também da sensação de pertencimento que viera junto com essa experiência. Eu nem ao menos tinha me dado conta de que sentia falta disso na minha vida, até ela ser arrancada de mim.

Duas semanas após aquele dia horrível na casa dos Maxwell, eu ainda não havia superado. A única coisa pela qual eu me sentia grata era o fato de Birdie não ter presenciado aquilo. Eu esperava muito que Sebastian nunca contasse a ela o que realmente tinha acontecido comigo. Eu ficaria de coração partido se Birdie me visse como uma pessoa maldosa.

Eu estava muito magoada, e passei muitas noites insones pensando se deveria ou não tentar encontrar uma maneira de me explicar para Sebastian. Ele dissera especificamente que não acreditaria em nada que eu tivesse a dizer. Contar a verdade a ele também poderia piorar as coisas. Mas o quão piores as coisas poderiam ficar?

A dra. Emery estava fora do país, então eu nem ao menos podia falar com ela sobre essa situação. Não importava quantas vezes eu pensasse e repensasse, sempre chegava à conclusão de que era melhor deixar tudo isso para lá.

Mas, é claro, às vezes a vida tem um jeito de vir e tomar decisões por você.

Certa tarde, peguei minha correspondência e descobri que Birdie havia enviado mais uma carta para o "Papai Noel". Fazia bastante tempo desde a última vez que ela escrevera, e eu realmente não estava esperando que ela fizesse isso.

Dadas as circunstâncias, nada poderia me impedir de rasgar o envelope e abri-lo.

Querido Papai Noel,

Eu não ia mais escrever pra você, mas agora que está ficando mais perto do Natal, esta pode ser a minha carta de Natal.

Agora eu tenho um cachorro chamado Marmaduke. Ele é o dogue alemão que eu sempre quis. Eu o amo muito. A mamãe trouxe ele. Bem, não a própria mamãe, mas o papai disse que ela enviou uma mensagem pedindo que ele trouxesse o Marmaduke pra mim. Foi assim que eu soube que ela não estava brava comigo por pegar biscoito escondida. (Eu ainda pego biscoito escondida. Você sabe, né?)

A mamãe não me mandou mais nenhum sinal. Mas tudo bem. Eu sei que ela está ocupada sendo um anjo.

Eu conheci uma pessoa que também perdeu a mãe quando tinha seis anos, que nem eu. Nunca tinha conhecido alguém que teve uma mãe que morreu de câncer. Ela é muito legal. O nome dela é Sadie. Bom, ela tem dois nomes: Sadie e Gretchen. Por causa dela, agora eu também tenho dois nomes: Birdie e Muffuleta.

Então, a Sadie era a adestradora do Marmaduke.

Ela o ensinou a sentar e outras coisas em alemão. Ah, e ela também salvou a vida dele. Pensei, quando ela chegou, que talvez você tivesse atendido ao meu pedido de mandar uma amiga especial. Mas aí, a Sadie desapareceu. Eu não sei o que aconteceu. O papai só disse que ela não viria mais. Ele disse que não sabia por quê. Mas ele agiu estranho quando perguntei. Acho que talvez ela foi embora por minha culpa. Talvez eu a deixei triste porque perdi a minha mãe. Talvez ela se lembrou da mãe dela? Eu queria saber por que a Sadie foi embora sem se despedir. Por que todo mundo me abandona?

Então, será que você pode encontrar a Sadie e dizer pra ela que eu sinto muito?

Obrigada, Papai Noel.

Com amor, Birdie

(Pode me chamar de Muffuleta)

Acabei tendo que ir embora mais cedo do trabalho naquele dia. Mesmo que eu quisesse ir à loja de bebidas, tinha noção de que provavelmente não conseguiria saber quando parar de afogar minhas tristezas. Então, fui direto para casa.

Não importava quantas vezes eu relesse aquela carta, a resposta sobre o que eu deveria fazer estava abundantemente clara agora.

Sebastian havia me enviado um pagamento pelos meus serviços através de uma conta nova do PayPal que abri antes de ele descobrir a verdade. Então, pude pegar seu endereço de e-mail através daquele pagamento.

Antes que eu pudesse mudar de ideia, peguei meu laptop, abri um novo e-mail na minha conta verdadeira e comecei a digitar.

> Querido sr. Maxwell,
> Escolhi enviar esse e-mail em vez de tentar encontrá-lo pessoalmente porque acredito que você não iria querer me ver. Peço, por favor, que leia isso e deixe o seu julgamento para quando tiver terminado. Prometo que este e-mail irá explicar por completo por que eu estava à sua porta naquele primeiro dia.
> Meu nome é Sadie Bisset. Tenho 29 anos e, como a sua filha, perdi a minha mãe para o câncer quando tinha seis anos (e meio). Como parte do meu trabalho, sou responsável por uma coluna para a qual as pessoas escrevem e enviam seus desejos de Natal. A coluna normalmente só é publicada durante a época das festas de fim de ano, mas a sua filha, Birdie, escreveu para nós pela primeira vez no verão.

O e-mail para Sebastian foi provavelmente um dos maiores vômitos verbais que já escrevi. Expliquei cada uma das cartas que recebera de Birdie, os desejos que realizara, e também o quanto lutei para decidir se deveria responder a cada vez. Eventualmente, cheguei à parte onde expliquei como acabei me tornando a adestradora de cães.

> Nunca tive a intenção de aparecer à sua porta. Eu estava na vizinhança por acaso e parei quando me dei conta de

que era o mesmo endereço de onde vinham as cartas da sua filha. Notei que havia uma presilha de borboleta caída em um degrau da escada e me aproximei para recolhê-la e colocá-la mais perto da porta para que ninguém pisasse nela. Foi aí que você abriu a porta e presumiu que eu era Gretchen. Fiquei um pouco em choque naquele momento. Talvez meu julgamento tenha ficado comprometido pelo fato de que, àquela altura, eu me sentia pessoalmente investida no bem-estar da sua filha. Para você, eu era uma estranha. Mas diante do fato de que Birdie havia se aberto comigo, senti como se não somente a conhecesse, mas como se o conhecesse também. Tomei a decisão precipitada de entrar na sua suposição. Foi claramente a decisão errada, e uma da qual me arrependo profundamente. Apesar disso, passei muitas horas estudando a arte do adestramento de cães em alemão e tinha realmente a intenção de fazer jus ao trabalho, de cumprir as tarefas pelas quais você me contratou. Mas, sendo honesta, o motivo real que me fez querer ficar por perto depois daquele primeiro dia foi para ver com meus próprios olhos que Birdie estava mesmo bem.

Isso me traz ao motivo pelo qual decidi escrever esta carta hoje. Birdie escreveu para o "Papai Noel" novamente. Desta vez, ela mencionou a ausência repentina da adestradora de cães — eu. De algum jeito, ela suspeita de que alguma coisa deve ter dado errado, mesmo que você nunca tenha contado a ela por que parei de ir à sua casa. (A propósito, obrigada por isso.) Ela tem uma boa intuição. Mas tirou uma conclusão muito errada: que eu fui embora porque ela fez algo para me deixar triste, que talvez estar aí me lembrasse da morte da minha mãe. Pensar que ela está se culpando por eu ter desaparecido está me matando. Não sei exatamente como consertar isso. Eu só queria que você ficasse ciente.

Sei que cometi um erro enorme. Mas sou humana e, por favor, saiba que eu nunca faria nada para intencionalmente magoá-lo ou à sua filha. Eu só desejo o melhor para vocês.

Quero lembrá-lo de algo que você me disse uma vez. Você explicou por que disse à Birdie que sua mãe lhe enviou

Marmaduke. Você disse que se convenceu de que mentir para tirar a tristeza da sua filha cancelava a mentira. Minha mentira pode parecer muito pior do que a sua, mas a intenção foi a mesma. Foi pura.

Se tiver chegado ao fim desse e-mail, obrigada por tirar um tempo para lê-lo.

Atenciosamente,

Sadie Bisset

# Capítulo 11
## Sebastian

Em noites com essa, eu agradecia a Deus por minha filha estar dormindo aqui. Se Birdie não estivesse em casa, eu teria bebido a garrafa de uísque inteira ou tomado alguma outra decisão imprudente. O maior erro que cometi esta noite foi checar meu maldito e-mail logo antes de ir para a cama. Porque agora, eu não ia conseguir dormir de jeito nenhum.

Eu devia ter lido o e-mail de Sadie mais de dez vezes, mas não ficou mais fácil compreender o fato de que a minha filha preferia desabafar seus medos com uma estranha do que conversar comigo. Foi como um alerta, um despertar. Eu sabia que vinha falhando em estar ao lado de Birdie da maneira que ela precisava. Por mais que eu desse o meu melhor para fazê-la feliz, estava emocionalmente indisponível, e a minha filha sabia disso. Essa era a maneira com que eu lidava com a morte de Amanda: engarrafando a minha dor dentro de mim e me mantendo ocupado.

*Sadie Bisset.*

Eu senti que havia algo nela desde o início. Ela era uma gata, mas não estou me referindo à sua óbvia bela aparência. Havia algo estranhamente familiar nela. Nunca consegui entender. Agora, aquele ar de familiaridade fazia sentido. Mesmo que eu não a conhecesse, de uma maneira indireta, ela *me* conhecia. E certamente conhecia Birdie.

Fingir ser a adestradora de cães foi idiota de sua parte. Quanto a isso, não havia dúvidas. Mas todo o resto? Eu ainda não sabia o que pensar.

Em algumas formas, o que ela fizera por minha filha foi cativante, e em outras, um pouco insano. Mas quanto mais eu processava aquele e-mail, mais eu acreditava que Sadie não teve maldade, que suas intenções tinham sido boas. E não tinha como ela estar inventando essa história, porque ela simplesmente sabia de muita coisa. Tudo que ela mencionou que Birdie dissera estava certo. Foi um alívio saber que fingir ser a adestradora de cães não foi por malícia. Por causa da minha raiva, não dei a ela a chance de se explicar naquele dia. Não saber quem diabos ela era e de onde tinha vindo estava me assombrando, e isso ficou pior diante do fato de que eu me culpava pelo meu fraco senso de julgamento. Agora, pelo menos, tudo fazia sentido.

Quando me dei conta, comecei a rir delirantemente. As meias.

*As porras das meias.*

Na manhã seguinte, fiz algo que raramente fazia. Panquecas. Ou *tentei* fazer panquecas. Sábado era o dia de folga de Magdalene, o que significava que o café da manhã de Birdie normalmente consistia em qualquer cereal cheio de açúcar que ela pegasse do armário. *Cookie Crisp* era seu favorito.

Mas hoje, comprometi-me a dar à minha filha um café da manhã adequado e ter uma conversa com ela quando acordasse.

Birdie dormiu até mais tarde do que de costume. Ela entrou na cozinha esfregando os olhos, com seus cabelos loiros em uma bagunça embaraçada.

Virei a panqueca usando somente a frigideira.

— Bom dia, flor do dia.

Sua vozinha estava grogue.

— Papai... você está cozinhando?

— Estou, sim.

— Tem certeza de que deveria estar usando o fogão?

Aquilo me fez rir. Minha garotinha oficialmente não tinha fé alguma nas habilidades culinárias de seu pai. Mas eu nunca lhe dei uma razão para ter.

— Ei, poxa. O seu pai é dono de um restaurante. Sei uma coisa ou duas sobre comida.

— Você sabe queimá-la. — Ela deu risadinhas.

Virei rapidamente a panqueca que estava fazendo para esconder o lado que havia passado um pouco do ponto. Depois, coloquei-a em um prato com o lado bom para cima antes de entregar a ela.

— Essa panqueca parece queimada para você?

— Não. — Ela riu. — Obrigada por fazê-la, papai.

— De nada, querida. Vou fazer muito mais também. Vá pegar a calda e o chantilly.

Depois que Birdie sentou-se, fiz mais duas panquecas antes de pegar uma caneca de café para mim. Em seguida, sentei-me de frente para minha filha. Ela comeu em silêncio e parecia estar gostando das panquecas. Sua mãe costumava fazê-las com o formato da cabeça do Mickey Mouse. Fiquei com medo de ao menos tentar fazer isso.

Apoiando o queixo na mão, eu disse:

— Ei... eu sei que parece que estou sempre ocupado. Mas quero que saiba que nunca estou ocupado demais para você. Se em qualquer momento se preocupar com alguma coisa, não há nada que não possa me contar. Eu quero saber no que você está pensando. Prometa que virá até mim se alguma coisa te incomodar.

Ela mastigou mais devagar ao me olhar com seus olhos grandes.

— Prometo.

— Está sendo sincera?

Ela voltou a devorar a panqueca.

— Sim — ela respondeu com a boca cheia.

Após um minuto observando-a comer em silêncio, inclinei a cabeça para o lado.

— Tem alguma coisa te incomodando nesse momento que você queira falar a respeito?

Ela pegou seu copo de leite e o tomou todo em vários goles, limpando o topo do lábio superior com sua manga.

— Não, papai — ela disse finalmente.

Eu esperava que ela se abrisse comigo quanto às suas preocupações em relação a Sadie. Assim, eu teria a oportunidade de assegurá-la de que a situação não era culpa sua. Mas ela não disse nada. Percebi então que, apesar de ela ter me assegurado que me contaria caso alguma coisa a incomodasse, ainda não tinha intenção alguma de se abrir comigo. E aquilo acabou comigo. Mas não dava para mudar hábitos da noite para o dia. Naquele momento, jurei que seria mais presente a partir de então, que não a deixaria se afastar ainda mais de mim.

— Obrigada por fazer panquecas.

— O prazer foi meu, filha.

Ela se levantou e colocou seu prato na pia antes de abrir a torneira e enxaguá-lo um pouco.

— Aonde você vai? — perguntei.

— Brincar no meu quarto.

Franzi a testa, mas não discuti.

— Tudo bem.

Quando ela estava prestes a seguir pelo corredor, eu a detive.

— Vou te deixar brincar por meia hora. Que tal levarmos o Marmaduke para o parque depois? Ficar arremessando bola para ele.

Ela deu de ombros.

— Ok. — Ela, então, seguiu pelo corredor em direção ao seu quarto.

Eu sabia que não podia ser tudo de que ela precisava. Uma garota da sua idade precisava da mãe, e essa era uma coisa que eu não podia dar a ela. Ainda assim, especialmente depois do que agora eu sabia, que ela pedira a ajuda de uma estranha, eu precisava me esforçar ao máximo para preencher esse vazio.

Eu merecia uma estrela dourada por ter sido um pai exemplar hoje. Mantive minha promessa de não checar meus e-mails de trabalho ou meu celular e passei o dia inteiro com Birdie. Depois que levamos o cachorro ao parque, nós o trouxemos de volta para casa antes de irmos tomar sorvete.

Mais tarde, jogamos *Scrabble* por um tempinho e, em seguida, fiz para o jantar uma das únicas coisas que eu sabia: espaguete e almôndegas. Normalmente, nós pedíamos comida. Era certamente irônico o dono de um dos melhores restaurantes italianos novaiorquinos não saber cozinhar.

Birdie e eu comemos juntos e, depois, sentamos para assistir ao filme *Matilda*. Eu me lembrava de Amanda dizendo que achava que Birdie poderia gostar dele um dia. Foi estranho eu me lembrar desse filme aleatoriamente hoje, como se a minha esposa morta tivesse sussurrado o título em meu ouvido enquanto eu estava analisando as opções de filmes. *Jesus*. Agora, eu estava começando a soar como a minha filha.

Toda vez que Birdie sorria ou dava risada em partes do filme, isso tanto me aquecia quanto me cortava por dentro. Ponderei se deveria ou não contar a ela que sua mãe havia sugerido o filme, mas, no fim das contas, não quis deixá-la triste esta noite. Ela já havia passado o dia todo um pouco estranha, e não pude evitar pensar que isso tinha a ver com o que Sadie mencionara, que Birdie ainda se sentia culpada por sua ausência. A culpa é uma droga, e quando você a guarda para si, ela infecciona tudo por dentro. Já é ruim o suficiente quando é justificável, mas, nesse caso, era um desperdício total da energia e do tempo da minha pobre garotinha.

Depois que Birdie foi dormir naquela noite, fiquei deitado na cama, tentando decidir se deveria responder ao e-mail de Sadie.

O problema era que eu não sabia o que queria dizer a ela. Parte de mim estava tentada a dizer poucas e boas para ela por ter manipulado a minha filha com suas enganações. Mas uma parte maior sabia que isso era papo-furado. Ela não tivera a intenção de magoar Birdie. Eu simplesmente sentia raiva por saber que uma estranha fazendo o papel de algo que não existe foi capaz de deixar Birdie feliz de um jeito que eu não conseguia. E mesmo que tenha sido péssimo da parte de Sadie ter mentido, para mim esse não era o problema.

Eu sabia que não conseguiria dormir a menos que respondesse àquele maldito e-mail. Então, sem pensar demais, abri sua mensagem e cliquei em "Responder".

Querida Sadie,

Agradeço por você ter se disposto a me explicar tudo. Dizer que fiquei chocado ao saber a extensão das suas interações com a minha filha — embora de longe — é um eufemismo.

E por mais que eu não compreenda completamente o motivo por trás da sua decisão de me deixar deduzir que você era a adestradora de cães, eu não acho mais que você teve alguma má intenção. Então, vamos apenas esquecer isso.

O fato é que a sua ausência inexplicada deixou a minha filha desanimada. Eu nem ligo mais se a droga do cachorro consegue ou não pular por cima das costas de uma pessoa, ou se ele senta, ou se fica encoxando uma tartaruga. Eu só quero ver a minha filha feliz. E ficou óbvio que ter a sua presença aqui, mesmo que por aquele breve tempo, a deixou feliz, já que encontrou alguém com quem pôde se identificar. Não acredito que vou dizer isso. Na verdade, talvez eu precise examinar a minha cabeça, mas... você consideraria voltar mais algumas vezes para "adestrar" o Marmaduke? Assim, você poderia planejar o seu afastamento eventual de uma forma mais delicada do que o modo como a forcei a ir embora. Poderíamos dizer a Birdie que você apenas precisou tirar um tempinho de folga e que voltou para terminar o serviço.

Estou ciente de que talvez a sua loucura tenha passado para mim com essa sugestão. Eu certamente entenderei se você não quiser retornar, especialmente depois da maneira como a expulsei. Mas espero que possa entender por que o fiz, diante do que fui levado a acreditar naquele momento. De qualquer modo, sinto muito por ter sido tão ríspido e não permitir que você pudesse se explicar.

Me avise se estaria disposta a aceitar minha oferta. Eu pagaria o dobro ou o triplo pelo seu tempo. Você não teria que fazer basicamente nada além de manter Marmaduke vivo. Já que você já salvou a vida dele uma vez, confio que possa dar conta disso. (Essa foi a minha melhor tentativa de deixar as coisas mais leves e seguir em frente.)

Atenciosamente,

Sebastian Maxwell

# Capítulo 12
## Sadie

Eu devia estar mais nervosa do que na primeira vez que subi essas escadas. No entanto, hoje eu não tinha um motivo para estar, exatamente. Tudo estava esclarecido agora. Sebastian e eu trocamos alguns e-mails e ele me convidou novamente para sua casa. Ainda assim, por alguma razão, eu estava uma *pilha de nervos.*

Respirei fundo algumas vezes para me acalmar e bati à porta. Um minuto depois, Birdie a abriu. Seu rosto inteiro se iluminou, e ela quase me derrubou ao jogar os braços em volta da minha cintura em um abraço.

— Sadie! Você voltou!

Embora não tivéssemos discutido sobre isso, presumi que Sebastian contaria à filha que eu viria hoje.

— Oi! Sim, eu voltei. Você não sabia que eu viria?

A voz que respondeu não foi a de Birdie.

— Achei que seria uma surpresa legal para ela, então não contei.

Bem, acho que nós duas ficamos surpresas, então. Porque eu tinha quase certeza de que Sebastian não estaria em casa hoje. Curvei-me para abraçar Birdie e ergui o olhar para ele. Ele sorriu, embora eu pudesse ver a hesitação em seu rosto.

— Oi. Não esperava encontrar você aqui.

— Decepcionada?

*Muito pelo contrário.* Se bem que eu não sabia se conseguiria personificar a adestradora de cães na frente dele, agora que ele sabia que eu não era uma.

Balancei a cabeça.

— Não, nem um pouco.

Marmaduke se espremeu por entre Sebastian e Birdie e pulou em mim. Ele lambeu meu rosto com sua língua gigante e molhada, o que faz Birdie rir. O som foi como um bálsamo em uma ferida que vinha doendo em mim durante as últimas semanas.

Cocei as orelhas de Marmaduke.

— Ei, amigão. É bom vê-lo também. Acho que você cresceu uns sessenta centímetros em poucas semanas. Você está ficando tão grande, tão rápido.

Sebastian puxou a coleira do cachorro.

— Quieto, Marmaduke. *Platz!*

Para meu choque, ele obedeceu.

— Hã. Desculpe por isso. — Os olhos dele desceram para o meu peito. — O novo hobby dele é cavar os vasos de plantas. Acho que era isso que ele estava fazendo logo antes de vir até a porta.

Olhei para baixo para encontrar duas marcas de terra em formato de patas gigantes em minha blusa, uma acima de cada um dos meus seios. Tentei limpá-las da minha camiseta branca.

— Tudo bem. Vai sair quando eu lavar.

Os olhos de Sebastian fitaram a sujeira novamente. Ele balançou a cabeça e murmurou alguma coisa baixinho antes de abrir mais a porta.

— Entre.

Assim que estávamos na sala de estar, ele dirigiu-se para Birdie.

— Querida, que tal você ir se vestir?

— Ok! — Ela literalmente saiu saltitando para seu quarto.

Sebastian notou meu olhar.

— Ela está animada em ver você.

Sorri.

— O sentimento é mútuo.

Seus olhos percorreram meu rosto, e tive a sensação de que ele estava sondando a minha sinceridade. Pareceu achar o que viu aceitável, então, assentiu.

— Obrigado por concordar em voltar.

— Eu sei que já disse isso nos e-mails, mas sinto muito mesmo por tudo que aconteceu. Uma pequena mentira foi virando outra e, quando dei por mim, não sabia mais como sair dessa. Mas eu juro que as minhas intenções nunca foram nada além de boas com a sua filha.

Sebastian arqueou uma sobrancelha.

— Só com a minha filha? Isso significa que você tem más intenções comigo?

*Hã, sim. Eu tenho intenções muito más quando se trata de você.* Senti minhas bochechas começarem a esquentar. Por sorte, Birdie veio correndo de seu quarto e me deu uma desculpa para esconder meu rosto.

— Sadie, você sabe fazer tranças?

— Sei. Você gostaria que eu fizesse uma no seu cabelo?

Ela começou a pular.

— Sim, por favor!

— Que tipo você gostaria?

— Existe mais de um tipo de trança? — Sebastian franziu a testa.

Dei risada.

— Há centenas de tipos. — Virando-me para Birdie, perguntei: — Que tal uma trança espinha de peixe? É a minha favorita.

Ela assentiu rapidamente.

— Eu adoro trança espinha de peixe!

— Que tal você ir buscar uma escova de cabelo?

Quando ela saiu correndo da sala de estar, notei Sebastian me encarando. Coloquei uma mão no peito.

— Ai, meu Deus. Eu me precipitei? Eu deveria ter te perguntado se não teria problema.

Ele ergueu uma mão.

— Não. Não. Tudo bem. Fico grato por isso. Sempre tive dificuldades em fazer o cabelo dela.

— Oh, ok. Se você quiser, posso te mostrar como fazer a trança enquanto a faço.

— Isso seria ótimo.

Quando Birdie voltou para a sala com uma escova de cabelo, sentei-me no sofá e ela sentou-se de costas para mim entre minhas pernas. Sebastian sentou ao meu lado.

Deus, ele tinha um cheiro tão bom. Me perguntei que perfume ele usava. Tinha um cheiro amadeirado, mas limpo... talvez com um pouco de couro no meio... e aquilo era... eucalipto? Aposto que ele o guardava no banheiro. Talvez eu pudesse...

*Jesus, Sadie, qual é o seu problema?* Repreendi-me internamente. *Você está aqui pela Birdie. A última coisa que precisa fazer é ser flagrada explorando o armário do banheiro.* Forcei-me a ignorar os feromônios flutuando no ar e focar no cabelo de Birdie.

Após escová-lo e desembaraçá-lo, juntei os fios em um rabo de cavalo e o dividi em duas partes iguais. Erguendo uma, expliquei:

— É só pegar uma pequena mecha daqui. — Demonstrei enquanto falava. — E passar por cima antes de colocá-la para dentro assim.

— Ok.

— Vou te mostrar mais algumas vezes e, então, você pode tentar.

Sebastian continuou observando conforme eu juntava mechas do cabelo de Birdie em um padrão simétrico. Continuei fazendo até ele começar a ver como a trança parecia uma espinha de peixe.

— Agora estou vendo de onde vem o nome — ele disse.

Sorri.

— Birdie, você se importa se demorarmos alguns minutos a mais para fazer isso? Vou desfazer a sua trança e deixar o seu pai tentar.

Ela deu risada.

— Ele faz tranças pior do que faz panquecas. Mas tudo bem.

Desfiz a trança e passei os dedos por entre seus cabelos enquanto falava com Sebastian.

— Birdie me contou que você é dono de um restaurante. Como é possível você não fazer panquecas incríveis?

Seu rosto ficou sério.

— Minha esposa era chef. Eu sempre cuidei da parte burocrática do restaurante.

Franzi a testa.

— Oh. Eu sinto muito.

Ele assentiu.

— Muito bem, então, vou me afastar um pouco para lá para que você tente fazer a trança. — Abri espaço para Sebastian sentar-se atrás da filha e inclinei-me para observá-lo e lhe dar instruções passo a passo. — Separe o rabo de cavalo em duas partes, depois pegue uma pequena mecha e a passe por cima, retorcendo-a antes de colocá-la para dentro, como eu te mostrei.

Sebastian pegou os cabelos de Birdie e o dividiu, mas foi o máximo que conseguiu. Ele segurou as duas partes dos cabelos e riu.

— Eu não faço ideia do que você acabou de fazer.

Sorrindo, coloquei as mãos sobre as suas para poder guiá-lo e fazê-lo sentir o movimento de trançar o cabelo. O gesto era bem inocente, mas a sensação das minhas mãos segurando as dele era absolutamente eletrizante. Isso mexeu tanto comigo que até eu mesma esqueci como fazer a maldita trança.

— Hum. Você coloca essa mecha aqui... não, espere... não é assim... essa vai por aqui.

Sinceramente, eu precisava soltá-lo se quisesse ter alguma chance de que Birdie saísse sem parecer ter um ninho de ratos na cabeça.

Sebastian se esforçou para continuar sem mim, mas estava perdido.

Por fim, ele suspirou.

— É melhor você fazer, ou ficaremos aqui o dia todo.

— É, talvez seja melhor.

Quando me movi para sentar atrás de Birdie novamente, Sebastian e eu levantamos para podermos trocar de lugar. Nós dois tentamos passar um pelo outro pelo mesmo lado e acabamos nos esbarrando.

— Desculpe — ele disse.

— Foi culpa minha. — Sorri.

Movi-me para minha esquerda e Sebastian moveu-se para sua direita, o que significa que fizemos a mesma coisa de novo. Dessa vez, seus olhos pousaram rapidamente nos meus lábios antes de conseguirmos finalmente trocar de lugar.

Será que eu estava imaginando o que tinha acabado de acontecer? Não achei que esse fosse o caso.

Ele pigarreou depois que voltei a me sentar atrás de Birdie.

— Eu vou... dar um pouco de água ao Marmaduke antes de sairmos.

Se o que eu achava que tinha acontecido realmente tinha acontecido, Birdie pareceu alheia.

— Viu, eu te disse — ela falou. — Pior do que panquecas.

Com Sebastian fora do cômodo, consegui fazer a trança de Birdie em apenas alguns minutos. Ela correu até um espelho quando terminei.

— É tão linda. Talvez você possa me ensinar para que eu mesma faça em mim. Acho que o papai não vai aprender.

— Claro. Essa deve ser uma ideia melhor.

Sebastian retornou da cozinha.

— Surgiu uma coisa para resolver no restaurante, e eu preciso fazer algumas ligações. Vocês duas podem levar o Marmaduke para passear e eu me juntarei a vocês para a sessão de adestramento quando voltarem.

— Ok, papai!

Eu não fazia ideia do porquê, mas tive a distinta sensação de que não havia realmente surgido algo para Sebastian resolver no trabalho. Contudo, o homem havia me permitido voltar para sua vida, então eu não ia fazer nada idiota. Alisei minha calça.

— Voltaremos em uns vinte minutos.

Após sairmos, segurei a coleira de Marmaduke, e Birdie acompanhou caminhando ao meu lado.

— Eu não sabia que você ia voltar — ela disse.

— Me desculpe por isso. Surgiu uma... coisa inesperada. Eu não quis te decepcionar quando parei de vir.

Ela deu de ombros.

— Tudo bem. Estou feliz por você ter voltado.

— Então, quais são as novidades? Como o Marmaduke tem se comportado durante as últimas semanas?

Birdie deu risadinhas.

— Ele mastigou a coberta da cama do papai, e jogou plumas para todos os lados. Tipo, um milhão de plumas.

— Ai, não. Como o seu pai reagiu?

— Ele ficou bravo. Naquela noite, eu o ouvi dizendo à moça que queria levar o Marmaduke para uma fazenda em algum lugar.

— Moça?

— Meu pai conversa com uma moça, em algumas noites. Ele faz isso no quarto dele, porque acha que eu não o ouço.

Chegamos à esquina, e eu estendi a mão para garantir que Birdie não continuasse a andar com o sinal de pedestres no vermelho. Enquanto esperávamos o sinal ficar verde, investiguei mais um pouco.

— Essa moça é uma amiga dele?

— Ele a conseguiu pela internet.

Tive que reprimir uma risada.

— Pela internet? Como assim?

Birdie franziu a testa.

— Eu acho que ele está procurando minha nova mãe. Tem uma garota na escola, Suzie, que disse que o pai dela comprou sua nova esposa da Rússia.

Arregalei os olhos.

— Ele fez o quê?

— Ela disse que a mãe dela disse que o pai dela recebeu sua noiva pelo correio. — Ela deu de ombros. — Da Rússia.

— Querida, eu acho que talvez a mãe de Suzie tenha dito isso de forma jocosa.

— Jo... o quê?

Sorri.

— Jocosa. Significa dizer alguma coisa de brincadeira, para ser engraçado.

— Ah. Então o pai dela não comprou uma esposa da Rússia? Acho que isso faz sentido. Porque se ele tivesse comprado uma, provavelmente teria escolhido uma que fosse da mesma idade dele, não é? A madrasta da Suzie é muito nova.

*Ou... talvez o pai da Suzie realmente tenha comprado sua nova esposa.* De qualquer forma, essa conversa havia tomado um rumo estranho.

— O que te fez pensar que o seu pai está procurando uma nova esposa?

— Algumas semanas atrás, eu estava ouvindo atrás da porta dele à noite, e o ouvi dizer a ela que queria ser direto quanto ao que estava procurando. Que não estava querendo namorar.

*Hum.*

— Ele disse o que estava procurando?

— Não. Mas o que mais ele poderia querer, se não queria namorar a moça?

De jeito nenhum eu ia estender esse assunto. Talvez estivesse na hora de mudar de assunto. Devido às suas cartas, eu sabia que Suzie era uma garota da escola que havia sido malvada com ela. Então, pensei que pudesse ser uma oportunidade para ver como as coisas estavam indo nesse departamento.

— Essa... Suzie é sua amiga?

O rostinho de Birdie se retorceu como se estivesse sentindo cheiro de peixe podre.

— Não mesmo. Ela é horrível.

— Por que ela é horrível?

— Ela zomba de todo mundo. Do que vestem, dos cabelos das pessoas, até mesmo dos livros que elas escolhem na biblioteca.

O sinal abriu, e nós três atravessamos a rua.

— Você sabe por que a Suzie é má com as pessoas?

— Porque a alma dela é sombria?

Dei risada.

— Onde você aprendeu sobre almas sombrias?

— Na aula de religião. Bom, não nos ensinaram sobre almas sombrias. Mas disseram que pessoas boas têm almas puras. E a pureza deve ser brilhante. Então, acho que a dela deve ser sombria.

Bem, sua lógica era muito boa. Mas eu queria voltar o rumo da conversa para o verdadeiro motivo pelo qual algumas crianças são malvadas com os outros.

— Na verdade, geralmente, crianças que são malvadas não gostam muito de si mesmas. Elas maltratam outras pessoas para tentar se sentirem melhor consigo mesmas.

Birdie riu alto dessa ideia.

— Suzie gosta muito de si mesma. Ela acha que é a melhor em tudo.

— Isso é o que a Suzie *quer* que você acredite. Mas aposto que, lá no fundo, ela se sente muito mal.

— Não sei...

Claramente, Birdie não estava convencida.

— Deixe-me ver se consigo adivinhar algumas coisas sobre Suzie.

— Ok...

— Ela está sempre preocupada demais com sua aparência? Tipo, seu cabelo está sempre bem-feito, e usa roupas bonitas todo santo dia em vez de simplesmente vestir uma calça de moletom e uma camiseta amassada às vezes, como o resto de nós fazemos?

— Sim. Ela está *sempre* perfeita.

— E ela faz parte de uma panelinha de garotas que sempre andam juntas?

— Sim.

— Ela inventa boatos e espalha pela escola?

Birdie virou a cabeça de uma vez para mim.

— Como você sabia disso? Semana passada, ela disse para todo mundo que Amelia Aster ainda usa fralda para dormir porque faz xixi na cama. Mas isso não é verdade. Amelia e eu somos amigas, e já dormimos na casa uma da outra.

— Para você ver... eu sabia de tudo isso porque todos são sinais clássicos de garotas malvadas que não gostam muito de si mesmas.

— Tinham garotas malvadas na sua escola?

— Com certeza. E sabe o que descobri que melhor funcionava para fazê-las pararem de pegar no meu pé?

— O quê?

— Sorrir.

Birdie pareceu confusa.

— Sorrir?

— Aham. Sempre que alguém fazia bullying comigo, eu simplesmente sorria para essa pessoa. Após um tempo, quando ela via que eu não reagia às provocações, me deixava em paz.

Um gato de rua surgiu do nada diante nós. Infelizmente, Marmaduke o viu antes que eu, então eu não estava preparada quando ele saiu correndo. Minha mão estava enrolada na coleira e ele me puxou junto.

— Marmaduke! *Não! Pare!*

Ele não me obedeceu. Corri por umas seis ou sete casas gritando feito uma lunática e tentando acompanhá-lo. O cachorro era rápido demais.

Birdie me alcançou e gritou;

— *Nein!*

Marmaduke parou instantaneamente.

Cobri meu coração acelerado com a mão.

— Meu Deus. Obrigada. Não acredito que ele te obedeceu.

— Estou praticando com ele todos os dias.

— Uau. Isso é ótimo. Você obviamente tem se saído muito bem com ele.

Birdie abriu um sorriso radiante.

— Obrigada.

O restante do passeio foi tranquilo, e voltamos para a casa dos Maxwell após cerca de vinte minutos.

— Como foi o passeio? — Sebastian perguntou para a filha.

— Foi bom. O Marmaduke tentou perseguir um gato.

Sebastian olhou para mim e franziu as sobrancelhas.

— Como foi isso?

— Bem, para ser honesta, não estava indo muito bem. Ele me pegou desprevenida, e não consegui detê-lo. Mas a Birdie conseguiu fazê-lo parar.

Ela deu de ombros.

— Não foi nada de mais. Foi a Sadie que ensinou a palavra a ele. Eu só a gritei.

Sebastian abriu um sorriso caloroso para mim. Senti meu estômago se retorcer um pouco.

*Deus, como estou tensa hoje.* Desprendi a coleira de Marmaduke e ele deu alguns passos antes de deitar esparramado no tapete. Ele parecia estar pronto para tirar uma soneca.

— Acho que o cachorro já está cansado o suficiente. Então, acho que é melhor começarmos, não é? Estava pensando que poderíamos trabalhar hoje nos comandos "fica" e "deita". — Só Deus sabia que eu havia assistido a centenas de horas de vídeos diferentes para aprender técnicas de adestramento para somente esses dois comandos.

Sebastian permaneceu na sala, mas sentou-se em um canto mais afastado e deixou os treinos para mim e Birdie. De vez em quando, eu olhava para ele e o via nos observando. Após mais de uma hora de prática, ele olhou para o relógio e se levantou.

— Acho que você já ultrapassou o tempo da sessão.

— Tudo bem. Eles se saíram muito bem hoje, não acha?

Sebastian aproximou-se de nós.

— Com certeza. — Ele agachou diante da filha. — Acho que todo o seu trabalho duro merece um sorvete. O que acha de irmos a Emack & Bolio's antes de eu ir trabalhar?

Birdie abriu um sorriso enorme.

— Sim!

— Muito bem. Vá lavar as mãos... e use sabão, ok?

— Ok, papai! — Birdie olhou para mim. — Sadie, você quer ir? Eles fazem um sorvete roxo que fica muito bonito com cereais *Cap'n Crunch* por cima.

— Hummm. Parece delicioso. Mas acho que é melhor eu ir embora.

Ela franziu as sobrancelhas.

— Ok. Mas você virá de novo, não é?

Sorri.

— Sim, com certeza.

— Quando?

— Eu vou decidir isso com o seu pai enquanto você lava as mãos, tudo bem?

Birdie envolveu minha cintura em um abraço.

— Obrigada por voltar.

Essa garotinha fazia meu coração derreter. Curvei-me e dei um leve puxão em sua trança.

— Obrigada por ter praticado com ele quando não pude vir por algumas semanas. Estou muito orgulhosa de você.

Depois que ela saiu saltitando para o banheiro, Sebastian estava com uma expressão engraçada no rosto.

— O que foi? — Limpei minha bochecha. — Estou com manchas de terra do Marmaduke de novo?

— Não. Eu só... ela realmente tem uma conexão forte com você. Honestamente, ela não criou vínculo com nenhuma outra mulher desde que a mãe morreu.

— Há outras... mulheres na vida dela?

— Ela tem uma tia que mora em Nova Jersey. Ela nos visita a cada poucas semanas e sempre traz um presente para Birdie. Mas... não sei... o que vocês duas têm juntas é diferente.

Sorri.

— Eu me sinto conectada a ela. Espero que não tenha problema.

Sebastian enfiou as mãos nos bolsos e baixou o olhar.

— Não tem problema, isso é ótimo, na verdade. Acho que eu não tinha me dado conta do quanto ela sentia falta de uma mulher em sua vida até recentemente.

*Uma mulher em sua vida...* isso me lembrou de uma coisa. Acenei com a cabeça em direção à porta.

— Será que posso falar com você lá fora por um minutinho?

Ele franziu as sobrancelhas, mas disse:

— Sim, claro.

Assim que estávamos do lado de fora com a porta fechada, eu não sabia bem como dizer o que queria. Sebastian pareceu perturbado enquanto esperava que eu formulasse meu pensamento.

— Está tudo bem?

— Sim. Está tudo bem. É só que... Birdie me disse uma coisa que achei que você deveria saber.

— O que ela disse?

— Bem, aparentemente, ela sabe que você conversa com uma mulher pela internet à noite.

O rosto de Sebastian esmoreceu.

— *Merda*. O que ela disse, exatamente?

— Ela acha que você está tentando comprar uma noiva... uma nova mãe para ela.

— O quê? — Ele arregalou os olhos. — Por que raios ela acharia isso?

— Às vezes, ela ouve as suas conversas escondida à noite do lado de fora do quarto. Ela o ouviu dizer a uma mulher que não queria namorá-la. Então, ela deduziu que isso significava que você estava procurando uma esposa, não uma namorada.

Sebastian fechou os olhos e balançou a cabeça.

— Eu quis dizer que o que estava procurando era... — Ele abriu os olhos, e nossos olhares se encontraram. — Ocasionalmente, eu conheço uma mulher on-line. Tento ser franco sobre... bem, quando eu disse que não queria namorar, quis dizer que não queria um relacionamento emocional. — Ele franziu a testa. — Não quero nada além da parte física. Se entende o que quero dizer.

— Sim. Claro. Eu meio que deduzi que foi isso que você quis dizer. Mas não expliquei isso à Birdie, porque obviamente não cabia a mim dizer a ela que seu pai estava apenas procurando sexo casual.

Sebastian passou uma mão pelos cabelos.

— Não foram muitas. Não quero que você pense que...

Ergui as mãos.

— Não precisa explicar. Somos adultos. Com necessidades. Acredite, eu entendo. — Dei uma risada nervosa. — Ou talvez eu entenda por *não estar* descolando nada.

Sebastian abriu um sorriso pequeno.

— Na seca?

— Os perfis das pessoas que gostam do meu perfil de relacionamento on-line parecem ter saído de um registro de assediadores.

Demos risada.

— É, não é fácil — ele disse. Os olhos de Sebastian desceram por todo meu corpo rapidamente e retornaram aos meus olhos. Ao descobrir que eu tinha percebido a conferida que me deu, ele pigarreou. — Então... quando você poderá vir de novo?

— Que tal semana que vem, no mesmo dia e horário?

— Seria ótimo. E obrigado por me avisar sobre a bisbilhotagem de Birdie. Agradeço muito mesmo.

— Por nada. Te vejo semana que vem.

Desci as escadas da casa e segui em direção à esquina. A cada passo, senti uma vontade enorme de olhar para trás e ver se Sebastian estava me observando. Quando cheguei ao fim do quarteirão, antes de virar a esquina, cedi à minha vontade e olhei para trás. Sebastian não havia saído do lugar.

Suspirei. *É. Não está fácil. Mas eu não me importaria em subir nesse homem como se ele fosse uma árvore.*

# Capítulo 13
## Sebastian

— Ela é bonita, não é?

— Hum? — Fingi não ter ouvido a pergunta que Magdalene tinha acabado de me fazer. Estávamos sozinhos na cozinha logo depois que Sadie e Birdie saíram para ir ao parque com Marmaduke.

Sadie não tinha um dia certo para vir. Ela havia concordado em basicamente vir sempre que seu cronograma permitisse. Hoje era domingo, e a segunda visita de Sadie desde seu retorno. Não havíamos discutido uma data para o término dos treinos, mas ela não parecia estar ansiosa para encerrar as visitas. Contanto que Birdie estivesse feliz, eu não ia tomar a iniciativa para pôr um fim nesse arranjo.

— Sadie. Ela é muito bonita — ela repetiu.

*Como se eu não tivesse ouvido da primeira vez.*

Tomei um último gole de café e disse:

— Na verdade, estou atrasado para uma reunião com um fornecedor de azeite importado no restaurante, então...

— Você está tentando evitar o assunto. Eu entendo.

Congelei assim que estava prestes a sair da cozinha e, então, virei-me.

— O que você espera que eu diga? É claro que ela é uma mulher bonita.

Ela passou um pano sobre a bancada.

— E gentil... e parece ser uma boa pessoa.

— Aonde está querendo chegar, Magdalene?

— Lugar algum... só reparei que você estava... olhando para ela, e...

— Tchau, Magdalene. — Sorri para que ela não pensasse que eu estava bravo. Mas eu precisava encerrar completamente aquele assunto.

O fato de que ela notou que eu estava olhando para Sadie não era bom. Por que, na verdade, eu vinha me esforçando muito para *não* fazer isso. Mas não era fácil. Era difícil não olhar para ela, não admirar sua beleza natural, sempre que estávamos no mesmo ambiente. Sadie era atraente de uma maneira pura, descomplicada. Ela não precisava de um pingo de maquiagem. E seu corpo, nem me fale. Era perfeito. Então, eu reparei. *Me processe, Magdalene.*

Fui ao escritório para pegar as chaves e a carteira, e estava prestes a me dirigir para a porta da frente quando ela me deteve mais uma vez.

— Sr. Maxwell...

Virei-me.

— Sim?

Ela baixou o olhar para os pés.

— É só que... faz quatro anos, e me pergunto se...

— Eu entendo que as suas intenções são boas. Mas não estou interessado em um relacionamento ou... uma substituta. Ninguém será capaz de substituir Amanda. É isso que está insinuando?

— Claro que não. Mas você merece ser feliz... e a sra. Maxwell ia querer que você fosse.

Dei risada.

— A sra. Maxwell não ficaria feliz em saber que eu estava babando na adestradora loira e linda, Mags. Se você pensa o contrário, não conhecia a minha esposa muito bem.

— Me desculpe. — Ela balançou a cabeça. — Eu não deveria ter me intrometido.

— Sei que você tem boas intenções. Mas finalmente consegui encontrar um ritmo. E isso não inclui nada sério quando se trata de namoros ou relacionamentos. Eu mal tenho tempo para a minha filha.

Ela fechou os olhos e assentiu.

— Entendido. Contanto que esteja feliz.

Eu não ia discutir contra aquele comentário. "Feliz" não era exatamente a palavra certa. Estável, talvez. Dando conta das coisas, talvez. Não incendiando a casa, talvez. Mas, feliz? Não havia tempo para felicidade. A felicidade não morava mais aqui.

Magdalene estava em nossa família havia muito tempo. Quando não cuidava de Birdie, ela limpava e cozinhava para nós. A essa altura, ela era a única constante em nossas vidas. Ela também sabia de coisas demais. Eu sabia que ela havia encontrado a fileira de camisinhas na minha gaveta de cuecas uma vez, porque a colocou com muito cuidado de volta dentro da caixa e fechou. Ela claramente sabia que eu não estava celibatário. Talvez isso tenha lhe dado a ideia errada — a de que só porque o meu pau estava funcionando novamente, talvez houvesse esperança para o meu coração. Mas as coisas não eram assim. Evidentemente, Birdie não era a única que desejava uma "amiga especial" por aqui.

Mais tarde, naquela noite, minha filha entrou correndo no escritório, onde eu estava trabalhando no inventário do Bianco's.

Ela parecia agitada quando disse:

— Papai... você tem que ligar para a Sadie.

— Por quê?

Ela ergueu o Ipad que segurava.

— Ela esqueceu o iPad mini aqui.

Peguei o dispositivo de sua mão e o olhei.

— Ah. Bem, acredito que ela possa se virar sem ele até vir de novo.

— Não! Ela me disse que o usa para trabalhar. Ela coloca todas as anotações nele. Sabe, sobre os encontros e tal. Ela me emprestou para assistir a uma coisa na sua conta do Hulu enquanto estava conversando com Magdalene. Eu o deixei no meu quarto para ir roubar biscoitos da despensa enquanto elas não estavam prestando atenção. Depois, comecei a conversar com elas na cozinha, e ela foi embora sem levá-lo. Eu tinha esquecido que ele estava no meu quarto, até agora.

Soltei uma lufada exasperada de ar pela boca.

— Tudo bem. Eu tenho o número dela. Vou ligar e avisar que está aqui, caso ela queira vir buscar.

— Obrigada, papai.

Ela me abraçou pelo pescoço, e eu a apertei gentilmente.

Afagando suas costas, eu disse:

— Vá dormir. Está tarde.

Birdie saiu correndo do escritório, e ouvi seus passos conforme ela seguia pelo corredor.

Fiquei encarando o celular em minha mão por vários segundos antes de rolar até o nome de Sadie na lista de contatos.

Quando ela atendeu, ouvi bastante barulho ao fundo antes de ela finalmente falar:

— Alô?

— Oi... é o Sebastian Maxwell.

Ela falou por cima dos sons abafados.

— Oh. Oi. Como vai? — Ela parecia estar dentro de um restaurante ou um bar lotado.

— Estou ligando porque você deixou o seu iPad aqui. Birdie insistiu que eu te avisasse.

— Oh, merda. É mesmo. Emprestei para ela e me esqueci completamente de pegar de volta antes de ir embora.

— Enfim, nós podemos guardar para você. Eu só queria que soubesse que estava aqui, caso procurasse por ele.

— Você se importa se eu passar ainda hoje para buscá-lo?

Não estava esperando por isso, então hesitei um pouco antes de responder.

— Tudo bem.

— Obrigada. Desculpe pelo incômodo. Posso chegar aí em meia hora, mais ou menos.

Passei uma mão pelos cabelos.

— Ok.

— Ótimo. Obrigada. Até já.

Após desligarmos, fiquei em minha mesa, balançando as pernas para cima e para baixo, girando na cadeira, batendo a caneta sobre a superfície, amassando papéis. Qualquer coisa, menos me concentrando no trabalho. Por fim, desisti e levei o iPad comigo para a sala de estar enquanto esperava a chegada de Sadie a qualquer minuto.

Quando finalmente ouvi a batida na porta, nada poderia ter me preparado para o que me esperava do outro lado. Quando a abri, encontrei Sadie usando um vestido curto preto e um pequeno casaco de pele cobrindo apenas seus ombros. Ela usava botas de couro que iam até os joelhos. Seus cabelos loiros estavam mais ondulados que o normal. Ela estava sexy pra caralho, e isso me fez ter que puxar o fôlego, por um momento. Meu olhar se demorou no dela. A luz de um poste na rua iluminava seus olhos somente o suficiente para que o azul de suas íris reluzisse no escuro. Porra, ela era linda. Por um instante, imaginei como seria a imagem daqueles olhos me fitando sob mim. *Sério, Sebastian?*

Ela deu alguns passos para entrar, mesmo que eu ainda não a tivesse convidado. Mas estava frio lá fora, e eu ia mesmo fazer isso.

— Você está muito arrumada. Tem algum encontro romântico esta noite?

Ela baixou o olhar para seu corpo, parecendo estar quase constrangida por seu traje.

— Ai, Deus, não. Eu *estava* em um encontro. Ou melhor... em uma tarefa de trabalho. Não um encontro de verdade.

— Ah. Eu deveria ter imaginado.

— Era onde eu estava quando você ligou. Foi a desculpa perfeita para dar o fora de lá, se quer saber.

— Por isso você estava tão ansiosa para vir buscar o seu iPad a essa hora. Mais um fiasco, hein?

— Ele foi ao banheiro mais vezes do que pude contar. Ou ele estava com uma diarreia terrível, ou é viciado em drogas. De um jeito ou de outro, não, obrigada.

Acabei soltando uma risada.

— Credo.

— Pois é. Só espero que ele tenha lavado as mãos todas as vezes antes de enfiá-las na cesta de pãezinhos. — Ela suspirou. — Enfim... vou pegar meu iPad e ir embora.

— Oh. Sim. Ele está bem aqui. — Cocei a cabeça, esquecendo momentaneamente onde o havia colocado.

Após avistá-lo sobre a mesinha, eu o peguei. Mas não antes de tropeçar na maldita mesa. Tê-la ali estava me deixando tenso. Finalmente entreguei-o para ela.

— Obrigada mais uma vez — ela disse ao recebê-lo. — Não acredito que tenha esquecido isso aqui. Se todas as minhas anotações dessa semana não estivessem nele, eu poderia ter esperado até a próxima vez que viesse, mas tenho um prazo a cumprir. — Ela olhou por trás do meu ombro. — Birdie está dormindo, não é?

— Sim. Ou, talvez, fingindo estar dormindo até decidir sair de fininho do quarto para roubar alguns biscoitos.

Ela sorriu, e seu rosto se iluminou.

— É claro. — Seu sorriso diminuiu, e ela deu alguns passos para trás em direção à porta. — Bem, vou deixá-lo em paz. Obrigada mais uma vez. — Ela demorou-se um pouco, como se não estivesse exatamente pronta para ir embora.

No instante em que ela se virou, senti algo estranho, como se a casa tivesse mudado do calor para o frio. E, porra. Eu queria o calor de volta.

*Não faça isso.*

*Não faça isso.*

— Sadie... — chamei.

Ela virou de volta no mesmo instante.

— Sim?

— Está frio lá fora. Eu costumo fazer um chá, por volta desse horário... para tentar relaxar e espairecer. Você gostaria de ficar e tomar um chá comigo antes de ir embora?

Ali estava aquele sorriso novamente.

— Depois da noite que tive... uma xícara de chá quente parece uma boa ideia.

— Ótimo. Eu, hã, prometo não ir ao banheiro a cada dois minutos.

Ela riu.

**ESCREVENDO O PARA SEMPRE**

— Sério. Quem faz isso?

Sadie me seguiu até a cozinha e sentou-se à mesa. Peguei a chaleira e a enchi com água filtrada da torneira antes de colocar duas xícaras de cerâmica sobre a bancada.

— Pode ser chá preto? — perguntei.

— Sim. Posso ingerir cafeína a qualquer hora da noite e ainda conseguir dormir.

— Eu também. Até mesmo café.

— Eu também. — Ela sorriu.

— Você quer com leite, açúcar? Ou mel?

— Só um pouco de leite. Obrigada.

Enquanto esperava a água ferver, recostei-me contra a bancada de granito e cruzei os braços.

— Então, com que frequência você faz as suas pesquisas por semana?

— Você quer dizer quantos encontros desastrosos eu tenho que aguentar? — Ela deu risada. — Alguns, no máximo. É o suficiente. Está bem assustador por aí.

Me senti estranhamente protetor em relação a ela.

— Você sempre os encontra em público, não é?

— Sempre.

Eu ficava realmente surpreso por ela não ter qualquer homem que quisesse.

— Sabe... eu estou chocado por você não ter mais sorte com isso. Você é claramente atraente, inteligente... por que todos esses otários?

— O problema é Nova York, para falar a verdade. Há mais mulheres do que homens aqui. Significa que o cenário dos relacionamentos fica complicado. É preciso se esforçar muito mais para encontrar os que valem a pena. E os que valem a pena são bem disputados. Sinceramente, eu evito sair quando não estou trabalhando.

— Eu conheci a minha esposa na faculdade, e nunca tive que recorrer a relacionamentos on-line. É uma das coisas que eu adorava sobre estar casado, não ter que me preocupar com a logística de tudo isso.

— Toma bastante tempo.

A chaleira começou a apitar, então preparei seu chá, adicionando um pouco de leite e a água fervente antes de mergulhar o saquinho.

Coloquei as duas xícaras na mesa e sentei-me.

— Obrigada — ela disse antes de soprar o vapor.

— Então, correu tudo bem hoje com o cachorro? — perguntei.

— Você está se referindo ao cachorro de verdade, não o cachorro que conheci esta noite...

— Sim, eu estava me referindo ao Duke.

— O Duke. — Ela quase cuspiu o chá. — Adorei esse apelido. — Ela olhou em volta. — Onde está o Duke, afinal?

— Ele dorme quando Birdie dorme. Isso te surpreende?

— Nem um pouco. Isso é tão fofo. — Ela abriu um sorriso enorme. — E, sim. Hoje foi um dos melhores dias que tivemos, na verdade. Ele obedece a Birdie tão bem agora, e que bom, porque esse era o objetivo de tudo isso, não era?

— Era *esse* o objetivo? Pensei que o objetivo de tudo isso, inicialmente, tivesse sido... salvar uma presilha de borboleta, não? — provoquei.

Seu rosto ficou rosado, o que achei adorável pra caralho. Ela baixou o olhar para a xícara, balançando a cabeça.

— Eu mereci essa.

— Estou brincando. Você sabe disso, não é?

— Pelo menos, você está rindo da situação, e não chamando a polícia.

— Eu não teria chamado a polícia. Foi uma ameaça vazia.

— Bem, que bom, então.

— Você vai ficar feliz em saber que, às vezes, eu penso sobre aqueles dias e dou risada do quanto foi ridículo — eu disse, começando a cair na risada inesperadamente. — Quando você descobriu que ele deveria ser treinado em alemão... deve ter surtado por dentro.

Ela também estava rindo.

— Você não faz ideia.

— Tenho que te dar crédito por ter metido a cara. Foi preciso muita coragem.

— Coragem e uma pitada de insanidade.

Nossos olhares se prenderam por um momento. Por algum motivo, era tão confortável estar perto dela. Ela sempre pareceu familiar para mim, mesmo que eu soubesse que nunca nos encontramos antes de tudo isso com Birdie. Por falar na minha filha, havia tanta coisa que eu queria perguntar a Sadie enquanto tinha sua atenção. Mas eu não sabia se seria intrusivo da minha parte. Decidi arriscar.

— Você se importa se eu me aproveitar um pouco da sua inteligência e perguntar uma coisa?

— Não, pode perguntar. Acho que consegui salvar um pouco do meu cérebro e ele não fritou por inteiro durante o meu encontro desta noite. Ficarei feliz em oferecer o que sobrou.

Dei risada.

— Ok. Fico muito grato por isso.

Ela tomou um gole de chá e, então, perguntou:

— O que foi?

Apoiei meu queixo na mão.

— Eu sei que você disse que a sua mãe morreu quando tinha seis anos e meio, assim como Birdie. Ao lembrar da sua infância com somente o seu pai e sem a sua mãe, tem alguma coisa que você gostaria que o seu pai tivesse feito diferente?

Ela assentiu algumas vezes e ponderou.

— É uma pergunta interessante. Entendo por que você ficaria curioso sobre isso, já que está na mesma situação.

— Bem, você tem a dádiva de poder ver as coisas em retrospecto. Eu só estou tentando evitar cometer erros pelo caminho que podem ser evitáveis. Birdie ainda é tão novinha. Nem consigo imaginar como as coisas serão quando ela entrar na adolescência. Se tiver como eu me preparar melhor para isso...

Seus olhos se moveram de um lado para outro. Ela parecia estar lutando para pensar em uma resposta que pudesse me satisfazer.

— Não há exatamente nada específico que eu possa dizer que mudaria em relação a como o meu pai lidou comigo naquela situação. Eu sempre estive muito consciente do fato de que o meu pai estava fazendo o melhor que podia. O que mais eu poderia pedir? Mas o que os pais acabam não entendendo, às vezes... é o quanto seus filhos são capazes de enxergar o que eles estão passando. Eu sempre percebia quando meu pai estava depressivo, mesmo que ele tentasse esconder isso de mim. Eu realmente queria que ele tivesse dado mais tempo para si mesmo e não se preocupado tanto com o quanto as coisas poderiam me afetar. Nós, filhas... somos mais fortes do que vocês pensam. E, no fim das contas, o que mais queremos é ver nossos pais felizes. Porque isso nos deixa felizes.

— É — sussurrei. — Ok. É justo.

Dizem que as pessoas entram na sua vida por uma razão. Talvez Sadie e eu estivéssemos destinados a nos conhecer, porque sua experiência pessoal era um espelho da nossa. Eu nunca havia encontrado alguém que compreendia a nossa situação como ela. Conversar com ela definitivamente me trouxe muito conforto, me fez sentir menos sozinho. Era a primeira vez que isso acontecia desde a morte de Amanda.

— Birdie sabe o quanto você se esforça e o quanto a ama. E ela também consegue sentir quando você está triste.

— Estou começando a perceber isso cada vez mais.

Sadie abriu um sorriso compreensivo.

— Quando o meu pai foi diagnosticado com câncer, eu...

— Espere... o seu pai também teve câncer? — Eu não queria tê-la interrompido, mas aquilo foi bem chocante de ouvir.

— Sim. Meu pai foi diagnosticado com câncer no cólon quando eu era adolescente. Dá para acreditar nisso? Ele está em remissão agora, graças a Deus.

Balancei a cabeça, incrédulo.

— Não consigo imaginar o quanto isso deve ter sido assustador para você... e para ele.

— Realmente, foi. Isso testou bastante a minha fé. Eu não entendia como aquilo podia estar acontecendo comigo pela segunda vez. Mas fiz o melhor que pude para não ficar sentindo pena de mim mesma. Ele precisava de cada gota de força que eu tinha para ajudá-lo a passar por aquilo, tanto física quanto mentalmente. Então, a autopiedade teve que esperar. Foram alguns anos de incertezas, mas quando ele finalmente conseguiu vencer o câncer, eu, é claro, senti como se tivesse me salvado de um desastre. E fiquei ainda mais grata por tê-lo.

Sua atitude me deixou abismado.

— Uau. Você realmente cresceu rodeada por câncer.

— Sim. Tanto que, em determinado momento, fiz um teste genético porque tinha certeza de que estava destinada a ter a doença também. O que é absurdo.

— Não acho que seja tão estranho. Muitos cânceres são genéticos. Parece que você tomou uma decisão madura ao fazer o teste.

— Hum. Eu mencionei que sou adotada? — Ela deu risada. — Eu entendia que não tinha os mesmos genes da minha mãe e do meu pai. Ainda assim, fiquei convencida de que teria essa pré-disposição. Ainda acha que não é tão estranho?

Sorri.

— Está bem. Acho que isso muda um pouco as coisas.

— Sim. A minha mãe não podia ter filhos. Ela foi diagnosticada com câncer de ovário pela primeira vez aos 23 anos. Eles tentaram por anos depois que ela entrou em remissão, mas a quimioterapia causou muitos danos.

— É incrível... como a sua situação é igual à nossa. Minha esposa e eu também tivemos dificuldade para engravidar e acabamos tendo que recorrer a métodos de fertilização.

— Oh, nossa. Que loucura. Mas acho que esse é outro motivo pelo qual Birdie e eu nos conectamos tão facilmente. Nós duas somos extraespeciais porque os nossos pais tiveram que se esforçar muito mais para nos ter.

Sorri.

— Enfim, me desculpe por levar a conversa para um rumo triste. Mas fico muito grato pelo que me contou. Faz quatro anos que Amanda morreu, mas ser pai solo ainda parece um território desconhecido todos os dias.

Fechei os olhos por um momento, contemplando o que a minha vida tinha se tornado. Então, os abri e continuei falando, meio em transe.

—Você passa a sua juventude tentando construir algo para si, sentindo-se invencível, cheio de adrenalina. Finalmente encontra uma carreira, forma uma família... tudo está perfeito, não é? E então, quando algo como o câncer entra em cena quando a sua vida mal começou, você sente como se todo o fôlego fugisse. É demais para assimilar. A única maneira que consegui lidar com a doença de Amanda foi fingindo que não estava acontecendo. Dizendo a mim mesmo e a ela que tudo ia ficar bem. Empurrando com a barriga a cada dia, tentando ser forte por todo mundo. É como um estado constante de torpor. E tem que ser. Porque sentir o que estava acontecendo não era uma opção. Mesmo depois que ela morreu, continuei entorpecido. A ficha só cai de verdade em algum momento aleatório. Sabe, muito tempo depois que as pessoas param de visitar e trazer comida. Em uma manhã qualquer, acordei e estava passando o programa *The Today Show*. Era apenas uma manhã normal para a maioria das pessoas. Mas aquele foi o dia em que me caiu a ficha de que a vida que eu conhecia havia realmente acabado. Ou, pelo menos, foi como me senti. Mas não tinha como acabar de verdade, não é? Porque, de alguma maneira, eu tinha que seguir em frente... por Birdie. Então, você começa a se esforçar novamente, construir uma nova vida do zero, ainda tentando não *sentir demais* as coisas, porque isso pode atrapalhar o seu progresso. — Esfreguei os olhos e suspirei. — Enfim, é uma existência estranha, às vezes.

Jesus. Eu realmente tinha nos levado a um lugar muito depressivo.

Seus olhos me perfuravam. Ela parecia estar prestes a chorar. Torci para que isso não acontecesse. Eu não saberia lidar.

— Eu senti cada palavra que você acabou de dizer, Sebastian. Cada palavra. Eu, obviamente, nunca perdi um cônjuge, mas vi o meu pai passar por isso. E entendo, por experiência própria, esse sentimento de empurrar com a barriga a cada dia. Entendo mesmo.

Tomei o restante do meu chá morno, desejando que fosse uísque, e coloquei a xícara vazia sobre a mesa.

— Esse chá acabou se tornando deprimente pra caralho. Aposto que você deve estar desejando ter continuado lá no bar com o cara do banheiro.

— De jeito nenhum. — Ela suspirou. — Sabe o quanto é raro ter uma conversa adulta e profunda com a qual eu me identifico?

— Eu certamente não planejei te emboscar com isso.

— Sempre que quiser conversar, ficarei feliz em ouvir. Sinceramente. — Ela piscou. — Mas talvez você tenha que me ouvir tagarelar também. Esse é o risco.

— Tudo bem. Obrigado.

Sadie inclinou a cabeça para o lado e me analisou em silêncio. Ela parecia estar debatendo algo que queria dizer.

— Posso te perguntar uma coisa? — ela inquiriu, por fim.

— Tenho quase certeza de que te devo uma resposta para qualquer coisa que queira saber, depois do que acabei de pedir que você respondesse.

Um sorriso enorme espalhou-se em seu rosto.

— Ótimo. Se você estivesse vendo uma mulher nua dançar, preferiria que ela estivesse dançando ao som de Sir Mix-a-Lot ou Lewis Capaldi?

Dei risada.

— Você é uma mulher interessante, Sadie. Essa definitivamente *não* era uma pergunta que eu poderia prever que você fosse fazer.

— Isso é uma coisa boa ou ruim?

Meus olhos fitaram os seus.

— É uma coisa muito boa. E eu *gosto de bundas grandes*.

Ela levou um segundo para se dar conta do que eu quis dizer. Eu não fazia ideia de por que ela tinha feito aquela pergunta, mas seu sorriso me disse que escolhi a resposta certa, e gostei muito disso.

Acabamos assaltando os biscoitos de Birdie e conversando um pouco mais. Ela me contou um pouco sobre sua infância no norte do estado, sobre os instrumentos engraçados de previsão do tempo que seu pai fazia, e me fez perguntas sobre a parte administrativa do restaurante, um assunto sobre o qual eu poderia falar a noite toda. Conversamos sobre sua carreira. Sadie me contou que não se via deixando a revista, e que esperava sair da coluna sobre relacionamentos para tentar escrever sobre um assunto novo. Conversar com ela era simplesmente... fácil.

E foi muito bom desabafar também. Mas agora que eu havia despertado do meu estupor emocional efêmero, voltei a encarar seus lábios enquanto ela falava. Isso parecia errado por tantos motivos. Se fosse somente uma atração física, talvez fosse justificável. Mas havia uma pontada em meu peito nesse momento que eu não queria sentir. Que eu *não podia* sentir.

*E lá vem o Sebastian retraído em três, dois, um...*

Minha cadeira deslizou com força no chão conforme a afastei para trás.

— Bem, eu não quero tomar demais o seu tempo.

Ela pareceu surpresa pela minha insinuação repentina de que talvez estivesse na hora de ela ir embora. Ela parecia estar tão confortável. Exatamente como me senti antes que essa percepção me atingisse. Eu *estava* confortável. *Confortável demais.*

Ela olhou para o celular.

— É. Eu, hã, é melhor eu ir.

Acabei chamando um Uber para ela.

Depois que ela foi embora, levei nossas xícaras de chá vazias para a pia e notei a marca de batom vermelho na dela. E o meu pau se contorceu.

Agora eu tinha chegado ao ponto de ficar com tesão por causa de uma marca de batom? Definitivamente, estava na hora de transar de novo. Só não com Sadie.

*Repito. Não com Sadie.*

# Capítulo 14
## Sadie

— Então, o que anda rolando na Terra da Birdie? Parece que você ficou muito quieta desde que voltou a frequentar a casa dos Maxwell. — Devin sentou-se em uma cadeira do outro lado da minha mesa com seu café na mão. Ela balançou as sobrancelhas. — Melhor ainda, o que anda rolando com o Pai Delícia?

Ultimamente, eu estava bem quieta quanto a esse assunto. Eu compartilhara com ela todas as loucuras desde a primeira carta, mas algo mudou depois que confessei tudo e Sebastian me deixou voltar a visitar sua casa. Eu não estava mais fingindo ser alguém que não era, então as coisas meio que ficaram... não sei... reais. E isso fazia com que eu sentisse que era algo particular, sobre o qual eu não deveria ficar fofocando.

Mas, após a noite em que fui até lá buscar meu iPad e Sebastian e eu passamos um tempo conversando, comecei a sentir a necessidade de desabafar com alguém. Deus sabia que eu já tinha analisado demais aquela noite e ainda não conseguia entender o que havia dado errado.

— Na verdade... eu passei um tempo a sós com Sebastian, algumas noites atrás.

Devin arregalou os olhos.

— Ai, meu Deus! E só agora você está me contando isso? Por que não fiquei sabendo tim-tim por tim-tim no dia seguinte?

Sorri.

— Não é o que está pensando. Eu tinha esquecido meu iPad lá, e Sebastian me ligou para avisar. Eu estava no meio de um encontro ruim, então usei essa ligação como uma desculpa para encerrá-lo cedo e fui buscar. Acabamos tomando um chá e conversando durante um bom tempo. Achei que estávamos tendo uma ótima conversa, com muita sinceridade e ainda com espaço para tirar sarro e compartilhar algumas risadas. Em determinado momento, eu podia jurar que o vi olhando para os meus lábios com *aquele olhar*... você sabe qual... quando você está prestando atenção à conversa e, de repente, o seu corpo toma as rédeas e começa a focar em qual seria a sensação daquela boca se você pressionasse seus lábios nela.

— Oh, uau. Esse tipo de olhar. Sim, entendo totalmente.

— Certo. Bem, pouco tempo depois desse momento, ele se levantou abruptamente e encerrou a conversa. Quando dei por mim, eu estava no banco de trás de um Uber fedorento com um motorista comendo carne de bode com *curry* enquanto dirigia.

— Hummm... você descobriu onde ele conseguiu esse prato? Eu adoro, e o lugar onde eu costumava comprar fechou.

— Hã. Não, desculpe.

Devin deu de ombros.

— Enfim... voltando ao Pai Delícia. É óbvio que ele está a fim de você e isso o assustou um pouco.

— Mas por quê? Ele já esteve com outras mulheres antes. Ele admitiu isso para mim quando contei que sua filha o estava ouvindo conversar com mulheres à noite. Então, o problema dele não é celibato.

Devin franziu a testa.

— Você está procurando o sr. Perfeito, Sadie. Qualquer um pode ver isso rapidinho. É por isso que nunca teve um relacionamento sério que durasse mais do que alguns meses. Você não quer o sr. Casual ou só algum cara qualquer que te pegue de jeito. Tenho certeza de que o Sebastian enxerga isso em você.

Suspirei.

— Eu não me importaria em deixar o Sebastian me pegar de jeito.

Os olhos da minha amiga cintilaram.

— Agora sim, é assim que se fala. Então, por que não deixar isso claro? Vocês dois são adultos. Ele se sente atraído por você, nós nos sentimos atraídas por ele.

Dei risada ao ouvi-la dizer *nós* nos sentimos atraídas por ele. Mas eu não sabia se deveria propor ao Sebastian que mandássemos ver.

— E se eu tiver interpretado a situação da maneira errada e, na verdade, ele estava olhando para um pedaço de alface da salada do jantar que tinha ficado no meu dente?

— Faça alguns testes. Curve-se para amarrar o tênis quando ele estiver atrás de você, e veja se o flagra com os olhos grudados na sua bunda. Melhor ainda, mostre a ele aquele conjunto de sutiã e calcinha de renda vermelho e preto que comprou na liquidação da Victoria's Secret que fomos mês passado.

— Claro... vou simplesmente tirar a blusa e a calça enquanto estiver treinando um dogue alemão. É um ótimo plano.

Devin ficou de pé.

— Você vai pensar em alguma coisa. Tenho certeza de que pode facilmente conseguir a confirmação que está procurando para ter certeza de que o Sebastian se sente atraído por você. Esse não é o problema.

Franzi as sobrancelhas.

— Não?

— Não. O problema é que você não vai ter coragem de ir em frente, mesmo depois que tiver certeza de que ele quer te traçar. Você não faz esse tipo de coisa.

— Eu já fiz sexo casual antes. Você sabe disso.

Ela tomou um gole de café.

— Sim, mas isso foi depois que soube que o cara era completamente errado para você. Na sua mente, a única coisa que poderia rolar era sexo casual. Mas, com Sebastian, eu acho que você o vê com mais potencial. Você não vai ter coragem de se entregar ao fogo, não importa o quão quente e suado esse fogo possa ser, porque vai estar muito preocupada em se queimar.

— Isso é ridículo.

Devin seguiu para a porta do meu escritório.

— Prove que estou errada. Eu adoraria ver isso.

Na sexta-feira à noite, tive uma aula de ioga de 45 minutos às 17h30, e havia marcado a sessão de adestramento do Marmaduke para as 19h30. Deduzi que teria tempo para correr para casa, tomar um banho rápido e prender meus cabelos em um rabo de cavalo antes de ir. Mas pensei em alterar esse plano depois de sair do estúdio. Eu não tinha me trocado, ainda estava usando minha roupa de ioga, e um cara bem bonitinho olhou para mim enquanto parei um pouco para checar as mensagens no meu celular. Seus olhos estavam tão grudados em mim que ele chegou a tropeçar nos próprios pés.

Olhei para ele no chão.

— Você está bem?

O homem pareceu constrangido. Ele se levantou, limpou sujeira da calça e me ofereceu um sorriso torto.

— Sim. Mas você não deveria andar na rua usando isso. As pessoas podem se machucar.

Ruborizei um pouco, e depois que ele foi embora, olhei para baixo para conferir minha roupa. Eu estava usando uma blusa cropped roxa-escura da Lululemon e uma calça legging combinando, com recortes ondulados sobre o tecido descendo por cada perna. Era justa como uma segunda pele, por isso era perfeita para fazer ioga. Eu tinha um suéter com zíper que combinava com a calça, mas estava guardado na minha bolsa, já que ainda estava fazendo 21 graus, mesmo que já estivéssemos quase no fim de outubro. Os últimos dois dias haviam sido bem quentes. Mas a reação daquele homem me deu uma ideia. Ou melhor, lembrei-me da ideia de Devin. Talvez eu devesse pular a parte de ir em casa para me trocar e ir para a casa dos Maxwell vestida assim.

Peguei meu celular e ponderei se deveria mandar uma mensagem para Sebastian para saber se eu poderia ir um pouco mais cedo, mas, após um minuto, revirei os olhos diante disso. *O que diabos há de errado comigo?* Eu não precisava recorrer a táticas como essa para conseguir a atenção de um homem. Qualquer homem que só estivesse interessado em mim por eu estar seminua não estava realmente interessado em mim. Uau... eu acabei de soar *igual* ao meu pai.

Soltando uma respiração, segui para a estação. Assim que entrei no trem, notei que outro homem estava me olhando. Essa roupa definitivamente chamava atenção. Isso me fez imaginar o que Sebastian faria se eu aparecesse lá vestida assim. Será que eu ficaria decepcionada porque ele nem ao menos notaria, ou tropeçaria nos próprios pés?

Ai, meu Deus.

Sebastian *tinha* tropeçado naquele dia! Eu tinha me esquecido completamente disso. Foi logo depois que ele abriu a porta e foi pegar o meu iPad. Mas aquilo devia ter sido uma coincidência. Eu só o havia notado olhando para o meu corpo uma vez, antes disso. Se bem que, naquela noite, eu estava toda arrumada do meu encontro. Mas, ainda assim, havia um tapete na sala de estar da casa dos Maxwell. Aposto que uma das pontas estava enrolada por causa de Marmaduke que vivia correndo loucamente, e Sebastian não havia percebido. É... deve ter sido isso.

Peguei meu celular para rolar por alguns e-mails e ocupar minha mente com outras coisas além de pensamentos sobre Sebastian Maxwell durante meu percurso de trem por seis estações. Funcionou nas primeiras duas paradas, mas então, o trem parou abruptamente. Alguns minutos depois, ainda estávamos parados quando uma voz abafada ecoou pelos vagões.

— Senhoras e senhores. Há outro trem à nossa frente que parece estar com problemas mecânicos. Ficaremos parados aqui por enquanto. Darei notícias assim que souber mais.

Os passageiros soltaram um suspiro coletivo e reclamações murmuradas começaram a ecoar. Após mais dez minutos, a voz do condutor soou novamente.

— Muito bem, parece que eles vão precisar de um tempo para trabalhar no trem enguiçado à frente. Teremos que recuar para a estação da Twenty-Third Street e vocês terão que descer para embarcar em outra linha. Mas há um trem atrás de nós, e ele precisa ser realocado primeiro. Funcionários estarão disponíveis para ajudar se alguém estiver perdido no nosso adorável sistema de metrô. Espero que aproveitem esse ótimo começo do fim de semana.

Todo mundo resmungou. Passamos mais quase meia hora esperando, mas, por fim, começamos a recuar lentamente. Quando chegamos à estação da Twenty-Third Street, já eram 19h20. Assim que cheguei à rua, liguei para a casa dos Maxwell. Birdie atendeu.

— Alô.

— Oi, Birdie. É a Sadie. O seu pai está em casa?

— Não. Ele está no trabalho. Você ainda vem?

Sorri ao ouvir a preocupação em sua voz.

— Sim, claro. Só estou um pouco atrasada porque o meu trem ficou preso. Será que eu poderia falar com Magdalene para ver se não tem problema eu chegar mais tarde que o planejado?

— Claro!

Magdalene entrou na linha.

— Oi, Sadie.

— Oi, Magdalene. Estou um pouco atrasada. Será que tem algum problema se eu chegar por volta das 20h30? É muito tarde para a Birdie?

— Hummm. Bem, ela vai dormir na casa de uma amiguinha esta noite. Ela mora descendo o quarteirão e vai fazer uma festa do pijama para comemorar seu aniversário. Outras seis garotas irão também. Começa às oito, e eu ia deixá-la quando vocês terminassem. Mas acho que ela poderia ir às 21h30. Ela acabou de ir ao banheiro. Quer que eu pergunte se ela concorda?

Suspirei.

— Não. Não quero que ela perca muito da festa. Posso embarcar no trem e ir agora. Provavelmente ainda chegarei, tipo, dez minutos atrasada.

— Ok. Sem problemas.

— Obrigada, Magdalene.

Caminhei rapidamente por dois quarteirões para chegar à estação cuja linha de trem parava mais perto da casa deles e embarquei quando as portas estavam começando a se fechar. O vagão estava lotado, e não havia assentos disponíveis. Então, procurei um espaço perto de um dos mastros para poder me segurar conforme o trem começou a se mover.

Diferente do que peguei mais cedo, o trem expresso para o Upper West Side seguiu sem intercorrências, e cheguei à casa dos Maxwell apenas sete minutos atrasada. Bati à porta e aguardei, esperando Magdalene me deixar entrar.

Só que, quando a porta se abriu, não era Magdalene que estava me olhando do outro lado.

# Capítulo 15
## Sebastian

*Jesus Cristo.*

Engoli em seco. O que diabos ela estava usando?

— Hã... oi. Não esperava que você estivesse em casa. Birdie disse que você estava no trabalho.

Minha atração incontrolável por Sadie estava me irritando, e descontei minha frustração nela.

— É por isso que você está atrasada? Quando o gato sai, os ratos fazem a festa?

— *Não*. Liguei para Magdalene e disse que o trem ficou preso. Eu pretendia ir para casa para tomar um banho depois da aula de ioga. Mas como o trem me atrasou uma hora, vim com pressa direto para cá para que Birdie não tivesse que chegar ainda mais tarde na festa de aniversário que tem para ir esta noite.

*Ela tem um piercing no umbigo. Tão brilhante...*

*Porra.* Forcei meus olhos a focarem nos de Sadie e a encontrei me encarando com expectativa. Ela tinha dito alguma coisa? Tentando repassar os últimos dez segundos na minha cabeça, acho que ela deve ter dito... alguma coisa sobre um trem?

*Tanto faz.*

Afastei-me para o lado.

— Entre. Magdalene acabou de trazer Marmaduke de um longo passeio, então ele está esparramado no chão da sala de estar.

Entramos na casa, e Marmaduke ergueu a cabeça. Ele avistou Sadie e sua língua ficou pendurada para fora.

*É, eu sei como é, amigão.*

Birdie saiu correndo de seu quarto e abraçou Sadie, que curvou-se para retribuir, dando-me uma vista privilegiada de sua bunda. *Caralho*. Ela era tão boa de costas quanto de frente. Meus olhos ainda estavam grudados àquela bunda quando ela virou para falar comigo, e quase fui pego.

— Você conseguiu adquirir o *clicker* de treinamento que mencionei semana passada? — ela perguntou.

Minha filha correu até a mesinha de centro, pegou aquela engenhoca do inferno e começou a clicá-lo.

*Clique-clique. Clique-clique. Clique-clique.*

Aquele som estava me dando nos nervos há quase uma semana, desde que o comprei na loja de animais. Olhei para Sadie, ainda sentindo-me irritado, mas sabia que estava me enganando se pensava que meu estado de humor tinha alguma coisa a ver com aquele *clicker* de treinamento.

— Quem sabe, na próxima vez, você possa escolher alguma coisa menos irritante para usar nos treinos.

Sadie pousou as mãos nos quadris. *Seus quadris muito bem torneados.*

— Está havendo algum problema?

Passei uma mão pelos cabelos e resmunguei:

— Estarei em meu escritório, se precisar de mim.

Por sorte, meu escritório tinha álcool. O dia já havia sido longo. Meu gerente me entregou seu aviso prévio de duas semanas, o que significava que eu teria que encontrar um substituto e passar muito mais tempo no restaurante até que ele esteja treinado. Depois, aconteceu um pequeno incêndio causado por gordura na cozinha, fazendo com que uma das nossas fritadeiras ficasse inutilizável, e como se não bastasse, a remessa de vegetais havia sido trocada com outro restaurante que, aparentemente, planejava servir milho como acompanhamento de todas as refeições. Decidi vir para casa mais cedo, imaginando que não teria muitas chances de fazer isso nas próximas duas semanas. Além disso, eu não vinha dormindo muito bem há alguns dias, por alguma razão. Então, abri uma garrafa de vinho do armário onde guardava as bebidas alcoólicas e me servi com uma taça bem cheia de cabernet ao sentar na minha cadeira.

*Deus, ela é sexy pra caralho.*

Tomei um belo gole do líquido roxo.

Senti uma vontade insana de puxar aquele diamante em seu umbigo com os dentes.

Tomei mais um gole.

E aquela bunda. Talvez ela pudesse tentar ensinar Duke a pular de novo. Aposto que observá-la de quatro naquela roupa seria uma vista e tanto.

Mais um gole.

Como ela tinha chamado, mesmo? "Flunkbosta." "Flunkerbunda." "Flunkerbsht." Foi isso. "Pular" era "flunkerbsht". Comecei a rir. O som era quase maníaco.

*Flunkerbsht.*

*Eu quero* flunkerbsht *na falsa adestradora de cães.*

Balancei a cabeça e tomei mais um gole.

Durante a última semana, não consegui parar de pensar nela. Na noite em que veio buscar seu iPad, ela foi tão vulnerável e aberta quando perguntei sobre seu pai. Seus grandes olhos azuis estavam cheios de emoção e sinceridade. Fazia muito tempo que eu não conhecia uma mulher que colocava seu coração à mostra para o mundo ver. Sem contar que havia muitas outras partes dela que valiam a pena ver. Aquela roupa de exercícios que ela estava usando hoje demonstrava isso perfeitamente, com certeza.

*Deus, aquela roupa.*

Virei o restante do meu vinho.

Durante a hora seguinte, acabei com metade da garrafa. O som de Sadie e Birdie rindo no outro cômodo estava me distraindo tanto que coloquei música para tocar com o volume no máximo e fechei os olhos. Por isso, não ouvi a batida na porta quando elas terminaram.

— Ei. — Sadie entreabriu a porta o suficiente para colocar a cabeça para dentro. — Desculpe. Você não estava respondendo. Já terminamos. Birdie foi pegar sua mochila para a festa do pijama. Você gostaria que eu a levasse para a casa onde será a festa? — Seus olhos focaram na garrafa de vinho e na minha taça vazia. Ela abriu um sorriso sugestivo. — Vejo que você está bem ocupado.

Franzi os lábios.

— Não, tudo bem. Sou perfeitamente capaz de levar a minha filha. Obrigado.

Sadie estreitou os olhos. Nos encaramos por uns trinta segundos e, então, ela abriu a porta e entrou no escritório. Fechando-a atrás de si, ela perguntou:

— Está tudo bem? Você parece... chateado.

*Não olhe para o corpo dela.*

*Mantenha os olhos em seu rosto.*

— Está tudo bem.

Ela inclinou a cabeça para o lado e me avaliou.

— Tem certeza?

Meus olhos desceram para sua barriga. Eu simplesmente não consegui evitar.

*Nossa, você é um babaca, Maxwell.*

*Tire os olhos daí.*

*Volte o olhar para o rosto dela.*

*Vamos. Você consegue.*

Sadie permaneceu quieta. Eu nem saberia dizer se ela estava olhando para mim. Porque meus olhos a estavam percorrendo inteira... traçando a curva de sua cintura, salivando por sua barriga plana... fantasiando com aquele diamante brilhante em seu umbigo.

Ela deu alguns passos e começou a andar em direção à minha mesa.

Talvez fosse culpa do vinho, mas meu coração começou a bater tão forte que achei que fosse saltar do peito. Tentei erguer o olhar para seu rosto e, dessa vez, consegui. Bem, mais ou menos. Eles subiram, mas, infelizmente, ficaram presos em seu busto.

*Aqueles seios cheios.*

*Delícia.*

*Que delícia.*

*Aposto que seu decote fica bem suado quando ela faz ioga.*

*Suor quente escorrendo do meio de seus peitos redondinhos e suculentos para aquele umbigo.*

Quando finalmente consegui arrastar meu olhar para cima o suficiente para encontrar o seu, Sadie estava bem diante da minha mesa.

Ela estava se balançando para frente e para trás tão discretamente.

— O que está fazendo, Sebastian?

Nossos olhares se prenderam, e o pequeno sorriso perverso em seus lábios me fez achar que ela tinha ouvido todos os meus pensamentos. Engoli em seco.

— Nada.

— Nada, hein? Então, você está apenas sentado aí... olhando em volta? — O canto de seus lábios se curvou para cima.

Que espertinha.

Ela sabia exatamente o que eu estava fazendo.

Endireitei as costas na cadeira e pigarreei.

— Se já tiver terminado, pode ir embora.

— É nisso que você está pensando aqui, sentado? No quanto você quer que eu... vá embora?

Uma batida na porta do meu escritório me fez piscar algumas vezes.

Fiquei completamente confuso quando ergui o olhar e vi Sadie colocar a cabeça para dentro.

*Mas que...?*

*Ela não estava...?*

Olhei para o lugar onde eu poderia jurar que ela tinha acabado de estar. Levei alguns segundos para sair do transe e me dar conta de que eu devia ter cochilado por causa do vinho e estava sonhando.

*Jesus.*

Sadie sorriu.

— Já terminamos. Que tal eu levar Birdie para a festa do pijama, já que passarei por lá quando for embora?

— Hum. Sim. Isso seria ótimo. Obrigado. Deixe-me ir dar boa-noite a ela.

Saí para a sala de estar. Birdie já estava lá com sua mochila nas costas, segurando um travesseiro e um saco de dormir.

— Parece que você já está pronta. — Agachei-me para ficar de sua altura. — Dê aqui um abraço no seu velho.

Minha filha jogou os braços em volta do meu pescoço com um sorriso enorme.

— Eu te amo, papai.

— Eu também te amo, querida.

— Marmaduke se saiu muito bem hoje! Agora, quando Sadie aperta o *clicker*, ele senta.

— É mesmo?

Ela assentiu.

— Muito bem. — Dei um puxão leve em seu rabo de cavalo. — É melhor você ir logo para a festa.

Birdie virou-se para começar a se afastar, mas então, correu de volta para mim. Sua mãozinha tocou minha bochecha.

— Estarei logo ali no fim do quarteirão, se precisar de mim.

Senti meu coração apertar e sorri.

— Obrigado. Me lembrarei disso.

Ela me beijou mais uma vez e saiu saltitando em direção à porta.

— Quer que eu diga alguma coisa aos pais da menina? — Sadie perguntou.

— Não. Vou mandar uma mensagem para Renee mais tarde.

— Ok.

Aparentemente, aquele cochilo e minha consequente fantasia tinham me feito bem. Consegui ter uma conversa civilizada com Sadie e não a comi com os olhos como fizera no sonho. Entretanto, quando ela virou para seguir Birdie para a porta da frente, não consegui evitar e olhei novamente para sua bunda naquela calça de ioga. Quero dizer, estava ali, bem na minha cara. Que homem em sã consciência *não* daria uma olhadinha?

— Ah, eu quase esqueci... — Sadie virou, e meus olhos saltaram para cima de uma vez para encontrar os dela.

*Merda.*

*Ela me pegou.*

Se eu não tivesse certeza de que tinha acabado de ser flagrado, o sorriso sugestivo que Sadie abriu teria me confirmado que ela sabia o que eu tinha feito.

Ela nem ao menos se deu ao trabalho de tentar esconder. Estendendo a mão, ela me entregou o *clicker*.

— Isto é seu.

Desviei o olhar ao pegá-lo de sua mão.

— Ótimo. Obrigado.

Depois que ela saiu, deixei minha cabeça cair para frente, por trás da porta fechada.

*Você é um idiota, Maxwell. Você precisa transar.*

Como eu teria a noite inteira para mim, talvez fosse exatamente isso que eu precisava fazer. Eu estava conversando com uma mulher, Irina, há algum tempo, uma executiva de publicidade bastante ocupada que eu conhecera on-line e que estava procurando o mesmo tipo de arranjo que eu. Mas eu não falava com ela há algumas semanas. Talvez estivesse na hora de retomar o contato.

Ao voltar para o escritório, onde eu mantinha meu laptop, tentei me animar.

*Irina.*

*Ela era sexy.*

*Cabelos ruivos compridos.*

Uma mulher que sabia o que queria.

Era exatamente do que eu precisava.

*É isso.*

*Eu definitivamente vou perguntar à Sadie o que ela vai fazer esta noite.*

*Irina. Eu quis dizer Irina.*

Chegando à mesa, decidi servir mais uma taça de vinho antes de acessar a internet para ver se Irina estaria disponível.

Sentei-me e tomei um gole de vinho, mas decidi fechar os olhos mais uma vez. Eu precisava de um momento para clarear a mente.

Mas, ao invés disso, visões de Sadie inundaram minha mente.

*De novo.*

Ela era muito sexy.

Aquela bunda.

Aquela barriga lisinha.

Aquele maldito diamante cintilante.

Seus lindos olhos grandes.

E aquela boca. O jeito como os cantos se curvaram para cima quando ela me flagrou olhando para sua bunda... nossa... o que eu não daria para foder aquela boca.

Ri comigo mesmo e abri os olhos.

Que bom que ela já tinha ido embora. Porque só Deus sabe que estupidez eu seria capaz de cometer esta noite. Aquela mulher estava me fazendo perder o juízo.

Tomei outro gole de vinho e abri meu laptop.

E no mesmo instante, a campainha tocou...

# Capítulo 16
## Sadie

Ele abriu a porta, e me deu um branco na mente. Dar meia-volta e tocar a campainha foi uma decisão impulsiva. Eu simplesmente não queria ir embora. O problema era: eu deveria ter pensado em uma desculpa para explicar por que tinha voltado *antes* de fazer isso.

A respiração de Sebastian estava ficando cada vez mais rápida conforme ele me olhava.

— Está tudo bem?

Engoli em seco, mas continuei sem saber o que dizer.

O que eu deveria dizer? Eu não podia dizer a verdade: *Eu vi como você estava me olhando e pensei que pudesse estar interessado em me tocar também.*

Ele quebrou o gelo.

— Essa é a parte em que eu deduzo que você é a adestradora de cães e te repreendo por estar atrasada? Parece um déjà vu. Eu abrindo a porta e você aí, atordoada. — Ele deu um sorriso torto, o que me acalmou um pouco.

Dei uma risada nervosa.

Ele fez um aceno com a cabeça.

— Enquanto você tenta descobrir o que quer dizer, que tal entrar? Estava calor durante o dia, mas está ficando frio agora.

Passei as mãos em meus braços.

— Obrigada.

Marmaduke correu até a porta e começou a pular em mim. Não era exatamente o homem que eu queria em mim agora.

Felizmente, ele se acalmou rápido antes de ir até o canto da sala para encoxar um bicho de pelúcia.

*É. Você não é o único que está cheio de tesão esta noite, amigão.*

Sebastian ficou apenas me encarando, ainda precisando de uma explicação para o meu retorno inesperado.

*Jesus Cristo. Crie coragem, Sadie. Você é uma colunista de conselhos amorosos, pelo amor de Deus, e parece não conseguir se lembrar de como agir perto de um homem pelo qual se sente atraída.*

— Eu voltei porque queria perguntar se você gostaria de uma companhia esta noite — falei de uma vez.

Sebastian colocou as mãos nos bolsos, parecendo desconfortável com minha declaração.

Sua reação me deixou meio em pânico, então tentei abstrair.

— Que idiota, não é? Você provavelmente tem planos. Se for assim, eu posso ir...

— Você gosta de branco ou tinto? — ele perguntou de repente.

Levei alguns segundos para absorver sua pergunta. Ele estava se referindo a vinho.

*Ele topou?*

— Na verdade, o tinto que você estava bebendo parecia muito bom.

— Volto já — ele disse.

Fiquei inquieta enquanto Sebastian ia até seu escritório, retornando para a sala de estar com a garrafa e sua taça. Ele as colocou sobre a mesa de centro antes de seguir para a cozinha.

Depois que voltou, fiquei observando-o me servir uma taça bem cheia antes de esvaziar o restante da garrafa na sua.

— Obrigada.

Sentei-me em uma das extremidades do sofá. Ele, por sua vez, sentou-se na outra, o mais longe de mim possível.

Tomei um gole da minha bebida e falei:

— Então, quais eram os seus planos se eu não tivesse me infiltrado na sua noite?

Seus lábios repuxaram.

— Eu não tinha decidido ainda.

— Deve ser raro Birdie não estar em casa.

— É. Acho que ela só dormiu fora de casa uma vez, antes disso.

Sebastian estava excepcionalmente lindo esta noite. Ele estava vestido de maneira mais casual do que de costume. Uma camiseta azul-escura abraçava seu peito largo. Ele estava usando calça jeans, e seus pés estavam descalços. Ele tinha pés grandes e lindos — se é que os pés de homem podiam ser considerados lindos. Bem, ele e seus pés eram lindos de todas as maneiras.

— Eu pisei em alguma coisa? — ele perguntou.

*Merda.* Ele me flagrou.

— Oh, não. Eu só estava... admirando os seus pés.

Encolhi-me. *Talvez eu não devesse ter admitido isso.*

— Obrigado. — Ele franziu a testa. — Eu acho... — Sebastian apoiou o braço no encosto do sofá e continuou em seu cantinho. — Então, onde exatamente você se exercita, Sadie?

— Eu faço 45 minutos de ioga algumas vezes por semana. Fica perto de onde eu moro.

— Legal. Acho que eu deveria fazer algo assim, para aliviar o estresse.

— É excelente para aliviar o estresse... mas eu faço pela flexibilidade.

Ele pigarreou.

— Então, você é... flexível?

— Muito. — Coloquei autoconfiança intencionalmente nessa resposta. — Hoje, a instrutora nos fez praticar uma pose em que você tem que colocar as pernas para trás por cima da cabeça.

Tive a impressão de que ele tinha quase cuspido seu vinho.

— Isso soa muito... aventureiro. Como se chama? Postura do cachorro olhando para baixo? Cachorros são um lance seu. — Ele piscou.

Dei risada.

— Não. A postura do cachorro olhando para baixo é um exercício em que se curva para frente. Ela nos fez deitar no chão e jogar as pernas para trás por cima da cabeça. Chama-se posição do arado.

Ele arregalou os olhos.

— Você joga as pernas para trás por cima da cabeça e o nome da posição é arado? Como preparar o terreno para o sexo?

Só então reparei na ironia daquela terminologia.

*Ele tem uma mente suja. Adorei.*

— Acho que é um desperdício de habilidade, já que não anda rolando nada nesse departamento.

Sebastian não disse nada ao terminar seu vinho. Então ele ergueu a garrafa.

— Mais vinho?

— Sim, quero. Obrigada.

— Essa garrafa está vazia. Quer experimentar outra coisa, ou devo abrir outra garrafa de cabernet?

— Gostei muito desse. Como se chama?

Ele conferiu o rótulo, e eu poderia jurar que vi seu rosto ficar vermelho. Aparentemente, ele não tinha se dado conta do nome até então.

Ele não quis dizer.

— E aí? — insisti.

— Chama-se... Pornfelder. — Ele riu, todo sem jeito, ao abrir uma nova garrafa e encher nossas taças novamente.

Também não pude evitar a risada.

— Que nome.

— Parece que alguém o inventou. Tipo *flunkerbsht*.

Senti meu rosto ficar dormente de vergonha.

— Ah, sim.

Ele ergueu sua taça.

— Você deveria registrá-lo como sua marca, a propósito.

Ele bebeu mais um pouco de vinho, e quando afastou a taça da boca, vi seus olhos viajarem até meu umbigo e fazerem o percurso inverso em seguida. Adorei notar que ele estava me olhando. Ele imediatamente puxou um novo assunto para desviar do fato de que eu havia acabado de flagrá-lo olhando para o piercing no meu umbigo.

— Então, você nunca me contou como começou a escrever para a revista.

Reposicionei-me em meu lugar, ficando um pouco mais confortável.

— Bom, eu me formei em jornalismo na faculdade, mas, durante muitos anos, nunca fiz nada com a minha formação, apenas trabalhei em empregos aleatórios. Em certo momento, fiz um estágio na empresa proprietária da revista, e o repórter para o qual eu trabalhava deixou que eu me aventurasse em escrever alguns dos artigos. Eventualmente, fui contratada como redatora-geral, e já escrevi para vários departamentos, desde então. Sou encarregada da coluna *Desejos de Natal* há anos, mas as outras colunas designadas a mim mudaram algumas vezes. Escrevi artigos sobre etiqueta de negócios por alguns anos, e depois mudei para a coluna *Básicos da Beleza*. Escrever sobre maquiagem ficou tedioso bem rápido.

— Mas você faz a coluna sobre relacionamentos há um tempo, não é?

— Sim. — Sorri. — Faz alguns anos. Essa acabou dando certo. Eles parecem achar que me encaixo direitinho no assunto, e a coluna se tornou bem popular.

— Bom, posso ver por quê. As mulheres devem amar viver indiretamente através de uma mulher linda e bem-sucedida morando na cidade. É como aquela série que a minha mãe costumava assistir... aquele com a garota de *Abracadabra*.

Aquilo me fez rir.

— Sarah Jessica Parker. *Sex and the City*. Mas estou mais para uma Carrie Bradshaw pobre.

Ele parecia estar quase enxergando através de mim quando disse:

— Você é muito melhor do que ela.

Meu corpo inteiro se encheu de calor. Ele tinha acabado de me elogiar, e eu não fazia ideia de como lidar com isso. Basicamente, eu queria simplesmente pular nele — mas não achei que seria uma boa ideia.

— Você se vê nesse emprego a longo prazo? — ele perguntou.

— Por mais que reclame, eu realmente gosto do meu trabalho. Não consigo me imaginar em um emprego típico das nove às cinco.

— O que vai acontecer se você encontrar alguém com quem queira passar o resto da sua vida? Ainda fará a coluna sobre encontros?

Sua pergunta fez meu coração palpitar um pouco.

— Não estou contando muito com isso, com a minha sorte... mas, se acontecesse, eu não faria mais a coluna sobre encontros. Tem que ser de forma orgânica. Se meu coração pertencesse a alguém, que sentido teria fingir por aí com outras pessoas? Não funcionaria, e também não seria justo com o meu parceiro.

— Então, você pediria para ser designada a outra coluna?

Sua curiosidade sobre esse tópico me deu o que provavelmente era uma sensação ilusória de esperança.

— Sim. Eu escreveria alguma de outro departamento, se concordassem.

— Como a coluna do Papai Noel... — Ele sorriu. Pela primeira vez, percebi que ele tinha covinhas sutis.

— Essa é sazonal, então não me serviria durante o ano todo... mas vou continuar com essa independente de qualquer coisa, enquanto estiver trabalhando para a revista. É tão gratificante.

— Fico feliz que você ame o seu trabalho.

— É, sabe, porque o negócio de adestrar cães... bem, não vai dar em nada.

Ele deu risada.

— Exatamente.

Terminei de beber meu vinho e suspirei.

— Mas as coisas poderiam ser piores, sabe? Eu não estou exatamente onde achei que estaria aos quase trinta anos. Mas tenho sorte por ser feliz no geral, saudável e por ter acertado em uma parte da minha vida: a minha carreira.

— E as outras partes?

— Bem, eu sempre pensei que já estaria casada nessa idade, talvez com um filho. Não sei se isso está no meu destino.

Ele me encarou por alguns instantes, então disse:

— Mas você quer isso? Quer a família, a casa, o cachorro...

Sem hesitar, eu respondi:

— Sim... mas só se for com a pessoa certa.

Ele assentiu e pareceu ficar perdido em pensamentos. Me perguntei se ele estava pensando em Amanda, em como ele *tivera* todas essas coisas em determinado momento de sua vida... a casa, a família, a linda esposa. Mas ela havia partido. Nada disso funcionava como deveria sem a pessoa que você ama, sua parceira. E não tê-la por perto significava que ele tinha que ser tanto pai quanto mãe para Birdie, o que não devia ser nem um pouco fácil, dado seu trabalho extenuante.

— Você está bem, Sebastian? — senti-me compelida a perguntar. — Não estou me referindo a esse momento, mas sim... em um sentido geral, lidando com o fato de ser pai solo?

— Você quer saber se estou apenas fingindo que estou dando conta de tudo enquanto, por dentro, estou depressivo? — Ele passou a fitar o nada. — Sinceramente? Às vezes, sim. Mas me certifico de me erguer rápido para não ser engolido pela parte da depressão. Só fica ali, ao fundo.

Engoli o nó na garganta, sem saber bem o que dizer.

— Deve ser difícil seguir em frente quando você teve um casamento tão bom. Eu sei que foi difícil para o meu pai.

Ele fechou os olhos e balançou a cabeça.

— Birdie acha que sua mãe e seu pai tiveram um casamento perfeito. Mas a minha esposa e eu tivemos nossa parcela de dificuldades. Quando a minha filha tinha dois anos, nós chegamos a nos separar por um tempo.

Meus olhos se arregalaram. Essa era a última coisa que eu esperava que ele fosse dizer. Pensei que ele tivesse tido a família perfeita.

— Uau. Eu não fazia ideia.

— Obviamente, minha filha não sabe. E eu gostaria que continuasse assim.

— Claro. Eu nunca diria nada a ela. — Balancei a cabeça. — Posso perguntar o que aconteceu?

— Vou precisar de mais vinho para isso. — Sebastian encheu sua taça novamente e me serviu mais uma vez. Suspirando, ele disse: — Levou um tempo para que o restaurante se tornasse o que é hoje. Nós dois trabalhávamos por muitas horas, tínhamos um bebê para cuidar. Colocamos todas as nossas energias no negócio e na nossa filha, e acho que, no fim do dia, não nos sobrava energia suficiente para dar ao nosso relacionamento o foco que ele precisava. Parte disso é culpa minha. Mas... — Sebastian tomou um gole de vinho. — Acho que minha esposa precisava de alguém para conversar sobre outra coisa além de problemas financeiros ou fraldas. E, bem, ela acabou ficando próxima de um garçom do restaurante. Certa noite, eles beberam um pouco além da conta, e ficaram próximos *demais*.

— Ai, Deus. Eu sinto muito.

Ele assentiu.

— Nós tentamos fazer terapia de casal, mas não conseguíamos superar isso. Então, após alguns meses, nos separamos. Eu saí de casa e aluguei um apartamento pequeno próximo daqui para poder continuar perto da minha filha. Estávamos começando a nos ajustar com as nossas vidas separados quando Amanda descobriu, durante um exame de rotina, que o câncer de ovário havia voltado. Isso colocou as coisas em perspectiva. Eu nunca deixei de amar a minha esposa, e ela precisava de mim.

— Então, vocês voltaram?

Ele confirmou com a cabeça.

— Tivemos bons anos, depois disso. Mas Amanda sempre achou que o principal motivo que me fez voltar com ela foi seu diagnóstico de câncer.

— Mas não foi?

Sebastian abriu um sorriso triste.

— Eu não sei como as coisas teriam sido se ela não tivesse ficado doente. Mas isso não importa. Às vezes, na vida, você precisa de um empurrãozinho para chegar aonde deveria estar. A doença dela foi o meu empurrão. Nós nos acertamos, e eu fiquei admirado com a força que ela tinha, vendo-a lutar todos os dias. Me sinto muito culpado por ela ter morrido achando que eu só fiquei com ela porque estava doente. — Ele balançou a cabeça. — Mas eu a amava. Amava de verdade.

Eu não queria chorar, mas não consegui controlar as lágrimas que brotaram.

Quando ele notou, uma expressão de alarme surgiu em seu rosto.

— Oh, merda. O que foi que eu fiz? Não queria te fazer chorar.

Limpando meu nariz com o braço, funguei.

— Não. Me desculpe. É só que... é triste, mas é lindo, Sebastian. Ter alguém que você ama na sua vida, mesmo por um curto período de tempo, é lindo. É incrível como você conseguiu ser capaz de perdoá-la e reacender aquele amor. E ela sempre viverá através de Birdie.

— Eu não sei por que você me faz querer desabafar, me abrir. — Ele esfregou os olhos. — Vamos mudar para um assunto mais leve... ok?

Revirei meu cérebro em busca de algo "mais leve".

— Birdie jura que o Marmaduke consegue dizer "oi".

Sua boca se curvou em um sorriso pequeno.

— Ah, é?

— É. Nós gravamos o momento. Espere aí.

Pegando meu celular, abri um vídeo que gravei, com Marmaduke emitindo um som que realmente soava como se estivesse dizendo "Oiiiiiiii".

Ele deu risada.

— Eu pedi para mudarmos para um assunto mais leve, não completamente ridículo.

Estávamos rindo muito agora, e graças a Deus a tristeza no ar parecia ter se dissipado um pouco.

— Posso usar o seu banheiro? — perguntei.

— Claro.

Minhas pernas estavam bambas quando me levantei e segui para o banheiro. Jogando um pouco de água no rosto, olhei para meu reflexo no espelho. O vinho estava começando a fazer efeito, assim como o peso físico e emocional da noite. Minha atração por Sebastian era quase dolorosa. Eu só queria fazê-lo esquecer de tudo por uma noite, mas mais do que isso, também queria que ele me quisesse. Eu tinha quase certeza de que ele se sentia atraído por mim, mas também tinha quase certeza de que ele me respeitava. E isso significava que ele não ia me ver como uma conquista de uma noite só. Ele provavelmente tinha espaço mental somente para isso no momento, o que significava que não haveria espaço em sua vida para alguém como eu.

Quando retornei do banheiro, Sebastian ainda estava sentado no sofá, esperando por mim. Eu estava começando a sentir que, para que alguma coisa acontecesse entre nós, eu teria que lhe dar um incentivo, testar as águas. Baseando-me em sua reação, eu pelo menos saberia se existia alguma chance de ter algo a mais com ele.

Sentei-me, mas, desta vez, em uma atitude ousada, posicionei-me bem ao lado dele. O calor de seu corpo era palpável. Sua mandíbula tensionou, enquanto ele ficou olhando para mim. Sua respiração ficou mais pesada conforme ele permitiu que seus olhos descessem descaradamente para meu decote, subindo para meu rosto em seguida. Diferente das outras vezes que fez isso, foi quase como se ele quisesse que eu percebesse. Eu queria sua boca em mim, mas já tinha sido ousada o suficiente ao sentar tão perto assim. O vinho estava definitivamente me subindo à cabeça, amplificando o desejo que eu estava sentindo.

Ele estava olhando para os meus lábios agora.

— Tudo bem eu estar sentada perto de você assim? — perguntei.

Ele assentiu, com a respiração mais pesada que antes. Eu o afetava. Agora, sabia disso com certeza.

— Eu te acho incrível, Sadie. Tanto por dentro quanto por fora — ele sussurrou roucamente.

Mordi meu lábio e continuei sua sentença.

— Mas...

— Não quero que me entenda mal... mas eu me sinto quase *atraído demais* por você. Me sinto completamente sem controle quando estou perto de você, como se houvesse a possibilidade de ficar viciado. E...

— E você já decidiu que não quer deixar isso acontecer com mais ninguém.

— É o melhor a se fazer por tantos motivos...

Meu coração afundou ao finalmente ouvir a confirmação do que eu já temia.

— Eu só achei que, talvez... tivesse algo entre nós.

Seus olhos estavam perfurantes.

— Há, *sim*, algo entre nós. Eu só não quero agir de acordo.

— Ok. — Baixei o olhar para seus pés descalços. Alguns momentos depois, ergui o olhar para ele. — O que você ia fazer esta noite, se eu não estivesse aqui?

— Por que isso importa?

— Não importa. Só estou curiosa. — Inclinei-me um pouco para ele. — E não minta para mim. Me conte o que realmente teria feito.

Ele assentiu.

— Está bem. — Após tomar um longo gole de vinho, ele finalmente disse: — Eu ia ligar para uma mulher que sei que não quer nada além de dormir comigo. Eu ia para a casa dela, porque não trago mulheres para esta casa. Ia transar com ela, com proteção, e voltaria para casa, sentindo-me tão vazio quanto antes. Exatamente como precisa ser.

Sua admissão me deixou sem palavras por um instante.

— Quando foi a última vez que você... esteve com alguém? — perguntei.

— Faz um tempo. Alguns meses, talvez. — Ele expirou. — E você?

— Há muito mais tempo que isso.

Sebastian engoliu em seco.

— Por quê?

— Porque eu não consigo estar com alguém apenas para transar. Preciso de algo a mais. Preciso de uma conexão. Eu preciso poder olhar nos olhos dessa pessoa e gostar do que vejo dentro deles tanto quanto o que há por fora. Uma conexão mental é muito importante para mim. — Meus sentimentos pareciam estar transbordando de mim. Por alguma razão, senti que essa podia ser a minha única oportunidade de expressá-los. Fiquei chocada comigo mesma quando disse: — Eu me sinto muito atraída por você... de todas as maneiras. Mas entendo totalmente por que você precisa se fechar. Entendo por que seria assustador, para você, deixar alguém entrar... não somente no seu coração, mas na sua vida. Acho que eu me sentiria da mesma forma, se estivesse no seu lugar.

Ele ficou em silêncio enquanto continuei.

— Eu sinto muito, Sebastian. Sinto muito pelas coisas não serem mais fáceis. Sinto muito por você ter perdido a sua esposa e dormir sozinho. Espero que, algum dia, você possa ser feliz novamente. Por mais que eu queira poder ter uma chance de te conhecer em um nível mais profundo, também compreendo que o espaço para isso no seu coração ainda está ocupado.

Ele voltou a encarar minha boca quando falou:

— Você faz ser *muito* difícil eu querer me fechar, Sadie.

Meu coração acelerou.

— Você quer que eu vá embora? — sussurrei.

Ele estendeu a mão para segurar a minha.

— Não.

A sensação de sua mão grande e quente entrelaçada à minha era a melhor coisa que eu sentia em muito, muito tempo.

**ESCREVENDO O PARA SEMPRE 193**

— Então, eu vou ficar. *Como uma amiga.* Enquanto você quiser que eu fique, eu ficarei. E quando você estiver pronto para ficar sozinho novamente, irei embora.

Ele baixou o olhar para nossas mãos.

— Eu não gosto de ficar sozinho. Odeio, na verdade. Odeio ficar aqui quando Birdie não está em casa. Porque assim, tenho que encarar o que me restou. O que é nada, sem a minha filha. Não quero que a minha vida seja assim. Eu quero ser feliz de novo. Só não descobri ainda como alcançar isso.

— Eu acho que isso simplesmente acontece, em algum momento. Ser feliz não é exatamente algo que as pessoas podem fazer acontecer. Apenas acontece de forma aleatória enquanto estamos vivendo, e não tentando.

O que ele disse em seguida me partiu o coração.

— Amanda nunca me disse se queria que eu seguisse em frente. E acho que isso é parte do que me impede. Eu não quero que ela olhe lá de cima e sinta que foi substituída. E isso me assombra.

Os olhos dele marejaram ao soltar a minha mão e dizer:

— Nossa, não foi isso que você pediu esta noite. Que inferno.

— Por favor. Por favor, não peça desculpas. A sua honestidade está me dando vida. Você não faz ideia do quanto é incrível experienciar através do seu amor e respeito pela sua esposa o que é o amor verdadeiro. Você me deu tanta esperança, Sebastian. De verdade.

Ele fitou meus olhos profundamente.

— Quer saber a parte fodida nisso tudo?

— Sim.

— Enquanto estou aqui, falando sobre a minha esposa, não consigo parar de pensar no quanto eu quero te beijar.

Suas palavras acenderam uma chama dentro de mim. Isso que é uma montanha-russa de emoções.

— Ninguém disse que sentimentos precisam fazer sentido — eu

respondi, sentindo meu peito pesar de tanto desejo.

— Você me perguntou o que eu realmente planejava fazer esta noite... — ele falou. — Eu te contei apenas metade da história. O que não te contei foi que, depois que você foi embora, não consegui parar de pensar em você, no seu sorriso contagiante, e no quanto você é sexy. Nenhuma mulher no mundo seria capaz de tirar você da minha cabeça esta noite. E quando você apareceu à porta novamente, quase caí para trás. Foi como se você tivesse lido a minha mente.

Me aproximei mais dele, deixando meu rosto a apenas centímetros de distância do seu. A atração física era muito intensa. Normalmente, eu não era tão atrevida assim, mas talvez isso se devesse ao fato de que nunca me senti tão atraída por alguém dessa forma. Sim, eu adoraria ter mais do que um relacionamento sexual com Sebastian. Mas se ele não estava pronto para mais, eu ainda ia querer saber como era estar com ele? A resposta era sim.

Mal conseguindo respirar, eu disse o que sentia no momento.

— Se você me quiser, pode me ter. Sem questionamentos. Preciso disso tanto quanto você. Podemos simplesmente descontar nossas frustrações um no outro.

Ele engoliu em seco e soltou um rosnado antes de balançar a cabeça.

— Você está bêbada, Sadie, e eu também. Não podemos fazer isso.

Assenti em silêncio. Entendia completamente seu ponto.

Portanto, diante do que ele tinha acabado de dizer, dá para imaginar que fiquei completamente chocada quando ele pareceu perder o controle, envolvendo meu rosto com sua mão e me puxando para si apenas segundos depois. O calor de sua boca na minha enviou ondas de choque por todo o meu corpo. Sebastian gemeu em minha boca, e o som vibrou fundo em minha garganta. Ele tinha gosto de vinho misturado ao sabor mais incrível que eu já havia provado na vida. Tão masculino, tão ele, e eu precisava de mais. Não me importei com o quanto estava inebriada, não me importei com mais nada além de aproveitar cada segundo desse momento. Ele me puxou para seu colo e comecei a me esfregar nele. Senti que poderia gozar apenas com a fricção de sua ereção contra mim através de sua calça. Sem contar que, apenas com aquele contato limitado, era possível ficar claro o quanto ele era grande. Minhas pernas estavam tremendo enquanto seus dedos percorriam minhas costas.

— Porra — ele murmurou na minha boca. — Você é tão sexy. Eu quero te devorar inteira.

Aquelas palavras fizeram, literalmente, os músculos entre minhas pernas se contraírem. Se alguém tivesse me dito que eu teria que arriscar a minha vida para tê-lo dentro de mim, eu o faria mesmo assim.

No exato momento em que senti que ia perder o controle por completo, Sebastian pareceu despertar de seu transe e se afastou.

Ele cobriu a boca e levantou-se.

— Não posso, Sadie. Eu te quero, mas não posso fazer nada com você desse jeito. Você bebeu bastante, e eu também.

Meus lábios estavam inchados, meus mamilos, duros. Meu corpo estava tão pronto. Então, naturalmente, isso foi uma decepção, mesmo que fosse melhor assim.

Ofegando, perguntei:

— Você quer que eu vá embora?

Ele negou com a cabeça veementemente, mantendo distância.

— Não. Não me sentiria bem te mandando para casa agora. Fique, por favor. Você pode dormir na minha cama, e eu dormirei no quarto de Birdie.

Enchi-me de esperança.

— Tem certeza?

— Eu insisto. De jeito nenhum vou deixar você entrar em um carro com um estranho depois de ter bebido, mesmo que seja um Uber.

Sua preocupação me aqueceu por dentro, me fez sentir protegida.

— Obrigada.

Ele acenou com a cabeça.

— Venha. Vou te mostrar o quarto. — Sebastian me conduziu pelo corredor até seu quarto.

Uma cama king-size enorme com uma cabeceira de madeira escura tomava conta do centro do espaço. Um edredom cinza de cetim cobria o colchão. Uma linda vista da lua podia ser observada pela janela. Por mais convidativo que o espaço fosse, senti como se fosse intrusivo e proibido estar ali.

— Pode ficar à vontade. Tome um banho quente, faça o que quiser.

— Ok... — Sorri. — Obrigada.

Depois que ele saiu do quarto, por algum motivo, suspeitei que não o veria mais pelo resto da noite. Ele tomara a decisão madura. Eu o respeitava por isso, mas não extinguia o fogo que queimava dentro de mim.

Tomei um banho em seu banheiro chique e deitei em sua cama enorme. Foi um pouco estranho estar deitada na mesma cama em que Sebastian dormira com sua esposa. Compreendi completamente o vazio que ele descreveu sentir. E ansiei por ele. Meus sentimentos por esse homem começaram antes mesmo que eu o conhecesse. Mas depois de ter experienciado em primeira mão o quanto ele era intenso, senti que estava me apaixonando ainda mais.

# Capítulo 17
## Sebastian

Eu tinha chegado *muito* perto de fazer uma bobagem na noite anterior. Tão perto que pude sentir o cheiro. O cheiro dela. Suspirei. Ela tinha um cheiro fenomenal. Mesmo que eu soubesse que não estava mais bêbado, de alguma forma ainda me sentia inebriado por ela.

Foi um milagre eu ter conseguido dormir, mas o vinho deve ter me derrubado, porque, em algum momento depois das duas da manhã, apaguei completamente na cama de Birdie. Mas não antes de ir ao banheiro do corredor para bater uma pensando em meter com força em Sadie enquanto ela fazia a pose de ioga em que colocava as pernas para trás por cima da cabeça. Levei trinta segundos para gozar contra a porta do box do chuveiro, tão forte como não fazia há meses. Melhor ali do que dentro dela e, acredite em mim, se ela não tivesse bebido, isso poderia muito bem ter acontecido.

Vesti uma camiseta branca e uma calça jeans e segui para a cozinha. O cheiro de café infiltrou meus sentidos.

Vê-la na minha cozinha quase fez meu coração parar. Eu não havia me dado conta do quanto sentia falta de acordar e ter uma mulher comigo. Talvez eu só tenha percebido nesse momento o quanto me sentia solitário. Mas não era só isso. Ela estava usando uma camisa minha. Minha camisa social branca. E, porra, sem calça. E ela estava balançando um pouco a bunda, mesmo que não tivesse música tocando.

— Ei — chamei.

Sadie sobressaltou-se.

— Oi. — Ela sorriu. — Tomei a liberdade de fazer o café da manhã. — Ela baixou a cabeça e olhou para si mesma. — Roubei uma das suas camisas mais compridas. Só não estava com vontade de vestir minhas roupas de exercícios sujas depois do banho que tomei ontem à noite. Espero que não tenha problema.

O que eu poderia dizer depois daquilo? Aparentemente, de acordo com meu pau, não tinha problema nenhum, porque eu estava ficando duro só de vê-la usando minha camisa. Na verdade, estava começando a me sentir como um maldito homem das cavernas. A noite de sono não havia feito nada para apaziguar meu apetite.

Não respondi. Estava ocupado demais encarando-a.

— Pensei que o mínimo que eu poderia fazer depois de você ter me deixado dormir no seu quarto ontem à noite era um belo café da manhã.

Ela estava para lá de graciosa, considerando que eu havia atacado sua boca e lhe mandado para a cama sozinha em seguida.

O cheiro de ovos, café e um leve rastro de canela preenchiam o ar. E, por algum motivo, em vez de me sentir culpado ou confuso esta manhã, eu continuava me sentido chapado pra caralho.

— Isso está incrível. Obrigado — disse ao me aproximar e ficar ao seu lado.

Naquele instante, a campainha tocou.

Olhei em direção à porta.

— Mas o quê?

— Você está esperando alguém? — ela perguntou.

— Não.

Quando a abri, Birdie estava do outro lado com uma mulher que reconheci como sendo a mãe de sua amiga. Minha filha havia combinado de voltar somente à tarde.

— Oi! O que aconteceu?

Birdie olhou para mim.

— Estou com conjuntivite.

— Me desculpe, sr. Maxwell — a mulher pediu. — É contagioso, então achei que seria melhor trazê-la para casa.

*Merda.*

Renee notou minha expressão atordoada.

— Viemos em um... momento ruim? Tentei ligar primeiro, mas o seu celular foi direto para a caixa postal.

*Isso foi porque carregar meu celular era a última coisa na minha mente quando fui dormir ontem à noite.*

Sacudi a cabeça.

— Não. Tudo bem. É claro que está tudo bem. Entendo completamente.

Mesmo que eu tenha dito aquelas palavras, meu corpo ainda estava bloqueando a porta.

*O que diabos eu vou fazer?* A última coisa que Birdie deveria ver era Sadie seminua na nossa cozinha. Isso era inapropriado em tantos níveis. Como eu explicaria isso a ela?

— Aparentemente, muitas crianças da turma delas estão pegando conjuntivite. Geralmente, basta colocar colírio no olho para ajudar. Birdie disse que nem ao menos notou, não foi, querida?

Minha filha deu de ombros.

— Não dói nadinha.

Naquele momento, Marmaduke veio até a porta. Ele se espremeu para passar por mim e quase derrubou Birdie no degrau da escada.

— Oi, Marmaduke. Sentiu minha falta? — Ela ajoelhou-se e começou a fazer carinho no cachorro, mesmo que ele tivesse a mesma altura que ela.

Renee sorriu.

— Deixei o meu marido sozinho com sete meninas. Então, é melhor eu voltar.

— Ok. Sim. Hum. Muito obrigada por trazê-la para casa.

Ela virou-se para descer as escadas, e olhei para trás por cima do ombro enquanto Birdie estava distraída com o cachorro. *Nenhum sinal de Sadie.*

— Hã. Quer saber, querida? Eu estava prestes a levar o Marmaduke para um passeio. Vou pegar a coleira dele e iremos juntos, tudo bem? Vou ligar para o médico e marcar uma consulta para você quando voltarmos.

— Ok, papai.

— Voltarei em um minuto. Você pode ficar aqui enquanto eu pego a coleira na cozinha.

Birdie sorriu e apontou.

— Está bem aí ao lado da sua cabeça, papai.

Merda. É... a droga da coleira estava pendurada no cabide de chaves no vestíbulo ao lado da porta da frente, não estava?

Birdie se levantou e limpou os joelhos.

— Vou colocar o travesseiro e o saco de dormir no meu quarto.

— Não! Não faça isso.

Seu rostinho franziu.

— Por que não posso colocá-los no meu quarto?

— Hummm. — *Pense. Pense. Oh, espere!* — Porque pode conter bactérias neles. Da infecção no seu olho. — Sorri ao dar aquela desculpa. Mas minha filha me lançou um olhar estranho. Tipo... *por que diabos você está sorrindo porque a infecção do meu olho pode contagiar as minhas cobertas, seu esquisito?* Mesmo assim, peguei o travesseiro e o saco de dormir e os joguei na sala de estar atrás de mim.

Então, saí de casa e fechei a porta da frente o mais rápido que pude.

— Pronta?

— Hã... papai... você esqueceu a coleira. — Ela olhou para baixo. — E os seus sapatos!

Jesus Cristo.

— Droga. Ok... me dê um segundo. — Abri a porta novamente, apenas o suficiente para pegar a coleira da parede e um par de sapatos, fechando-a em seguida.

— Vamos.

Birdie desceu as escadas. Olhei para trás por cima do ombro algumas vezes, mas ainda não havia sinal de Sadie. Torci para que ela tivesse entendido o que aconteceu e estivesse ao menos vestida quando voltássemos.

Enrolei durante meia hora, levando Marmaduke para um passeio bem longo, até que Birdie disse que precisava ir ao banheiro. Quando chegamos em casa, abri a porta da frente hesitantemente. O saco de dormir e o travesseiro de Birdie estavam exatamente onde eu os havia deixado. Olhei em volta; a casa parecia quieta. Enquanto Birdie corria para o banheiro, dei uma espiada na cozinha. Nenhum sinal de Sadie. Então, fui checar meu quarto e meu banheiro. Vazios. Quando estava virando para voltar para a sala de estar, notei minha camisa social dobrada no meio da cama — a que ela estava usando esta manhã, que usou para dormir ontem à noite.

Ela tinha ido embora. Soltei um suspiro de alívio e meus ombros relaxaram. Eu estava feliz por proteger a minha filha, mas também me senti um merda por deixar Sadie ir embora sem ter dito nada a ela. Especialmente depois do que acontecera na noite anterior. Ela merecia mais que isso.

Então, depois que liguei para o médico de Birdie para marcar uma consulta, deixei meu celular carregar um pouco e decidi mandar uma mensagem para Sadie.

**Sebastian: Desculpe pela saída abrupta. Birdie veio para casa mais cedo porque está com conjuntivite. Vou levá-la ao médico agora.**

Alguns minutos depois, meu celular apitou com uma resposta.

**Sadie: Sem problemas. Entendo completamente. Boa sorte no médico!**

Fiquei pensando se deveria abordar o que havia ocorrido entre nós na noite anterior, mas o que diabos eu diria?

*Obrigado por deixar que eu me esfregasse em você enquanto estava bêbado.*

*Não quero tomar banho, para que o seu cheiro continue em mim.*

Decidindo que, às vezes, é melhor deixar as coisas como estão, digitei algo inofensivo.

**Sebastian: Obrigado. Nos falamos em breve.**

E então, coloquei meu celular de volta no carregador. Forcei-me a tomar um banho rápido e me barbear antes de me aprontar para levar Birdie ao médico. Dentro do closet, peguei a primeira camisa pendurada em um cabide que minhas mãos tocaram, depois fui até a cômoda para pegar uma camiseta para usar por baixo. Mas a camisa dobrada sobre a cama chamou minha atenção novamente.

Eu não deveria.

Isso seria errado.

Olhando para a porta fechada do meu quarto, fiquei a um metro e meio de distância, encarando aquela coisa como se fosse me morder caso eu me aproximasse.

Mas a maldita camisa me provocava mesmo à distância.

*Toque-me.*

*Sinta o meu cheiro.*

*Use-me.*

*Só uma vez não vai fazer mal.*

Tentei ignorar, mas então, comecei a debater comigo mesmo.

*Eu provavelmente deveria cheirar só uma vez. Ver se precisa ser lavada.*

É... é isso que eu deveria fazer.

É claro que isso fazia sentido.

*Uma cheirada.*

*Só uma cheirada.*

Caminhei até a cama, peguei a camisa e a aproximei do meu nariz. Inspirando profundamente, o cheiro de Sadie permeou meus sentidos.

Porra.

*Puta que pariu.*

Inspirei pela segunda vez.

Entretanto, eu deveria ter me dado ouvidos... *só uma cheirada...* porque, na segunda vez... Birdie abriu a porta de uma vez, pegando-me no flagra com o rosto enfiado na camisa.

Ela franziu as sobrancelhas.

— O que você está fazendo, papai?

— Eu... hã... só estava conferindo se essa camisa estava limpa.

Ela deu uma risadinha.

— E está?

— Hummm. Sim. Acho que sim. — Fiquei parado olhando para ela.

— Está se sentindo bem, papai? Você está agindo muito estranho hoje.

— Sim. Estou bem, querida. Desculpe.

— Vamos. — Ela estendeu a mão. — Está na hora de ir ao médico.

— Ok... me deixe só pegar uma camisa.

— O que há de errado com essa aí?

— Está suja.

Ela riu.

— Você acabou de dizer que ela está limpa.

— Oh. É... está limpa. Mas é que... tem uma mancha nela. — Embolei a camisa em minha mão e a joguei na cama, pegando a que havia escolhido no closet. — Vou usar essa aqui.

Mais tarde, naquela noite, fiquei feliz quando Birdie disse que estava cansada e que iria dormir mais cedo. Nós dois estávamos cansados das nossas festas do pijama da noite anterior. Eu precisava muito espairecer, então estava ansioso para ir para meu quarto, deitar na cama e talvez assistir TV. Mas depois de zapear pelos canais e não encontrar nada que quisesse ver, decidi que o que eu precisava para relaxar era mais do que algum programa idiota. Eu precisava de um alívio.

Então me levantei, tranquei a porta do quarto e abri a última gaveta da mesa de cabeceira, onde eu escondia uma loção hidratante. Só que, quando fui pegá-la, havia um pedaço de papel dobrado no topo do frasco. Sem pensar muito, peguei-o e desdobrei.

Querido Sebastian,

Eu me diverti muito ontem à noite. Se estiver abrindo essa gaveta para pegar o que está debaixo desse bilhete, espero que pense em mim enquanto usa.

Deus sabe que pensei em você enquanto fazia o mesmo ontem à noite na sua cama.

Com amor,
Sadie

P.S.: Talvez seja bom você lavar os lençóis. ;)

# Capítulo 18
## Sadie

*Nos falamos em breve.*

Foi o que ele disse em sua última mensagem. Mas, aparentemente, nossas definições de *em breve* eram diferentes.

Cinco dias e nenhum contato.

Como se tivesse sofrido uma perda, passei pelos estágios do luto. A princípio, fiquei em negação, sem querer acreditar que Sebastian não ia me contatar de novo. Eu checava meu celular a cada vinte minutos, mesmo que tivesse colocado o volume das notificações no máximo e o toque de ligação com modo vibratório... sabe, caso ele me mandasse mensagem ou ligasse quando eu caísse no sono ou algo assim. Eu sabia que Sebastian e eu estávamos procurando coisas diferentes, mas até mesmo uma ficada merecia uma conversa após o fato.

Após os primeiros dias de silêncio, passei a sentir raiva. Como ele ousava não me ligar ou mandar mensagem depois daquela noite? Eu sabia que tinha tomado a iniciativa, mas ele foi um participante mais do que disposto. A ereção que estava cutucando minha cintura era uma prova positiva disso.

Então, no sexto dia, o contato finalmente veio. O número de Sebastian surgiu em meu celular, e fiquei tão animada que me atrapalhei com o aparelho nas mãos e o derrubei no chão — o que resultou em uma tela rachada. Mas, ei... pelo menos ele tinha finalmente ligado.

Só que a voz do outro lado da linha quando atendi não era a de Sebastian. Era de Magdalene. Ela me ligou para combinarmos a minha próxima sessão de adestramento, porque Birdie estava perguntando quando eu iria. Aparentemente, o homem da casa estava ocupado demais para me ligar.

Depois disso, segui para os próximos estágios... os que supostamente vêm depois da negação e da raiva. Acho que são barganha, depressão e aceitação. Mas não tenho certeza, porque, a quem estou querendo enganar? Eu não passei para nenhum dos estágios que vinham em seguida. Bem, a menos que *com mais raiva ainda* fosse o estágio que vinha depois da raiva.

Agora aqui estava eu, na manhã de sábado, em frente à casa de tijolinho dos Maxwell, pronta para descontar meu mau-humor ao bater à porta para a minha sessão semanal.

Só que, quando a porta abriu, não era Sebastian do outro lado.

Nem Birdie.

Nem mesmo Magdalene.

Era uma mulher usando um roupão de banho e com os cabelos enrolados em uma toalha.

Ela sorriu para mim e estendeu a mão.

— Você deve ser a Sadie. Eu sou a Macie. Seb me disse que você estaria aqui às onze, mas acho que perdi a noção do tempo no chuveiro. A pressão da água no banheiro dele é incrível.

*Seb? Chuveiro?* Senti como se tivesse levado um chute no estômago. Toda a minha raiva desvaneceu subitamente, pulei o estágio três e fui direto para o quatro: depressão.

— Hã. Oi.

A mulher abriu mais a porta.

— Entre. Fique à vontade enquanto me visto rapidinho.

Assenti e a segui para dentro da casa, mesmo que tudo que eu quisesse fazer fosse dar meia-volta e ir embora. A mulher seguiu pelo corredor... em direção ao *quarto de Sebastian*. Em um estado de choque, fiquei ali parada depois que a porta se fechou, e não consegui me mexer até ela voltar.

— Pronto, assim está melhor. — Ela veio usando uma calça jeans justa com uma camiseta e retirou a toalha dos cabelos. Mechas ruivas compridas caíram em cascata em volta de seu rosto bonito. — Birdie e Magdalene devem voltar a qualquer momento.

Pisquei algumas vezes, me dando conta de que eu nem ao menos havia notado que elas não estavam em casa.

— Oh. Ok. Você está... hospedada aqui?

— Só até amanhã. Eu não tinha planejado, mas foi uma surpresa tão agradável quando Seb me ligou e me convidou para vir que não pude dizer não. — Ela sorriu. — Geralmente, sou eu que tenho que insistir.

Ciúmes pulsaram em minhas veias, e cerrei os dentes. Essa mulher obviamente não fazia ideia de que, apenas uma semana antes, quem estava dormindo no mesmo quarto onde ela havia acabado de se vestir era eu. Sem poder evitar, fiz questão de deixá-la a par desse pequeno fato.

— Espero que ele tenha lavado os lençóis antes de vocês dois... — Gesticulei com a mão em direção ao quarto de Sebastian. — Antes de vocês dois fazerem o que quer que tenham feito ali. Porque faz menos de uma semana que estive com a minha bunda nua em cima deles.

As sobrancelhas da mulher se ergueram de uma vez. Ela começou a dizer algo quando a porta da frente se abriu abruptamente. Birdie e Marmaduke entraram correndo, fazendo um alvoroço enorme. Magdalene entrou alguns segundos depois, sem fôlego. Ela sorriu.

— Eles apostaram corrida no último quarteirão. Não tenho a mesma energia que uma garota de dez anos e um corredor de quatro patas.

A ruiva do quarto de Sebastian aproximou-se e ajudou Birdie com seu casaco. Assim que terminou de retirá-lo, ela correu para me abraçar. Senti-me um pouquinho vingada. Pelo menos, Birdie gostava mais de mim.

— Sadie, podemos praticar o movimento de *rolar* hoje?

— Claro. O que você quiser.

— A tia Macie pode ajudar?

Franzi o cenho.

— Quem?

— A tia Macie.

Uma sensação de horror me atingiu. A ruiva se aproximou e colocou as mãos nos ombros de Birdie, olhando para ela.

— Ainda não tive a chance de explicar quem eu sou, querida. — A mulher olhou para mim. — Como minha sobrinha disse, sou a tia dela.

Fechei os olhos. *Deus, isso não pode estar acontecendo. Por favor, por favor, que ela seja irmã do Sebastian. É o mínimo que o Senhor pode me dar aqui.*

Engolindo em seco, abri os olhos.

— Irmã do Sebastian?

A mulher balançou a cabeça.

— Não. Da esposa dele.

Eu queria me enfiar em um buraco.

Após a minha sessão de treinamento com Birdie, Magdalene disse que ia levá-la para brincar na casa de uma amiguinha. Pensei em escapulir com elas, mesmo que soubesse que devia um pedido de desculpas a Macie. Mas, aparentemente, eu não me safaria tão fácil assim.

— Sadie... você tem um minuto?

Droga... eu estava tão perto da porta. Suspirei e assenti, curvando-me para dar um abraço de despedida em Birdie e dizendo a Magdalene que a veria na semana seguinte.

Quando a porta se fechou, respirei fundo e virei-me para encarar Macie.

— Eu sinto muito pelo que disse mais cedo.

Ela abriu um sorriso caloroso.

— Você gostaria de uma xícara de chá? Ou um café, talvez?

— Está cedo demais para um vinho?

Macie riu.

— Agora você falou a minha língua. Venha, vamos assaltar o armário de bebidas do Sebastian. Tenho quase certeza de que ele tem um licor Baileys para batizarmos nossos cafés.

Eu estava brincando, mas, aparentemente, Macie não. Ela entrou no escritório de Sebastian, pegou uma garrafa e foi para a cozinha para preparar dois cafés e misturar o líquido cremoso neles.

De volta à sala de estar, sentamos juntas no sofá.

— Estou mortificada pelo que disse. — Sacudi a cabeça. — Eu sinceramente não sei o que deu em mim. Obviamente, eu não sabia que você era cunhada dele. Eu apenas te vi indo se trocar no quarto dele, e você disse que geralmente tinha que *insistir para vir*... eu só... eu sinto muito mesmo.

Ela fez um gesto vago com a mão, tranquila.

— Não foi nada. Eu entendo. Se estivesse no seu lugar, eu provavelmente teria feito o mesmo. Talvez até pior. Uma vez, eu peguei meu ex-namorado me traindo e arranquei as extensões baratas da vadia dele.

Dei risada, mas ainda me senti nervosa.

— Obrigada.

Macie tomou um gole de seu café.

— Então... há quanto tempo vocês estão se envolvendo?

Balancei a cabeça.

— Não estamos. Bem, não exatamente. Nós só... na outra noite, nós... e aí...

Macie ergueu a mão.

— Não precisa explicar. Meu cunhado é um homem complicado. Eu sinto muitas saudades da minha irmã, e sei que ela e Sebastian se amavam. Mas sei que ela ia querer que ele seguisse em frente. Ele já passou tempo demais de luto. Não pude deixar de perceber que você e Birdie parecem ter um vínculo muito forte.

Sorri.

— É, acho que temos. Eu perdi a minha mãe quando era pequena, quase na mesma idade que ela, na verdade. Então, me identifico bastante com o que ela passa... as coisas simples... como não ter uma mulher que vá comprar roupas com ela, que arrume seu cabelo, esses momentos que uma garota e sua mãe costumam ter.

Macie franziu a testa.

— Eu deveria ter visitado com mais frequência durante os últimos anos.

— Ai, meu Deus. Me desculpe. Eu não quis insinuar que ela não tinha você. — Senti meu rosto ruborizar de vergonha. — Estou enfiando os pés pelas mãos com você hoje.

Ela abriu um sorriso triste.

— Tudo bem. Só me sinto mal porque você está cem por cento certa. Às vezes, dói ouvir a verdade, mas isso não é culpa sua. Minha sobrinha está perdendo esses momentos com a mãe e deveria ter uma mulher em quem se espelhar. — Os olhos dela analisaram meu rosto. — Eu vi isso em você hoje. Ela se espelha em você.

— Ela é uma garotinha maravilhosa.

Macie encontrou meu olhar.

— É, sim. E suponho que você gosta do pai dela.

Era muito estranho ter essa conversa com a irmã de sua esposa morta, mas ela estava sendo tão gentil depois de eu ter sido uma idiota completa. Então, fui honesta.

— Ele é um cara incrível e um pai especial.

— Posso te dar um conselho?

— Claro.

— Se você acha que há algo entre vocês... não tenha medo de insistir um pouco. Muitos homens têm medo de compromisso, mas Sebastian não é assim. Ele é o tipo de cara que se compromete na *alegria e na tristeza*. Infelizmente, a vida lhe deu um pouco mais de *tristezas* do que de *alegrias*, ultimamente. O problema com ele é que suas decisões não afetam somente a ele, obviamente. E ele tem medo de tomar decisões que possam machucar a filha.

Sorri.

— Eu insisti um pouco, semana passada. E mesmo que tenhamos avançado naquele momento, ele parece ter dado quatro passos para trás depois do que aconteceu.

— Então, se ele deu quatro passos para trás... você dá dois para frente e o faz dar dois para frente também. Vocês já saíram juntos alguma vez?

Neguei com a cabeça.

— Tente começar por aí. Passinhos de bebê.

Suspirei.

— Não sei.

Macie tocou minha mão.

— Você vai descobrir uma maneira. Por enquanto, obrigada por estar presente para a minha sobrinha.

— O prazer é meu.

Terminamos nossos cafés e, então, Macie me levou até a porta.

— Ah! Mais uma coisa... amanhã, vou levar Birdie para um *brunch* e um passeio pela cidade. É uma surpresa, mas vamos assistir a *O Rei Leão*. Só nós duas.

Sorri.

— Isso é ótimo. Tenho certeza de que ela vai amar.

— Sim. Sairemos por volta das dez. Só voltaremos lá pelas sete da noite. Sebastian costuma ir para o restaurante às três da tarde, aos domingos. Então, ele estará em casa sozinho das dez às três. — Ela piscou. — Achei que talvez você quisesse saber disso.

Na manhã seguinte, fiquei pensando e repensando na minha conversa com Macie. Talvez ela tivesse razão. Em retrospecto, meu pai precisava de um empurrãozinho. Ele passou muitos anos se preocupando em fazer a coisa certa para mim e se sentindo culpado por seguir em frente. Eu queria que uma mulher que realmente se importasse com ele tivesse insistido um pouco para que ele reencontrasse a felicidade.

Então, respirei fundo e peguei meu celular. Sem me permitir pensar demais, digitei uma mensagem e enviei imediatamente. Só que, na minha pressa de mandar logo a mensagem antes que mudasse de ideia, não percebi o erro de digitação.

O que eu quis digitar foi:

**Sadie:** Oi. Você está livre hoje? Queria saber se poderia me encontrar esta manhã.

Mas o que digitei, na verdade, foi:

**Sadie:** Oi. Você está livre hoje? Queria saber se poderia me chupar esta manhã.

Fechei os olhos e balancei a cabeça. Vi a mensagem mudar de *Enviada* para *Entregue* para *Lida* e comecei a gargalhar alto. Passei a semana toda tão rabugenta que foi bom não me levar tão a sério. Os pontinhos começaram a saltar enquanto ele digitava, pararam e, então, começaram a saltar novamente. Imaginei a cara que Sebastian tinha feito depois de ler a mensagem, e isso me fez rir ainda mais. Enquanto eu esperava para ver o que ele responderia, me dei conta do quão ridícula aquela semana tinha sido e me escangalhei de rir.

No entanto, minhas risadas cessaram abruptamente quando vi a resposta aparecer na tela. Meus olhos quase saltaram das órbitas, e tive que piscar duas vezes para ler a mensagem mais uma vez.

**Sebastian:** Esteja aqui às onze.

*Ai. Meu. Deus. Do. Céu!*
Eu tinha mesmo acabado de convidá-lo para fazer sexo oral e ele aceitou?

Acho que sim.

É possível que ele tenha lido minha mensagem como eu originalmente quis digitar e não como tinha sido entregue, com o erro de digitação?

Reli a pequena troca de mensagens.

**Sadie:** Oi. Você está livre hoje? Queria saber se poderia me chupar esta manhã.
**Sebastian:** Esteja aqui às onze.

Parecia estar muito claro para mim.

Mas o que diabos eu ia fazer agora?

# Capítulo 19
## Sebastian

Fiquei olhando para a mensagem. Ela não quis dizer "chupar", quis? Dei risada do fato de que eu realmente não sabia. Depois daquele bilhetinho que ela deixara ao lado da minha cama, eu honestamente não podia ter certeza se Sadie estava sendo sexualmente direta ou não. Eu também não conseguia decidir se queria que sua intenção tivesse sido escrever "chupar". A única coisa da qual eu tinha certeza? A ideia de chupá-la me deixou duro pra caralho.

A campainha tocou quase ao mesmo tempo em que o relógio marcou onze horas. Fui até a porta para recebê-la, sentindo-me meio tenso, especialmente diante dos pensamentos que tinham acabado de passar por minha mente.

Sadie estava linda, usando um casaco de lã branco. Estava finalmente começando a parecer outono. Suas bochechas estavam coradas do frio. Seus cabelos compridos estavam soltos.

— Entre.

Antes que eu tivesse a chance de dizer qualquer coisa, Sadie começou a falar — e rápido.

Ela baixou o olhar para os pés e, em seguida, olhou para mim.

— Eu, hã, percebi que a minha mensagem dizia "me chupar". Eu quis dizer "me encontrar". Não queria que você pensasse que eu quis dizer me *chupar*. Quero dizer... se você quisesse fazer isso... eu não reclamaria, mas não queria que você achasse que eu estava insinuando alguma coisa. Sabe como é... maldito corretor automático. Nem consigo te dizer o quanto isso já me meteu em problemas. Eu...

— Sadie, relaxe. Eu imaginei. Tinha 80% de certeza de que você quis dizer me *encontrar*.

Ela soltou uma lufada de ar que soprou seus cabelos.

— Ah, que ótimo. E os outros 20%?

— Bom, é isso que eu gosto em você... o fato de que *poderia* haver uma dúvida. Você tem tendências ousadas. Não tem medo de dizer o que quer. Teria sido um pedido bem *interessante*.

Comecei a pensar em como seria arrancar aquele casaco dela e carregá-la para o sofá, antes de abrir bem suas pernas e enterrar meu rosto entre elas. Aquele, certamente, não era o pior pensamento do mundo. E se sua intenção tivesse realmente sido dizer "me chupar"? Só Deus sabe o que eu teria me permitido fazer nesse momento.

Sair logo dali seria uma boa ideia.

— Sadie, está quase na hora do almoço. Por acaso você gosta de comida italiana?

Ela sorriu.

— Adoro comida italiana.

— Que tal irmos ao meu restaurante? É muito raro eu poder aproveitá-lo como um cliente. Normalmente, vou aos domingos à tarde para cuidar de algumas coisas administrativas e fazer inventários. Poderíamos almoçar juntos primeiro.

Ela abriu um sorriso radiante.

— Isso parece maravilhoso.

— Vou pegar o meu caralho — eu disse.

Ela franziu a testa.

— Como é?

— Eu quis dizer casaco. — Pisquei. — Vou pegar o meu casaco. Só queria te mostrar como é fácil se enganar na hora de digitar ou falar.

A risada que ela soltou depois disso fez a piada arriscada valer totalmente a pena.

Naquela tarde, no Bianco's, meus funcionários estavam interessados até demais na minha convidada. Toda vez que eu fazia contato visual com a hostess ou algum do garçons, eles estavam olhando para nós e sorrindo.

A verdade era que minha equipe de funcionários nunca me viu trazer ninguém além da minha filha para o restaurante desde a morte de Amanda. É claro que, assim que avistaram Sadie, cada um deles tirou sua conclusão. Mas eu ainda não sabia ao certo se suas suposições estavam corretas. Eu estava saindo com Sadie? Isso era um encontro oficial? Eu não fazia ideia. A sensação, pelo menos, era a de um encontro: a adrenalina, a empolgação que você sente quando começa a sair com alguém. Tudo isso estava presente. Acho que a única coisa que estava me impedindo de vivenciar verdadeiramente todas essas coisas sem hesitação alguma era a minha própria consciência.

Meu maître, Lorenzo, retornou à mesa para anotar nossos pedidos.

Seu sorriso bobo entregou totalmente o que ele estava pensando.

— O que gostaria de pedir, senhorita? — ele perguntou a ela.

Sadie fechou seu cardápio.

— Acho que vou experimentar o Macarrão à Bolonhesa da Birdie.

— Birdie vai ficar muito satisfeita com a sua escolha. — Sorri.

Lorenzo assentiu.

— Excelente escolha. — Ele olhou para mim. — E você, sr. Maxwell?

*Deus, como parece surreal estar fazendo um pedido no meu próprio restaurante.*

— Quer saber, Lorenzo? Vou querer o mesmo.

Ele recolheu os cardápios e se afastou, ainda com um sorriso enorme no rosto. Ele virou para trás, de onde Sadie não podia vê-lo, e deu um joinha para mim. Sorri e balancei a cabeça. Talvez trazer Sadie aqui tenha sido um erro. Todos estavam animados demais com isso.

Sadie olhou em volta.

— Aqui é tão lindo. Você fez um trabalho incrível na decoração.

Nós tínhamos lareiras em vários cantos do restaurante. Tijolos expostos e uma luz baixa deixavam a atmosfera bem relaxante.

— Amanda se envolveu muito mais na hora de escolher a decoração. Então, não posso levar todo o crédito.

*Será que você poderia, quem sabe, não mencionar a sua falecida esposa toda vez que surge uma oportunidade?*

— Bem, ela tinha um gosto excepcional.

Meus olhos percorreram o ambiente.

— Esse lugar era nosso outro bebê. Continuar a administrá-lo tem sido desafiador, mas também uma bênção. Foi a única coisa que realmente me ajudou nos tempos mais difíceis.

— Um trabalho pode ser muito bom para isso, com certeza.

— Restaurantes são um empreendimento arriscado, especialmente nessa cidade, onde há boas refeições aos montes. Há muita competição. É preciso se esforçar para descobrir uma maneira de se destacar.

Os olhos de Sadie se encheram de admiração.

— É incrível, de verdade. Acho que amor e paixão podem nos levar muito longe. Esse lugar prospera porque começou com duas pessoas que amavam e respeitavam um ao outro, juntando suas mentes inteligentes. Combine isso com o fato de que a maioria dos pratos são receitas antigas da sua avó, e isso se torna muito mais do que apenas um restaurante. É história, amor e espírito, tudo em um só lugar. Só de estar sentada aqui, posso sentir.

Sadie parecia estar prestes a chorar. Ela não estava dizendo aquilo só para encher a minha bola. Ela estava sendo sincera. Sua paixão era definitivamente excepcional.

— Eu sempre sinto isso aqui também. Fico feliz por você reconhecer.

Depois que a nossa comida chegou, tivemos um almoço tranquilo e agradável. Acrescente vinho à mistura, e posso dizer que provavelmente foi uma boa ideia eu não estar planejando trabalhar muito naquela tarde. Não estávamos bêbados. Certamente nem um pouco perto do nível de embriaguez em que estivemos quando ela passou a noite na minha casa. Eu diria que estávamos apenas... levemente alterados e felizes.

Após o almoço, coloquei a mão na parte baixa de suas costas ao deixarmos a mesa. Tomar a iniciativa em um contato tão simples era um passo enorme para mim. Decidir fazer aquilo não pareceu um esforço. Foi natural, quase um toque protetor para afastar todos os olhos curiosos que estavam sobre nós. Estava tentado a ficar a sós com ela, e tinha acabado de me lembrar de algo que queria que ela visse antes de irmos embora.

— Venha. Quero te mostrar uma coisa — eu disse.

Conduzindo-a até a parte do porão, usei minha chave para destrancar a porta da enorme adega.

Ela ficou boquiaberta.

— Uau, isso é um paraíso.

— É. Tenho muito orgulho disso. Na maior parte do tempo, os fregueses nem ao menos sabem que esse lugar existe. Nossos convidados

VIP costumam vir para escolher seus vinhos, mas não deixamos qualquer pessoa entrar aqui.

— Parece algo que eu imaginaria encontrar na Europa.

— Bem, na verdade, nós a construímos com pedra e tijolos para imitar adegas encontradas na Europa, então você acertou.

— Deve ter sido um projeto e tanto construir tudo isso.

— Foi, sim. É preciso se certificar de ter as prateleiras corretas para as garrafas e, é claro, a temperatura tem que estar perfeita para os vinhos, para preservá-los. Então, tivemos que colocar um sistema de regulação de temperatura de alta qualidade e um gerador reserva.

— Nossa, é preciso pensar em muita coisa.

Ela estava de olho em uma garrafa de cabernet.

— Você gostaria de escolher algum para levar para casa? — perguntei.

— Oh, não. Não precisa.

— Eu insisto.

Ela abriu um sorriso largo e, então, começou a correr o dedo indicador pelas garrafas ao caminhar lentamente pela parede da adega. Eu a segui de perto e, sem conseguir evitar, inspirei seu cheiro maravilhoso. Finalmente, ela virou-se para mim.

— Tomei minha decisão — ela anunciou.

Ansioso para ver qual garrafa ela havia selecionado, esperei por sua resposta.

Em vez de pegar uma das garrafas da prateleira, ela segurou meu rosto entre as mãos e disse:

— Escolho esse aqui.

Quando dei por mim, seus lábios estavam nos meus, e minha língua deslizou para dentro de sua boca. Qualquer outro pensamento evaporou da minha mente. Tudo em que eu conseguia pensar era no quanto era bom beijá-la novamente.

Ela falou contra meus lábios:

— Eu quero levar *você* para casa. Não uma garrafa de vinho.

Eu estava muito duro pra enquanto seus seios macios pressionavam meu peito.

Eu certamente não estava pensando com meu cérebro quando agarrei sua mão e disse:

— Vamos sair daqui.

Conduzindo-a para fora, eu nem ao menos sabia para onde íamos ao acenar para chamar o primeiro táxi que parasse, quase sendo atropelado no processo.

Quando o motorista perguntou qual era o nosso destino, apenas olhamos um para o outro. Ela devia ter visto a fome clara em meus olhos, porque deu a ele o que deduzi ser o endereço de sua casa.

O caminho até seu apartamento foi como um borrão, um misto de se estar em meio a uma névoa de luxúria e na dúvida quanto a estar fazendo a coisa certa indo para casa com ela.

Depois que paguei pela corrida, peguei sua mão e ela me conduziu pelas escadas até seu apartamento. Ela mal abriu a porta antes de retirar o casaco e jogar a bolsa no chão quando a puxei para mim. Minha mente parecia estar fora do meu corpo. Erguendo-a, guiei suas pernas para que envolvessem minha cintura. Ela chupou meu pescoço e se esfregou contra meu pau inchado. Eu a carreguei pelo apartamento, desesperado para encontrar seu quarto.

— Primeira porta à direita — ela sussurrou em meu ouvido.

Senti como se aquela tivesse sido a caminhada mais longa da minha vida para chegar lá.

Nunca me senti tão faminto por alguém em toda a minha vida. Puxando sua blusa pela cabeça, fiquei admirado com seus peitos cheios e empinados no sutiã lavanda de renda. Baixando a cabeça, chupei sua pele, mas precisava provar seu mamilo. Rapidamente, desfiz o fecho de seu sutiã em suas costas e deixei-o cair no chão.

— Porra, você tem peitos lindos — eu disse ao devorá-los um por um.

Sadie jogou a cabeça para trás em êxtase. Eu queria mais do que qualquer coisa ouvir os sons que ela faria se eu levasse minha boca um pouco mais para baixo.

— Ainda quer que eu *te chupe* hoje? — sussurrei em seu ouvido.

Ela riu um pouco através de sua respiração ofegante e assentiu.

— Porra, sim.

Sadie caiu de costas na cama e pairei sobre seu corpo. Retirei sua calça e, em seguida, sua calcinha. Separando bem suas pernas, fiz o que vinha sonhando em fazer o dia inteiro, trazendo sua boceta para minha boca. Porra, ela tinha um sabor tão doce. Eu não fiz isso em mais ninguém, desde a minha esposa. Ficava apenas no sexo convencional com camisinha. Mas sentir a carne quente de Sadie em minha língua, saboreá-la e consumir sua excitação era a coisa mais íntima que eu já tinha feito em alguém em muito, muito tempo.

Ela gemeu quando levei minha língua para seu clitóris, circulando e chupando o ponto sensível. Suas mãos se infiltravam em meus cabelos enquanto eu dava tudo de mim para lhe dar prazer. Meu pau estava tão duro que achei que poderia gozar na calça antes mesmo de terminar isso.

Sadie impulsionou os quadris para encontrar minha língua, que a penetrava com quase nenhuma delicadeza. Eu sabia que ela estava perto de gozar e precisava decidir se queria que ela gozasse na minha cara, ou se queria me juntar à diversão.

Quando ela pareceu estar bem perto, afastei-me de repente.

— Você quer gozar na minha boca ou comigo dentro de você?

— Eu quero você dentro de mim — ela ofegou.

Aquelas palavras foram claras como o dia e eram tudo que eu precisava ouvir.

Graças aos céus eu sempre andava com uma camisinha na carteira. Podia dizer honestamente que nunca tive que usar uma tão inesperadamente antes. Enfiando a mão no meu bolso de trás, retirei a camisinha da carteira e abri o pacotinho com os dentes, desesperado para estar dentro dela. Abaixei a minha calça, fazendo meu pau ereto saltar para fora. A extremidade estava completamente coberta de líquido pré-gozo. Os olhos de Sadie estavam fixos no meu pau, e quando ela umedeceu os lábios, protegi-me o mais rápido que pude.

Eu deveria ter sido mais delicado, mas meu instinto foi simplesmente entrar nela em um único movimento brusco. O som de prazer que saiu de sua boca quando a penetrei até o fim confirmou que ela também queria que fosse assim. Nunca me senti confortável o suficiente com mais ninguém, além da minha esposa, para me permitir ficar completamente perdido no sexo. Não houve receio, nenhuma hesitação da minha parte, apenas puro desejo.

— Sebastian... — ela sussurrou repetidamente. Toda vez que Sadie dizia isso, eu metia com mais força, querendo ouvi-la expressar meu nome cada vez mais.

— Porra, Sadie. Que... porra... — Eu mal conseguia falar, sentindo como se tivesse perdido completamente a cabeça. — Puxe os meus cabelos com mais força... — eu falei, sem relutância alguma em dizer a ela o que queria. — Abra mais as pernas...

Ela fez o que pedi e impulsionou os quadris ainda mais rápido. Parecia que alguém gostava de receber ordens na cama, e eu estava feliz em fazer isso.

— Me diga quando estiver pronta, Sadie.

Alguns segundos depois, seu corpo estremeceu e ela agarrou minha bunda.

— Eu vou gozar — ela anunciou. Sua voz foi quase inaudível, mas pude entender.

Perdi o controle, penetrando-a muito fundo ao esvaziar meu gozo na camisinha. Sua mão ficou na minha bunda o tempo todo, guiando-me conforme eu gozava. Os sons que ela fez ao chegar ao orgasmo era algo que eu nunca esqueceria. Essa mulher tinha abalado todo o meu mundo em questão de minutos.

Ao desabar sobre ela, ficamos ofegando quase em sincronia. Aquele tinha sido, de verdade, o sexo mais louco da minha vida. E ao mesmo tempo em que foi completamente primitivo e bruto, eu sabia que parte do motivo pelo qual eu consegui chegar a esse nível foi porque eu confiava nela. Foi diferente de qualquer coisa que experienciei desde Amanda. E, para ser honesto, diferente de qualquer coisa antes de Amanda. Mas eu não ia deixar a minha mente ficar pensando na minha esposa agora, porque isso era meio fodido.

Levei alguns segundos até conseguir sair de dentro dela. Se fosse do meu jeito, teria ficado dentro dela por muito mais tempo. Mas não era exatamente seguro fazer isso, considerando a quantidade de gozo que eu tinha expelido no preservativo.

Depois que descartei a camisinha, voltei para ela e deitei com a cabeça em seus seios nus. Pude sentir seu coração batendo a um quilômetro por minuto contra minha orelha. Aquela foi a minha primeira confirmação de que o que havia acabado de acontecer entre nós foi muito mais do que apenas a melhor foda da minha vida.

# Capítulo 20

## Sadie

Eu não sabia o que era melhor: o que tinha acontecido naquela tarde ou a visão da bunda bronzeada e musculosa de Sebastian quando ele se levantou da cama para vestir a calça. Ele virou de lado o suficiente para que eu pegasse um vislumbre de seu pau ereto balançando para cima e para baixo antes de desaparecer dentro da cueca boxer. P-U-T-A-Q-U-E-P-A-R-I-U. O corpo dele era literalmente perfeito. Suas pernas eram tão torneadas, sua pele tão bronzeada, e seu abdômen parecia ter sido esculpido. Não dava para acreditar que eu tinha acabado de transar com ele. Não dava para acreditar que tínhamos conseguido resistir a transar de novo. Mas ele só tinha uma camisinha, e embora eu tomasse pílula e tivesse dito isso a ele, a ideia de fazer sexo sem proteção não parecia ser uma opção para Sebastian. Então, em vez disso, baixei a cabeça e o tomei em minha boca até ele gozar na minha garganta. Os sons guturais que ele fez enquanto eu o chupava foram tão sensuais. Era o mínimo que eu poderia fazer, considerando que o tinha provocado ao esfregar minha umidade em sua perna. Sem contar o sexo oral incrível que ele fizera em mim mais cedo.

— Você é um homem lindo — não pude evitar dizer enquanto continuava a observá-lo se vestir.

Ele sorriu para mim ao vestir sua camisa.

Após terminar de se vestir, ele deitou novamente na cama e ficou de frente para mim, que continuava nua sob as cobertas.

Ele se aproximou e beijou meu nariz.

— Tenho que ir para casa antes que Birdie volte.

Olhei para o relógio e percebi que, na verdade, ainda estava cedo para ele ir embora. Ela só chegaria em casa às sete. Eu esperava que ele fosse querer ficar comigo mais um tempinho. Mas não queria parecer grudenta, porque isso não era muito atraente. Sebastian não parecia ser o tipo de homem que apreciaria isso, especialmente quando já tinha uma garotinha para mimar; ele não precisava de outra.

Então, coloquei minha carência e vulnerabilidade de lado e disse:

— É, é melhor você ir.

Ele se levantou da cama. Fiz o mesmo, pegando um dos meus robes para me cobrir. Mas não antes de flagrar Sebastian me comendo com os olhos durante cada segundo em que minha pele ficou exposta. Qualquer que fosse a hesitação que ele pudesse estar sentindo agora, eu não achava que tinha a ver com uma falta de compatibilidade física comigo.

Ele ficou de pé me encarando por um momento, como se não soubesse bem o que dizer.

— Nos falaremos em breve, ok?

Me aproximei para dar um beijo casto em seus lábios e, em seguida, respondi:

— Ok.

Depois que ele foi embora, eu estaria mentindo se dissesse que não me senti um pouco vazia. Nós fomos do sexo mais incrível que já fiz na vida para essa sensação estranha de distanciamento. O que era estranho, porque eu havia passado o dia todo me sentindo extremamente conectada a ele, não apenas sexualmente, mas de todas as formas. Mesmo assim, termos transado pareceu ter mudado alguma coisa.

Como se alguém lá em cima soubesse que eu precisava de apoio, Devin me mandou uma mensagem enquanto eu estava ruminando.

**Devin:** Estou super entediada e meu noivo saiu com os amigos. Quer companhia?

**Sadie:** Sim... mas não traga vinho. Já bebi o suficiente hoje.

**Devin:** Fale por você! Sobra mais para mim.

**Sadie:** Hahaha. Ok. Até já.

Ela bateu à porta com seu ritmo animado de sempre. Quando abri, Devin olhou para meu rosto e, em seguida, para meu pescoço.

— O que deu em você? Ou devo dizer... *para quem* você deu?

— Do que está falando?

Confesso que eu não pretendia contar a ela sobre Sebastian. Não tinha decidido ainda se era uma boa ideia, independentemente do quando eu queria falar sobre isso. Então, me perguntei como ela poderia ter tanta certeza de que havia acontecido alguma coisa.

Tentei me fazer de desentendida.

— Do que você está falando?

— Já se olhou no espelho? Você está com marcas no pescoço e no peito.

Corri até o espelho do corredor. *Merda*. Sebastian havia me dado vários chupões.

— Desembucha. O que aconteceu?

Ela deduziu antes que eu tivesse a chance de confessar.

— Ai, meu Deus. Ai. Meu. Deus. — Ela balançou a cabeça. — Você deu para o Sebastian Maxwell, não foi?

Quando continuei sem dizer nada, foi o que bastou para servir de admissão.

— Puta merda. — Ela colocou o vinho sobre a bancada e começou a abri-lo. — Vou pegar uma taça para o vinho, e então você vai me contar tudo.

Nos sentamos na sala de estar e contei para Devin tudo que tinha acontecido, deixando de fora alguns dos detalhes mais íntimos (por mais que eu soubesse que ela teria gostado de saber). Então, contei que transamos, mas mantive os detalhes para mim.

— Puta merda. Não acredito. Por que você não está nas nuvens? Isso é, tipo, a melhor coisa que já nos aconteceu.

*Nos?*

Franzi a testa.

— Sim, *foi*. A melhor coisa. Ninguém nunca me fez sentir como ele fez.

Tirando sua própria conclusão diante da minha expressão, ela acrescentou:

— Mas...

— Mas alguma coisa, que eu não consegui entender o que era, mudou antes de ele ir embora. Acho que o que aconteceu deve tê-lo afetado.

— Como assim? O fato de que ele transou com você?

— Não foi a primeira vez que ele transou desde que a esposa morreu. Mas tenho a impressão de que foi a primeira vez que fez isso com alguém por quem ele possa ter sentimentos. Acho que deve ter se sentido culpado ou arrependido. Não tenho certeza.

Ela suspirou.

— É claro que não pode ser simples, não é?

— Não. E, nesse caso, eu não esperaria que fosse. Para ser honesta, ainda estou um pouco chocada por isso ter acontecido. Então, posso imaginar como ele deve estar se sentindo, todas as emoções que ele deve estar experienciando agora que está caindo a ficha sobre o que fizemos. Só espero que ele esteja bem.

Ela girou seu vinho na taça e balançou a cabeça.

— Nossa.

— O que foi?

— A maioria das mulheres se sentiria negligenciada, no seu lugar. Mas você está pensando nos sentimentos *dele*. Você realmente gosta dele, não é?

Nem precisei pensar.

— Sim. Sim, eu realmente gosto, e isso está me assustando porque existe uma chance muito real de eu acabar me machucando por causa disso.

Se alguém pegasse meu celular e lesse as mensagens que estávamos trocando, pensaria que esse homem era meu irmão. Suspirei e rolei a tela para reler as nossas mensagens dos últimos dias.

No domingo, tarde da noite, depois que Devin foi embora, ele mandou:

**Sebastian:** Oi. Desculpe por eu ter ido embora com pressa esta tarde. Foi muito legal.

*Legal?*

Essa não seria a palavra que eu usaria para descrever um sexo de sacudir as paredes. Fenomenal? Fantástico? Incrível? "Legal"... isso estava mais para algo que a sua tia-avó diria. *Obrigada por ter vindo à casa de repouso hoje, Sadie. Foi legal te ver.*

Ainda assim... fui na onda dele e respondi.

**Sadie:** Sem problemas! Também achei muito legal.

Depois, na segunda-feira à noite, eu não conseguia parar de me perguntar o que estava se passando na cabeça de Sebastian. Então, decidi que era minha vez de iniciar o contato. Pensei em ser engraçadinha. Então, digitei:

**Sadie:** Oi. Como fodeu o seu dia?

Os pontinhos saltaram um pouco, depois pararam, depois começaram novamente. Por fim, ele digitou de volta:

**Sebastian:** Bem cheio. E o seu?

Fiquei desapontada por ele não ter mordido a isca com o meu erro de digitação intencional, então respondi:

**Sadie:** Bom!

Na terça e quarta-feira, não trocamos interação alguma, mas então, na noite anterior, fiquei cheia de esperança quando meu celular vibrou com a chegada de uma mensagem:

**Sebastian:** Você estará ocupada no sábado à noite?

Eu estava pensando... jantar... um cinema... sexo, quem sabe?

**Sadie:** Estarei livre depois das sete.

Mas meu coração afundou ao ler sua resposta.

**Sebastian:** Acha que pode vir para a sessão de adestramento por volta das 19h30 ou oito da noite? Birdie fica insistindo. Aparentemente, ela ensinou um novo truque ao Duke, e mal pode esperar para te mostrar. Nem para mim ela quer mostrar primeiro.

Sorri diante da animação de Birdie. No entanto, mais uma vez, senti-me decepcionada ao ver que sua mensagem não mencionava nada sobre nós. Ainda assim, não comentei a respeito disso. Apenas respondi:

**Sadie:** Está bom para mim. Mal posso esperar!

Meia hora depois, eu ainda estava aborrecida por causa das mensagens sem graça que tínhamos trocado. Então, decidi ver se, talvez, conseguiria provocá-lo um pouco. Foi uma idiotice, uma reação impulsiva por ter ficado magoada, e me arrependi logo depois de enviar a mensagem.

**Sadie:** Talvez eu chegue mais perto das oito, mas irei logo depois da... coisinha de trabalho que tenho que fazer.

Fiquei mordendo a unha, esperando para ver como ele responderia. Ele sabia que tipo de coisas de trabalho eu fazia fora do horário do expediente. Dessa vez, eu iria a um evento de *encontros com pretendentes e seus amigos* que durariam seis minutos durante um *happy hour*. Depois de tudo que havia acontecido entre mim e Sebastian nas duas últimas semanas, a verdade era que eu me sentia estranha por ter que ir. Oito encontros de seis minutos com homens consumindo quantidades copiosas de álcool não soaria atraente mesmo que eu nunca tivesse conhecido Sebastian Maxwell. Mas eu havia marcado isso há dois meses, porque a parte do "e seus amigos" me intrigou, e achei que isso daria um artigo divertido. Normalmente, em um evento de encontros rápidos, você passa de cinco a dez minutos conversando com um estranho e, em seguida, passa para o próximo. Ao fim de uma sessão de seis ou oito miniencontros diferentes, você escreve se estaria interessada em um encontro de verdade com algum dos homens. Se o cara escolhido também tiver escrito o seu nome, as informações de contato de cada um são entregues pelo anfitrião do evento. E era tudo verdadeiro. Só que o evento da noite seguinte teria uma diferença. Tanto a mulher quanto o homem que estivessem ali para participar dos encontros levaria um amigo ou amiga, e eram eles que conversariam durante os encontros de seis minutos.

Cada um deles faria perguntas sobre o pretendente ao amigo ou amiga do pretendente. Parecia meio maluco, mas eu sabia que levar Devin deixaria as coisas interessantes. Além disso, meses atrás, eu não fazia ideia de que os Maxwell estariam na minha vida. O que era bem surreal de se pensar agora, já que eu sentia como se os conhecesse há muito mais tempo.

Fiquei olhando para a tela do meu celular, vendo a mensagem passar de *Enviada* para *Entregue* para *Lida*. Os pontinhos começaram a saltar, e eu prendi a respiração, esperando pela resposta de Sebastian.

**Sebastian:** Coisinha de trabalho?

Sorri comigo mesma. Eu havia conseguido chamar sua atenção, mas, ao começar a digitar uma resposta, fiquei nervosa. Por quê? Eu não sabia. Não estávamos em um relacionamento exclusivo ou algo assim. Se bem que, para mim, as coisas com Sebastian também não eram exatamente casuais. Me arrependi de cutucar a onça, mesmo depois de ter conseguido exatamente o que estava querendo. Como eu me sentiria se Sebastian me dissesse que teria um encontro? *Aff.* Eu precisava recuar um pouco... recuar e amenizar as coisas.

**Sadie:** Sim. Só pesquisa para um artigo.

Mas Sebastian não estava gostando.

**Sebastian:** Um encontro?

Bem, tecnicamente, eu teria oito encontros. Contudo, não achei que precisava esclarecer esse pequeno detalhe, no momento.

**Sadie:** Tecnicamente, sim. Mas não exatamente. Só um novo esquema de encontros rápidos para meu próximo artigo.

Preparei-me, esperando sua resposta. Enquanto estávamos, até então, perguntando e respondendo como uma conversa normal, Sebastian ficou completamente quieto de repente. Passaram-se uns bons dez minutos até meu celular vibrar novamente. E quando abri a mensagem, meu coração vacilou e quase parou quando li:

**Sebastian: Divirta-se.**

— Então, com o que o Tyler trabalha? — Devin perguntou, bebendo seu segundo Cosmopolitan.

O amigo de Tyler, Ethan, respondeu.

— Ele é piloto. Faz voos longos entre aqui e Sydney.

— Uau. Que trabalho legal. O Tyler consegue descontos para amigos e família? Porque, em caso positivo, talvez eu esteja disposta a quebrar um pouco as regras e te dar o número de Sadie agora mesmo.

Todos nós rimos. Era o nosso quinto encontro da noite, e Devin tinha realmente entrado em seu papel de verificar candidatos em potencial. Contudo, a diversão da noite não tinha nada a ver com nenhum dos homens, porque, vamos encarar, eu não tinha interesse em nenhum deles. A diversão estava por conta das bobagens que saíam da boca de Devin. Talvez, se eu estivesse mais a fim de curtir a noite, teria notado o quanto Tyler era bonitinho.

— O seu amigo tem algum apelido? — Devin perguntou.

Tyler lançou um olhar ameaçador para Ethan.

— Ah, não, nem vem — ela disse. — Desembuche. Agora nós precisamos saber.

Ethan sorriu.

— O apelido dele é Esguicho.

— Esguicho? Tipo, a tartaruguinha de *Procurando Nemo*?

Ethan sacudiu a cabeça.

— Não. Esguicho, porque, na primeira vez que ele ficou bêbado, nós tínhamos uns treze anos, e ele tomou um porre tão grande que molhou a cama depois que apagou.

Nós rimos, enquanto Tyler deu um soco no braço do amigo.

— Você deveria estar me ajudando a conseguir um encontro, não espantando as candidatas, seu panaca.

— O que o seu amigo gosta de assistir e não ia querer que você me contasse agora?

O sorriso de Ethan ficou maior ainda. Tyler apenas fechou os olhos. Essa ia ser boa.

— Ele assiste àquele programa... *Não sei o quê and the Restless*.

Arregalei os olhos.

— *The Young and the Restless*. A novela?

Ethan deu risada.

— Nós tínhamos uma colega de quarto na faculdade que assistia. O Tyler aqui era loucamente apaixonado por ela, mas ela tinha namorado. Ele começou a assistir só para passar tempo com ela. Ele até deu a ela de presente de Natal ingressos para aqueles eventos em que você encontra celebridades em livrarias e tal.

— Awn, isso é tão fofo — Devin disse. — O que aconteceu com ela?

Tyler grunhiu e bateu a cabeça na mesa antes de Ethan responder.

— Ela pegou o cara da novela depois do evento. No dia seguinte, deu um pé na bunda do namorado e começou a namorar o ator. Pelo que eu soube, eles têm dois filhos agora.

— Ai, meu Deus. — Dei risada. — Ele está brincando?

O pobre Tyler balançou a cabeça.

— Quem me dera.

Seu sorriso era torto e modesto, mas adorável e parecia ser genuíno. Sorri de volta, e compartilhamos uma conexão por um breve momento. Um minuto depois, o anfitrião gritou dizendo que o tempo havia acabado e instruiu que as mulheres fossem para a mesa à direita. Tyler e eu trocamos um aperto de mão e seu olhar encontrou o meu.

— Foi muito legal dividir seis minutos incrivelmente constrangedores com você.

Dei risada.

— Também achei.

Indo para a próxima mesa, Devin bateu o ombro no meu.

— Ele era muito lindinho. Espero que combinemos com ele.

Os três encontros rápidos seguintes foram os mais dolorosos. Um cara já estava com a fala arrastada, e os outros dois definitivamente não entenderam o senso de humor de Devin. Fiquei aliviadíssima quando acabou. Devin pegou os cartões para escrevermos os nomes dos candidatos escolhidos que nos deram quando entramos.

— Eu voto no um, três e cinco — ela disse.

— Acho que o homem com quem você mora não vai ficar muito feliz com você indo a três encontros. Talvez seja melhor você escolher apenas um.

Ela franziu o cenho.

— Estou falando sério.

Suspirei.

— Eu não quero sair com nenhum desses caras, Dev.

— Eu sei, querida. Mas você mesma disse que não sabia como estavam as coisas entre você e Sebastian. Então, por que não dar uma chance a algum desses caras? Pelo menos o número cinco. Ele era um fofo.

— Acho que não.

O anfitrião se aproximou para recolher o cartão onde eu deveria listar os meus candidatos. Entreguei a ele.

— Você não preencheu ainda.

Sorri.

— Preenchi, sim. Obrigada pela noite divertida.

Do lado de fora, despedi-me de Devin com um abraço e a agradeci por ter ido comigo.

— Pelo menos poderei escrever um bom artigo sobre isso. Foi realmente divertido. Da outra vez que participei de encontros rápidos, foi tão esquisito. Mas ter uma amiga com você ajuda a deixar tudo muito mais relaxado.

— Não foi porque eu estava aqui que você relaxou. Você não tinha intenção alguma de sair com ninguém antes mesmo de pisar nesse lugar. Então, não houve pressão alguma.

Dei de ombros.

— Talvez.

— Você sabe que sou Time Sebastian desde o primeiro dia.

— Eu sei. O que aconteceu? Você deixou de me encorajar a ir atrás dele e quis insistir que eu saísse com algum outro cara.

Ela apertou meu braço.

— Não quero que um coração que não está disponível para você te impeça de encontrar um que esteja.

Franzi a testa.

— Não vou deixar isso acontecer. Prometo.

Por mais que eu tenha sido sincera no que disse, o problema era que me apaixonar não era uma coisa sobre a qual eu tinha algum controle.

— Posso fazer mais uma vez? — Birdie perguntou, pulando no lugar.

Olhei para Magdalene, que estava sendo muito colaborativa, e ela assentiu. Birdie apertou o *clicker* duas vezes e gritou:

— *Fale*, Marmaduke. *Gib laut!*

O cachorro enorme começou a latir sem parar. Naquela noite, começamos a ensiná-lo a latir sob comando. Como a campainha era algo que sempre o fazia latir de qualquer forma, incorporamos isso ao treino. Magdalene saía pela porta e, ao contar até dez, ela tocava a campainha e eu apertava o *clicker* mandando Marmaduke falar. Quando ele latia, eu fazia carinho em suas orelhas, dizendo que ele era um bom garoto e lhe recompensando com um petisco. Após fazermos cinco vezes, eu já podia apenas apertar o clicker e mandá-lo falar que ele começava a latir, mesmo sem a campainha. O único problema era que, às vezes, não conseguíamos fazê-lo parar. Ele pegava o petisco, praticamente o engolia inteiro e voltava a latir.

E foi exatamente isso que aconteceu dessa vez. Por mais que os latidos altos não incomodassem Birdie nem um pouco, estavam começando a me enlouquecer, e a pobre Magdalene sentou-se à mesa de jantar massageando as têmporas. Desesperada para fazer com que o som perfurante parasse, abri a gaveta da mesinha de canto, onde havíamos escondido os bichos de pelúcia que ele gostava, e joguei um unicórnio para ele. Marmaduke parou de latir, mas só porque agora estava muito ocupado transando com o brinquedo. Suspirei. *Nota mental: assistir a vídeos no YouTube sobre como fazer o cachorro parar de latir depois que começa.*

O celular de Magdalene começou a tocar, e ela riu ao atender.

— Oh, olá, sr. Maxwell.

Minhas orelhas se ergueram mais do que as de Marmaduke quando ele via o casco de uma tartaruga de pelúcia.

— Sim, claro. Ela ainda está aqui. — Ela fez uma pausa. — Espere um segundo. — Tentei parecer estar ocupada quando Magdalene me chamou. — Sadie, o sr. Maxwell gostaria de falar com você.

— Oh. Ok. — Meu coração começou a palpitar quando ela me passou o celular. — Alô?

— Oi.

A voz dele parecia tensa.

— Está tudo bem?

— Eu estava tentando falar com você, mas você não estava atendendo ao celular.

— Oh. Ele está... na minha bolsa, eu acho. Provavelmente não o ouvi por causa dos latidos.

— Latidos?

— Estávamos ensinando o Marmaduke a falar.

Ouvi Sebastian respirar fundo ao celular.

— Olha, eu estava tentando sair daqui às 20h30 para poder chegar em casa antes de você ir embora. Mas, obviamente, não vai ser possível. Acho que consigo chegar daqui a uma hora ou duas. Você acha que poderia... esperar até eu chegar em casa? Precisamos conversar.

Meu pulso acelerou.

— Sim. Claro. Quer que eu diga a Magdalene que ela pode ir embora?

— Se não se importar. Ela tem ficado até bem tarde a semana toda. Então, isso seria ótimo.

— Claro.

— Tenho que ir. Estamos com a equipe reduzida.

— Ok. Te vejo mais tarde.

Encerrei a ligação e devolvi o celular para Magdalene.

— Sebastian me pediu para ficar mais um pouco para podermos... hã... conversar sobre o adestramento do Marmaduke. Que tal você ir para casa? Ele disse que seria bom para você ir embora mais cedo.

Ela sorriu e olhou para Birdie atrás de mim, inclinando-se em seguida para sussurrar:

— O sr. Maxwell anda bem rabugento essa semana.

— É mesmo?

Ela assentiu e piscou.

— Espero que conversar com você sobre o adestramento do Marmaduke possa fazê-lo se sentir melhor.

— Oh... não... não é o que você está pensando.

Ela ergueu as duas sobrancelhas.

Suspirei.

— Ok... talvez seja o que você está pensando. Mas é... é... eu não sei o que é, Magdalene.

Ela sorriu.

— Ele é um bom homem. Tenha paciência com ele.

Eu não soube o que responder àquilo, então apenas assenti.

Depois que Magdalene foi embora, Birdie tomou um banho. Depois, voltou para a sala de estar e perguntou se eu poderia fazer uma trança em seu cabelo. Por volta das 21h30, ela bocejou, e eu a coloquei na cama. Após isso, sentei-me na sala de estar, esperando por Sebastian. Fiquei repassando mentalmente o que ele dissera para mim ao telefone. *"Precisamos conversar."* Essa frase nunca precedia notícias boas. Um sentimento horrível de pavor ficou pairando sobre mim enquanto eu esperava. Senti-me magoada, e ele nem havia terminado comigo ainda. Para ser honesta, eu nem sabia o que ele terminaria, exatamente. Não havíamos definido nada. Tudo que eu sabia era que tínhamos começado *algo* e, para mim, aquele algo era especial.

Às 22h30, eu ainda estava sentada no sofá, mas agora balançava o joelho para cima e para baixo rapidamente, sentindo como se fosse explodir a qualquer momento. Sebastian não me contatou mais. Quando nos falamos mais cedo, ele dissera que chegaria em uma hora ou duas, então torci para que isso significasse que ele chegaria a qualquer momento. Decidindo que precisava me acalmar, fui procurar vinho em seu escritório.

Eu sabia onde ficava a chave do armário de bebidas, porque vi Macie assaltá-lo no fim de semana anterior. Mas quando fui pegá-la na gaveta da escrivaninha, uma foto em um porta-retratos chamou a minha atenção. Eu o peguei e encarei a foto de Sebastian e Amanda. Fora tirada no hospital. Sebastian estava com um braço em volta do ombro da esposa, enquanto ela aninhava uma Birdie recém-nascida. Os dois estavam sorrindo e pareciam estar tão felizes.

Seria assim, se ficássemos juntos? Porta-retratos com fotos de seu primeiro amor por toda a casa? Viver à sombra de outra mulher? Como, exatamente, isso funcionaria se ele se casasse novamente? A foto de sua nova esposa ficaria por cima da foto de seu primeiro casamento no mesmo porta-retratos? Talvez fosse melhor mesmo ele me dar um pé na bunda.

*É, definitivamente melhor.*

— Ela nasceu três semanas antes do previsto.

A voz profunda de Sebastian me assustou, fazendo-me pular. Infelizmente, o porta-retratos deslizou dos meus dedos e caiu no chão com um barulho alto, virado para baixo.

Cobri meu coração com a mão que antes segurava o porta-retratos.

— Caramba, que susto!

— Desculpe.

Nervosa, curvei-me para baixo para recolher o porta-retratos.

*Rachado.* O vidro estava rachado.

Balancei a cabeça.

— Meu Deus, me desculpe. Está quebrado. Vou te dar outro.

Sebastian veio até mim e o pegou da minha mão.

— Tudo bem. Não foi nada. — Ele colocou o porta-retratos virado para baixo na escrivaninha e nossos olhares se prenderam. — Desculpe por chegar tão tarde.

— Eu não estava bisbilhotando. Só vim para ver se tinha vinho e... acho que a foto chamou a minha atenção.

Sebastian assentiu. Ele deu a volta na mesa, onde eu estava, e abriu a gaveta. Pegando a chave, destrancou o armário de bebidas e pegou uma garrafa de vinho tinto. Ele a ergueu para me mostrar o rótulo.

— Esse está bom?

— Tem álcool nele?

Ele riu.

— Entendi. Uma taça bem cheia para você.

— Obrigada.

Sebastian retirou a rolha da garrafa e encheu uma taça, colocando a rolha de volta em seguida.

— Você não vai querer? — perguntei.

Ele me entregou a taça cheia até a borda.

— Talvez depois. Preciso de clareza mental agora.

— Oh. Ok.

— Venha. Vamos nos sentar na sala de estar.

Juntos, sentamos no sofá. Enquanto eu tomava goles de vinho e aguardava, Sebastian apoiou a cabeça nas mãos e ficou olhando para o chão. Meu coração doeu ao vê-lo tão sofrido quanto eu me sentia. O homem havia passado por tanta coisa; eu precisava facilitar isso para ele. Então, tomei um gole gigantesco de coragem líquida e coloquei a taça na mesinha de centro antes de ficar um pouco mais perto dele.

— Sebastian... tudo bem. Eu entendo. Você não tem que dizer nada. Nós nos divertimos, mas você não quer mais do que isso. Tudo bem. Você não precisa se sentir mal.

— É isso que você acha? Que estou me sentindo mal porque não quero mais nada com você?

Franzi as sobrancelhas.

— Não é por isso que você está estressado? Porque não quer me magoar?

Ele soltou uma gargalhada maníaca. Balançando a cabeça, ele apontou para a taça que eu havia acabado de colocar sobre a mesinha.

— Pode me dar isso, por favor?

Eu a entreguei para ele e fiquei olhando-o tomar todo o conteúdo de uma vez. Devolvendo-me, ele disse:

— Foda-se a clareza mental. Só preciso de um pouco de coragem.

Ele estava dizendo o que eu achava que ele estava dizendo? Lutei para não criar esperanças demais.

— Não estou entendendo.

Ele passou as mãos pelos cabelos e virou-se para mim.

— Como foi o seu *encontro* esta noite, Sadie? — Ele disse a palavra "encontro" de um jeito estranho, quase cuspindo-a, como se o deixasse enojado.

— Foi... bom.

— Bem, fico feliz. Pelo menos um de nós teve uma boa noite.

— Você não teve uma boa noite?

— Vejamos... eu quebrei o puxador de um dos fornos, queimei meu braço *duas vezes*, anotei três pedidos errados e quase demiti uma garçonete que não fez nada de errado. E tudo isso antes das seis.

— Não estou entendendo.

— Eu não conseguia focar, Sadie. Pensar em você saindo com outro homem, *ou melhor, com meia dúzia de homens em um evento de encontros rápidos*, me deixou possesso.

— Foram oito, na verdade.

Ele soltou uma risada de escárnio.

— Valeu. Isso me faz sentir muito melhor.

Eu estava com tanta certeza de que ele iria terminar comigo que, mesmo que ele tivesse acabado de me dizer que odiava a ideia de eu sair com outra pessoa, continuei protegendo meu coração.

— Se você não queria que eu fosse, por que não me disse? Ou, melhor ainda, por que sequer me ligou essa semana?

— Porque eu sinto que não tenho o *direito* de querer outra mulher toda para mim.

Engoli em seco.

— Mas você quer? Você me quer assim?

Sebastian olhou em meus olhos.

— Eu te quero de todas as formas, Sadie. E isso me assusta pra caralho.

Abri um sorriso triste.

— Se isso te faz sentir um pouco melhor, você também me assusta.

— Eu quero seguir em frente. Mas me sinto tão culpado em pensar em fazer isso. — Ele balançou a cabeça. — Você brincou de cabo de guerra na escola quando era criança?

— Sim, claro.

— Eles dizem para você não enrolar a corda na sua mão, lembra disso?

— Sim...

— Bom, é mais ou menos assim que me sinto agora. Estou brincando de cabo de guerra, mas estou com a corda enrolada na mão com força, porque passei muito tempo com medo de soltá-la. Mas, agora, a minha circulação está ficando cortada. E se eu não soltar a maldita corda, vou causar mais danos do que se finalmente me livrar dela.

Olhei para as mãos de Sebastian. Elas estavam fechadas com tanta força, quase como se ele estivesse fisicamente agarrando-se à corda imaginária. E eu queria ajudá-lo, mesmo que não fosse para puxá-lo para o meu lado e ganhar o jogo. Então, abri seu punho delicadamente e coloquei minha mão na sua, segurando firme.

Sebastian ficou fitando nossas mãos juntas por um longo tempo.

— Eu quero que você seja minha, Sadie.

Meu coração martelou no peito.

— Tenho quase certeza de que sou sua desde o início.

Ele sorriu.

— Me desculpe por essa semana. Por ter agido como um babaca depois da nossa tarde juntos.

— Tudo bem. Mas fale comigo, da próxima vez. Eu entendo que você vai ficar com os sentimentos confusos, e te darei espaço quando precisar.

Ele assentiu. Levando nossas mãos juntas até seus lábios, ele beijou o topo da minha.

— Então, como isso funciona? Faz muito tempo desde que estive firme com alguém.

Dei risada.

— Firme? Você tem, o quê, sessenta anos?

Ele me puxou para seu colo. Prendendo uma mecha do meu cabelo atrás da minha orelha, ele disse:

— Eu sei que os encontros fazem parte do seu trabalho. Não vou pedir que abra mão disso *ainda*, mas talvez possamos estabelecer algumas regras básicas.

— Ok...

— Eu gostaria que fôssemos exclusivos, em todos os aspectos físicos.

— Claro. Eu também gostaria disso.

— Qualquer outra coisa que você tiver que fazer a trabalho, não me conte. Nem mencione que tem uma *coisinha*.

Sorri.

— Vou dar um jeito no trabalho. Posso fazer artigos sobre diferentes tipos de encontros, entrevistar pessoas para saber as histórias de seus piores encontros... não preciso fazer minhas pesquisas sempre testando os tipos de encontros.

Sebastian segurou meu rosto entre as mãos.

— Então, vamos ficar firmes?

Sorri.

— Vamos ficar firmes, seu bobo.

Selamos o acordo com um beijo. Quando nos afastamos, olhei para trás por cima do ombro em direção ao quarto de Birdie.

— E quanto à Birdie?

— Acho que eu deveria contar a ela. O que você acha?

Mordisquei meu lábio inferior.

— Isso é você que decide. Mas acho que é melhor sermos honestos do que ela descobrir ao me flagrar sentada no seu colo desse jeito.

Ele assentiu.

— Vou falar com ela amanhã. Que tal, depois disso, nós três sairmos para jantar e assistir a um filme no cinema, ou algo assim? Eu e as minhas garotas.

Meu coração derreteu, e não pude conter o sorriso.

— Gostei muito dessa ideia.

— Ótimo. Eu também.

# Capítulo 21

## Sebastian

Isso era definitivamente algo que eu teria que improvisar. Não tinha um manual sobre como contar à sua filha que você está namorando alguém. Alguém que não era sua mãe. Eu sabia que Birdie queria isso, mas me perguntava com frequência se sua atitude mudaria quando realmente acontecesse. Minhas palmas estavam suadas conforme segui pelo corredor em direção ao quarto da minha filha. Birdie sabia que Sadie iria conosco ver um filme e jantar à noite. Talvez ela já suspeitasse de alguma coisa, mas eu precisava ter uma conversa com ela, independente disso.

Birdie estava ouvindo música, balançando a cabeça e deitada de bruços na cama. Suas pernas já estavam compridas o suficiente para alcançar onde mal chegavam há pouco tempo. Ela estava crescendo tão rápido. Era difícil acreditar que ela completaria onze anos em breve. Eu sequer conseguia pensar em como seria ter uma pré-adolescente.

Bati na porta para chamar sua atenção.

Ela ergueu o olhar e retirou os fones de ouvido.

— Oi, papai.

— Oi, linda. Está ansiosa pelo filme?

— Sim. E também para passear com a Sadie.

*Somos dois.*

— Que bom. — Sentei-me na beira da cama. — Então... era sobre isso que eu queria falar com você.

Uma expressão de preocupação surgiu em seu rosto.

— Ela ainda vai, não é?

— Sim. Sim, querida, claro. — Esfregando minhas palmas uma na outra, eu disse: — O que eu preciso te contar é que Sadie se tornou mais do que apenas a adestradora do Marmaduke. Ela e eu... nos conhecemos melhor e, bem, nós gostamos muito da companhia um do outro.

Os poucos segundos que se passaram foram como uma tortura.

Sua boca curvou-se em um leve sorriso.

— Não estou surpresa.

Ergui as sobrancelhas.

— Sério?

— Você age meio engraçado quando ela está por perto. Além disso, ela é bonita.

— Por que você nunca me disse que suspeitava de alguma coisa?

— Eu não queria criar muitas esperanças.

— Então, você fica feliz por eu estar namorando a Sadie?

Ela confirmou com a cabeça.

Aliviado, abri um sorriso largo.

— Você realmente gosta dela, não é?

— Sim. Eu gosto muito, *muito* dela.

Peguei um de seus bichinhos de pelúcia e fiquei olhando para ele ao falar.

— Sabe, é importante que a pessoa com quem eu esteja seja alguém com quem você se dê bem e também te faça feliz. Eu nunca traria alguém que não desse certo com nós dois.

— Eu sei, papai.

— Também espero que você saiba que, mesmo que Sadie e eu estejamos juntos, isso não muda o quanto eu amava a sua mãe. Ok?

Birdie lançou um olhar para uma foto de Amanda pendurada na parede e disse:

— Eu sei. A mamãe nunca mais vai voltar. Você ainda estaria com a mamãe, se ela estivesse aqui. A mamãe sabe disso.

Aquele era um comentário interessante, porque, vez ou outra, eu me perguntava se Amanda e eu teríamos durado se ela não tivesse adoecido.

Colocando seu bichinho de pelúcia de volta na cama, indaguei:

— Você tem alguma pergunta para mim?

— A Sadie vai vir morar com a gente?

*Bem, isso foi mais direto do que eu esperava.*

— Não. Não tão cedo assim. Talvez um dia, se as coisas derem certo. Isso ainda é muito recente. Também significa que existe chance de *não* dar certo.

— Tipo, você pode estragar tudo?

Ri de sua suposição. *Pior que esse é mesmo o cenário mais provável.*

— Essa não é a minha intenção, mas relacionamentos adultos são complicados e, às vezes, mesmo que não tenhamos a intenção de fazê-los fracassar, eles simplesmente não dão certo.

Ela não fazia ideia de que até mesmo sua mãe e eu tivemos dificuldades.

— A Sadie ainda vai sair para encontros no trabalho dela?

*Hum. Assunto delicado.*

— Não encontros de verdade.

— Porque você é o namorado dela agora? — Ela sorriu.

Levei alguns segundos para absorver aquela palavra. "Namorado." Jesus, eu não era o namorado de alguém há eras.

— Sim. Acho que sou.

— Ela ainda vai treinar o Marmaduke?

Coçando o queixo, respondi:

— Tenho a impressão de que ela gosta de passar tempo com você e com o Duke, então aposto que pode convencê-la a continuar a treiná-lo com você.

Ela suspirou.

— Está bem, papai.

Apertei seu joelho.

— Sem mais perguntas?

Ela balançou a cabeça.

— Acho que não.

— Ok. — Inclinei-me e dei um beijo em sua testa. — Virei chamá-la quando for a hora de irmos.

Quando eu estava chegando à porta, ela me parou.

— Espere.

— Sim?

— Eu tenho mais uma pergunta.

— Manda.

— Posso comer uma caixa grande de chocolates *Milk Duds* no cinema?

Dei risada.

— Veremos.

Mais uma onda de alívio me atingiu quando saí de seu quarto. Acabou sendo muito melhor do que pensei. Só esperava que nada acontecesse para estragar.

Birdie acabou gostando muito do filme da Disney ao qual assistimos. Quanto a mim, gostei muito de segurar a mão de Sadie, sentado entre as duas. Sem contar que percebi que estive tão ocupado tomando conta de tudo durante os últimos anos que tinha esquecido como era ter alguém tomando conta de mim. Sadie fazia coisas sutis, como afastar meu cabelo do rosto ou limpar migalhas da minha camisa. Ela definitivamente tinha um instinto muito protetor. E eu precisava admitir que adorei ter uma linda mulher cuidando de mim.

Ainda era cedo para que Sadie passasse a noite na minha casa com Birdie lá, mas tudo que eu mais queria era tê-la na minha cama esta noite. Eu teria que descobrir uma maneira de passar tempo a sós com ela, fosse no meio do dia ou pedindo que Magdalene dormisse algumas noites com Birdie, de vez em quando.

Quando saímos do cinema e Sadie levou Birdie ao banheiro, me dei conta de que era a primeira vez em eras que eu não precisava ficar do lado de fora da porta enquanto a minha filha usava um banheiro feminino público, para me certificar de que ela estava bem. Essa era com certeza uma das coisas às quais não dei valor quando Amanda era viva.

Depois do filme, nós três fomos a um restaurante que Birdie escolheu e, como sempre, era um que tinha fondue.

Minha filha mergulhou um pedaço de pão no queijo derretido e olhou para Sadie, que estava sentada ao lado dela.

— Você não gosta de fondue, Sadie? — ela perguntou.

Sadie parecia estar gostando mais de ver Birdie comer do que fazer o mesmo.

— Sabe... você pode não acreditar, mas eu nunca tinha comido fondue antes.

Os olhos de Birdie quase saltaram das órbitas.

— Nossa. Por quê?

— Eu sei. Parece loucura, não é? Eu só comecei a comer fora depois que me mudei para a cidade, então tinha muita coisa para explorar. Ainda estou me atualizando, eu acho.

— O seu pai nunca te levou para comer fora?

— Não tínhamos muito dinheiro enquanto eu crescia. Então, meu pai preferia cozinhar em casa mesmo.

— O seu pai sabia cozinhar? — Birdie olhou para mim com um sorriso travesso. — O meu não sabe.

Meus ombros sacudiram com a risada.

— Valeu por essa, filha.

Sadie se manifestou.

— É, mas o seu pai tem tantas outras qualidades maravilhosas. Ele é inteligente, astuto e um homem de negócios excelente. Então, se ele soubesse cozinhar, isso o faria ser, tipo... perfeito... e ninguém é perfeito. — Ela piscou para mim, e isso me fez querer saltar por cima da mesa e devorar seus lindos lábios.

— Isso é verdade — Birdie concordou. — Ele é inteligente, muito legal e conta ótimas histórias para dormir que inventa na hora.

— Viu só... — Sadie sorriu.

Os olhos de Birdie encheram-se de curiosidade.

— Então, que tipo de coisas o seu pai cozinhava para você?

— Meu pai tem um jardim com uma horta bem grande, então ele fazia várias coisas com verduras e legumes. Molho de tomate para pizza caseira, abobrinha frita... coisas desse tipo.

— Abobrinha! — Birdie torceu o nariz. — Eu não gosto de verduras e legumes. Só gosto de azeitonas.

— Birdie bem queria que o pai dela pudesse cultivar *biscoitos* no jardim, não é, querida? — falei.

Sadie tocou o queixo com o dedo.

— Hummm, teremos que encontrar meios criativos para fazê-la comer vegetais, Birdie. — Ela ergueu as sobrancelhas. — Você gosta de shakes?

— Adoro. Especialmente com sorvete.

— Aposto que consigo esconder alguns vegetais em um shake delicioso, e você nem vai notar.

Birdie pareceu cética.

— Sério?

— Aham. Na verdade, eu faço shakes assim para mim o tempo todo, e nem sinto o gosto do espinafre.

O queixo de Birdie caiu.

— Espinafre?

Você pensaria que Sadie havia acabado de proferir uma obscenidade, levando em conta a reação da minha filha.

— Aham. Quer apostar como é bom?

— Você pode ir fazer hoje lá em casa?

Sadie olhou para mim, como se não soubesse como responder a isso.

— Eu acho que a Sadie tem que trabalhar amanhã — eu disse.

Sadie pareceu um pouco decepcionada por eu ter tirado de jogo a possibilidade de ela ir para casa conosco. Não era por não querer que ela fosse. Só tinha medo de fazer besteira na frente da minha filha. Mas eu queria muito que ela fosse, mesmo que só por um tempinho. Então, acrescentei:

— Mas se ela quiser ir e fazer um shake para você de sobremesa, vou me certificar de que ela chegue em casa em segurança.

Lancei para Sadie um olhar que dizia que eu queria muito que ela fosse. Quanto mais eu pensava nisso, mais me dava conta de que *precisava* que ela voltasse para casa conosco para que eu pudesse ao menos lhe dar um beijo de boa-noite.

Sadie sorriu para mim.

— Ok, acho que posso ir e ficar um tempinho.

Birdie quicou em seu assento.

— Oba!

A caminho de casa, paramos em um mercado para que Sadie pudesse comprar os ingredientes para fazer o que chamara de seu "shake mágico".

Assim que chegamos em casa, ela colocou todos os ingredientes sobre a bancada da cozinha.

— Olha, eu nem deveria estar entregando a minha receita secreta, mas já que gosto muito de você, Birdie, vou te mostrar exatamente como fazer o meu shake especial.

Birdie ficou olhando empolgada enquanto eu pegava o liquidificador para Sadie. Então, enrolei as mangas da camisa até os cotovelos e recostei-me contra a bancada para ficar apenas curtindo as duas interagirem.

Sadie descascou uma banana.

— Então, o primeiro ingrediente mágico é uma banana bem madura. Porque isso deixa o shake bem docinho sem ter que adicionar muito açúcar.

Birdie olhou para ela.

— Eu amo açúcar.

— Eu sei, srta. Biscoito, mas açúcar não faz muito bem. Prometo que o shake vai ficar com o sabor tão doce quanto açúcar, ok?

Minha filha deu de ombros.

— Ok.

Sadie abriu um pote de pasta de amendoim.

— Este é o próximo ingrediente secreto... que contém um pouco de açúcar... mas vou deixar passar. — Ela piscou.

— Eu amo pasta de amendoim. Principalmente biscoitos de pasta de amendoim — Birdie disse.

— Por que isso não me surpreende? — Sadie riu.

Minha filha ficou nas pontas dos pés, animada.

— O que mais?

— Agora, colocamos uma xícara de leite de amêndoas sabor baunilha.

Birdie franziu o nariz.

— Leite feito de amêndoas?

— Aham. E tem um sabor parecido com sorvete de baunilha.

Ela ficou duvidosa.

— Hum.

— Está me desafiando, srta. Birdie?

Minha filha deu risadinhas. Era tão bom vê-la envolvida assim. Sadie a fazia tão feliz. Ela *me* fazia tão feliz.

— O próximo ingrediente é... mirtilos congelados. — Sadie abriu o saquinho contendo a fruta.

— Eu amo mirtilos! — Birdie gritou.

Sadie colocou cubos de gelo em um copo.

— Agora, vou acrescentar alguns cubos de gelo para deixar o shake bem gelado. Por último, mas não menos importante, o ingrediente mais crucial.

— Qual é?

— Já esqueceu? Espinafre, bobinha. Lembra? Vegetais?

— Ah, é. Estava torcendo para que você esquecesse.

— Nem pensar. — Sadie adicionou um punhado de espinafre no liquidificador.

— Terminou?

— É isso! — Sadie colocou a tampa. — Está pronta para bater tudo?

— Posso? — Birdie perguntou, animada.

— Aham. Faça as honras.

Birdie pressionou o botão do liquidificador com seu dedinho e ficou observando todos os ingredientes se misturarem e se transformarem em uma cor verde-escura com um toque de roxo por causa dos mirtilos.

— Sabe como eu chamo essa bebida? — Sadie perguntou.

— Como?

— O monstro verde.

— Isso é tão maneiro.

Sadie parou o liquidificador e pegou um copo de plástico e um canudo do armário.

— Está pronta para experimentar? — Sadie questionou ao colocar o copo sobre a bancada.

Minha filha assentiu.

Sadie serviu a mistura no copo e colocou a tampa antes de enfiar o canudo. Ela o deslizou pela bancada para Birdie.

Sadie e eu observamos, com a respiração presa, Birdie experimentar. Após um primeiro gole hesitante, ela parou e lambeu os lábios, e então tomou um gole maior. Ela olhou para nós. Sadie pousou o queixo nas mãos.

— E aí?

— É muito, muito bom!

Sadie começou a fazer uma dancinha da vitória, e trocamos um "bate aqui". Birdie começou a rir e tomou mais uma boa porção da bebida.

Sadie serviu um pouco em outro copo e o entregou para mim.

— Algo me diz que até mesmo o seu pai pode fazer um desses.

Tomei um gole e lambi os lábios.

— Hummm. É uma delícia.

Eu tinha certeza de que ela pôde perceber, através do meu olhar, que eu não estava exatamente pensando no shake quando disse aquilo. No entanto, eu precisava admitir que a bebida realmente não tinha gosto de espinafre.

Olhei para o relógio. Estava tarde para minha filha estar acordada.

— Birdie, já passou da sua hora de dormir, e você tem aula amanhã. Que tal você ir tomar um banho e depois voltar para dar boa-noite à Sadie?

Ela pareceu desapontada por ver que a noite estava terminando. Eu esperava que tivéssemos muito mais noites como essa a partir de então.

Quando Birdie finalmente desapareceu pelo corredor, envolvi Sadie pela cintura e a puxei para o beijo pelo qual estive incrivelmente faminto a noite inteira. Ela gemeu na minha boca, e aquilo foi uma confirmação de que ela o queria tanto quanto eu.

Com seu corpo pressionado ao meu, mordi seu lábio inferior e o puxei lentamente, soltando aos poucos.

— Você é deliciosa pra caralho, sabia?

— Ai, nossa — ela disse, claramente notando o volume crescente em minha calça. — Uau. É melhor você dar um jeito nisso aí antes que a sua filha volte para dar boa-noite.

— É. — Suspirei. — Esse não é exatamente um cenário ao qual estou acostumado.

Decidindo que era uma boa ideia dar ouvidos ao seu aviso, segui pelo corredor e usei o banheiro para me recompor.

Quando retornei, Birdie estava na cozinha de pijama e com os cabelos molhados, olhando para Sadie.

— Você pode fazer uma trança no meu cabelo antes que eu vá dormir, Sadie?

Sadie olhou para mim, parecendo pedir permissão. Eu assenti.

— Claro. Vamos lá — ela disse.

Sadie desapareceu pelo corredor para o quarto de Birdie e ficou lá por mais tempo do que esperei. Quando ela voltou, eu estava esperando por ela no sofá da sala de estar.

— Que trança demorada.

Sadie sentou-se ao meu lado e apoiou a cabeça em meu ombro.

— Ela é tão fofa. Só queria conversar.

— Obrigada por ser tão boa com ela. — Beijei o topo de sua cabeça. — Quer um pouco de vinho? Ou alguma outra coisa?

— Não. Estou bem. Só quero ficar aqui nos seus braços por um tempinho. Tudo bem?

Ajustei meu corpo para que ela ficasse completamente envolta em meus braços.

— Mais do que bem.

Após um bom tempo, ela ergueu o rosto para mim e usei esse momento como uma deixa para dar um beijo em seus lábios. Meu pau ficou atento. Eu estava com tesão pra cacete esta noite, mas sabia que ela não concordaria em passar a noite, mesmo que eu sugerisse. Era uma situação complicada. Eu sabia que ela não deveria passar a noite, mas também não estava pronto para que ela fosse embora. Enquanto enfiava a língua em sua boca, seu sabor familiar acendeu um desejo tão intenso em mim que não sabia se seria capaz de parar. Quando ela gemeu, me perguntei se estava tão molhada quanto eu estava duro. Uma tentação fortíssima de deslizar meu dedo para dentro de sua calcinha para conferir me consumiu.

— Isso é tão doloroso. Eu preciso estar dentro de você — murmurei contra sua boca. — Parece que faz uma eternidade.

Pensei se talvez poderíamos entrar de fininho no banheiro, qualquer lugar. Eu só precisava dela.

Sadie deve ter sentido que eu estava perdendo o controle, porque interrompeu o beijo.

— É melhor eu ir embora.

Soltei um grunhido frustrado.

— Você sabe o quanto eu não quero que você vá embora, não é?

— Claro que sei. Mas é melhor eu ir. — Ela se levantou.

Segurei seu rosto entre as mãos.

— Não vou conseguir parar de pensar em você. — Movi os olhos de um lado para outro, enquanto as engrenagens giravam em minha mente.

— Em que está pensando? — ela perguntou.

— Estou tentando esquematizar uma maneira de você ir para a minha cama esta noite e desaparecer magicamente pela manhã.

— Mas isso não é possível. Ainda é cedo demais para arriscar qualquer coisa. Então, eu vou embora.

Ela tinha razão. Mas parecia tão errado deixá-la ir embora, por algum motivo. Eu sentia que ela pertencia a esta casa.

Acabei chamando um Uber para ela, e passamos cada segundo de espera nos beijando como dois adolescentes cheios de tesão.

Após entrar no carro e ir embora, ela me mandou uma mensagem.

**Sadie:** Esqueci de limpar os resquícios do monstro verde. Eu ia voltar para a cozinha e fazer isso.

**Sebastian:** O monstro de verdade está dentro da minha calça, impossível de ser domado.

**Sadie:** Hahaha

**Sebastian:** Não se preocupe com o shake. Eu limpo, pode deixar. Te devo uma por fazer a minha filha consumir frutas e vegetais. Sério, aquilo foi mágico mesmo.

**Sadie:** Fiquei feliz que ela tenha gostado.

**Sebastian:** Ela gosta de VOCÊ.

Sadie: Isso me deixa tão feliz.

Sebastian: Talvez eu também goste de você. MUITO.

Sadie: Eu também gosto de você, Sebastian. Talvez eu até seja louca por você.

Sebastian: Tenho uma ideia para um artigo seu.

Sadie: É mesmo?

Sebastian: Namorando o Pai Solo Cheio de Tesão.

Sadie: Hahaha. E o que essa nova tarefa implica?

Sebastian: Vários encontros à tarde em lugares variados e muito, muito sexo. Topa?

Sadie: Com certeza.

Na segunda-feira de manhã, eu não conseguia parar de pensar em Sadie. Então, decidi insistir no que havia mencionado na noite anterior sobre um encontro durante o dia.

Sebastian: Bom dia. Dormiu bem?

Sadie: Muito bem. Tive um sonho ótimo. Talvez você estivesse envolvido.

Peguei-me com um sorriso gigantesco no rosto ao responder.

Sebastian: A que horas será o seu intervalo para o almoço? Talvez eu possa passar aí e te levar para comer, e você pode me contar sobre esse sonho.

Sadie: Parece uma ótima ideia. Mas...

Meus ombros caíram de desânimo enquanto eu esperava pelo que viria após a palavra "mas". Presumi que seria algo tipo *"mas... não posso porque tenho muito trabalho a fazer"*. Ou... *"mas eu tenho uma reunião"*. Mas a mensagem que chegou voltou a me deixar animado... algumas partes de mim talvez tenham ficado mais animadas do que outras.

Sadie: Que tal você me encontrar no meu apartamento às duas da tarde? Assim, poderei fazer melhor do que apenas contar sobre o sonho. Poderemos encená-lo...

*Isso, porra.* Digitei o mais rápido que pude.

Sebastian: Estarei em frente ao seu prédio às 13h45.

Sadie: Hahaha. Estou gostando dessa sua animação, sr. Maxwell.

Sebastian: Ah, estou animado, sim. Você deveria ver o que já está rolando aqui na minha calça... ainda faltando cinco horas até lá.

Sadie: Você poderia... me mostrar o que está rolando.

Todo o sangue do meu cérebro desceu para minha outra cabeça, levando embora qualquer decisão lógica. Então, é claro, atender seu pedido pareceu uma ótima ideia. Segurei minha ereção por cima da calça de moletom e tirei uma foto, enviando para ela em seguida. Talvez tivesse sido o ângulo, mas meu pau ficou bem impressionante na imagem, se quiser saber.

Sadie não demorou a responder.

Sadie: Ai, meu Deus. O almoço parece delicioso! Mal posso esperar. Vamos nos encontrar à uma hora, ao invés de às duas!

Dei risada.

**Sebastian:** Te vejo à uma hora, linda. Mal posso esperar.

# Capítulo 22
## Sadie

— Adoro essa curvinha.

Sebastian corria o dedo para cima e para baixo pela curvatura entre a parte baixa das minhas costas e o topo da minha bunda, enquanto eu estava deitada de bruços. Tínhamos acabado de devorar um ao outro, e ainda assim, somente o toque leve de seu dedo nas minhas costas já me fazia querê-lo novamente.

— Ah, é?

Ele assentiu.

— Seria demais se eu colocasse nela a sopa que trouxe com o almoço e a tomasse?

Dei risada.

— Bom, ela deve estar quente, e não acho que você iria *tomar* nada na curva das minhas costas, iria lamber tudo como um cachorro, isso sim.

— Linda, a sopa deve estar gelada, a essa altura. E a ideia de lamber você parece perfeita pra caralho.

Ele definitivamente estava certo quanto à sopa não estar mais quente. Agora, eu estava feliz por ter dito no trabalho que precisaria tirar metade do dia de folga para uma falsa ida ao médico. Já estávamos juntos há duas horas, e a comida chinesa que Sebastian trouxera nem ao menos foi retirada da embalagem.

Como se esse pensamento tivesse lembrado ao meu corpo que eu havia pulado o café da manhã, meu estômago roncou... *alto.*

Sebastian deu risada.

— Acho que essa é uma maneira de você me dizer que eu deveria te alimentar.

— Estou morrendo de fome, na verdade. Geralmente, eu como uma barrinha de cereais pela manhã quando estou no trem, mas hoje um cara esbarrou em mim e ela caiu no chão depois da primeira mordida.

— Então, que tal eu ir esquentar a comida?

— Ok.

Sebastian se levantou da cama. Ele curvou-se para recolher sua calça jeans, dando-me uma vista espetacular de sua bunda durinha.

— Espere!

Ele congelou, com uma das pernas na calça, e virou para me olhar.

— Não se vista — eu disse.

Ele abriu um sorriso torto.

— Você quer que eu coma pelado?

— Sim. Quero. Você ficaria enojado se eu dissesse que quero comer pelada na cama com você?

Sebastian riu.

— Não. Mas talvez isso me faça te pedir em casamento.

Ele chutou a calça novamente e seguiu para a cozinha completamente nu.

*Que vista.* Suspirei. Sentindo-me contente, ajustei as cobertas e os travesseiros para me sentar recostada contra a cabeceira da cama.

Alguns minutos depois, Sebastian retornou com três caixinhas e dois pares de pauzinhos. Ele subiu novamente na cama e me passou uma das caixinhas, retirando as embalagens dos pauzinhos de madeira e separando-os antes de oferecê-los para mim.

— Obrigada.

Seu olhar desceu para meus seios expostos e ele balançou a cabeça.

— Porra, melhor almoço da minha vida.

Comi meu camarão *Szechuan* com muita vontade.

— Hummm. Que delícia. Onde você comprou?

— Em um lugar a dois quarteirões da minha casa.

— Sou muito exigente com comida chinesa. Deve ser porque sou parte chinesa.

Sebastian estava terminando de engolir sua comida e começou a tossir.

— Você é parte chinesa?

— Sim, 4%. Fiz um daqueles testes de DNA 23andMe para descobrir minha ascendência há dois anos, já que sou adotada. Sou 60% italiana, 36% norueguesa e 4% chinesa. Desde que descobri isso, sinto que passei a usar pauzinhos muito melhor.

Ele deu risada.

— Interessante. Minha filha é obcecada pelos comerciais desse negócio aí desde que fez uma árvore genealógica na escola.

— Eu tinha me esquecido completamente disso! Ela contou ao Papai Noel que queria um desses testes, em uma de suas primeiras cartas.

Sebastian balançou a cabeça.

— E você? É descendente de quais nacionalidades?

— Meus avós paternos eram da Sicília, e minha mãe era do País de Gales. — Sebastian pegou um pedaço de frango com gergelim para levar à boca. Mas acabou se atrapalhando, e o frango pousou em seu abdômen. Ele o pegou de volta usando os pauzinhos. — Deve ser porque eu não sou 4% chinês.

Sorri.

— Você canta no chuveiro?

Sebastian ergueu uma sobrancelha.

— Essa é uma pergunta estranha.

Dei de ombros.

— Talvez. Mas acho que os hábitos de banho das pessoas dizem muito sobre elas. Tipo, se você entra e sai em cinco minutos, se lavando com pressa para terminar logo, ou se toma banho com calma e usa o frasco do xampu como microfone quando entra no clima.

— Acho que nunca usei o xampu como microfone. Mas definitivamente assobio, às vezes. — Seu rosto murchou. — Pelo menos, eu costumava assobiar.

Pus minha caixinha na mesa de cabeceira e, em seguida, peguei a de Sebastian e coloquei seu almoço ao lado do meu. Engatinhando, subi em seu colo.

— Acho que podemos te fazer voltar a assobiar no chuveiro.

Ele afastou alguns fios de cabelo do meu rosto.

— Também acho. Você me faz feliz como não me sinto há muito tempo, *Gretchen*.

Acariciei seu nariz com o meu.

— *Danke*.

Meia hora depois, Sebastian e eu voltamos a comer nosso almoço. Estávamos destinados a comê-lo frio. Mas não me importava nem um pouco. Brincar de *cowgirl* no colo do meu lindo namorado era melhor do que comida quente.

Depois de comermos, tomamos um banho juntos, e Sebastian teve que se aprontar para ir para o restaurante.

— O que você vai fazer hoje à noite? — Ele deu um beijo no topo da minha cabeça enquanto eu estava sentada em frente à penteadeira, escovando meus cabelos molhados. — Tem planos?

— Na verdade, tenho um encontro.

Vi o rosto de Sebastian murchar através do espelho. *Merda.*

— Ah, não! Não é o que você está pensando. Eu quis dizer que vou sair para jantar com o meu pai.

Ele estreitou os olhos para o meu reflexo no espelho.

— Não teve graça. Considerando o seu trabalho.

Levantei-me e fiquei nas pontas dos pés para dar um beijo em sua bochecha.

— Desculpe. Eu não estava pensando.

Ele terminou de abotoar sua camisa.

— Onde vocês vão jantar?

— Não sei ainda. Nós geralmente decidimos quando ele chega aqui.

— Por que não vão ao meu restaurante?

Pisquei algumas vezes.

— Sério? Você não se importaria de conhecer o meu pai?

Sebastian deu de ombros.

— Por que eu me importaria? Você já é uma das pessoas favoritas da minha filha.

Um calor se espalhou pelo meu peito. Estar com um homem maduro realmente fazia os caras com quem saí no decorrer dos últimos... sei lá... *dez anos* parecerem garotinhos. Sebastian não tinha medo de conhecer a minha família e me recebeu de muito bom grado na sua ao ceder aos seus sentimentos.

— Eu adoraria. Tenho que ver se o meu pai já estava querendo comer alguma outra coisa, mas talvez apareçamos por lá.

— Ótimo.

Levei Sebastian até a porta.

— Obrigada pelo... almoço.

Ele me beijou mais uma vez e acariciou meu lábio inferior com o polegar.

— Obrigado por não desistir de mim quando provavelmente deveria ter feito isso.

— Então, você está namorando sério com esse cara?

Papai pegou o guardanapo dobrado da mesa e o sacudiu, colocando-o sobre o colo.

Olhei para trás por cima de seu ombro. Sebastian havia acabado de ir pegar uma garrafa de vinho para nós do bar. Ele piscou para mim do outro lado do ambiente quando me pegou olhando para ele. Sorri e suspirei.

— Eu sou louca por ele, pai.

— Então, acho que é melhor eu conhecer o sujeito um pouco melhor.

A caminho do restaurante, contei ao meu pai um pouco da história por trás do meu relacionamento com Sebastian. Ele não tinha dito muita coisa, então eu não sabia bem o que ele estava pensando. Mas esse era o jeito do papai. Às vezes, eu poderia jurar que ele não estava prestando atenção quando eu falava. Então, algumas semanas depois, ele me surpreendia ao fazer uma pergunta sobre alguma coisa minúscula que mencionei casualmente. Meu pai era mais do tipo que ouvia do que do tipo que falava.

Sebastian voltou com uma garrafa de merlot e a abriu ao lado da mesa.

Papai olhou em volta.

— Está bem cheio. Você acha que tem tempo para se juntar a nós? Eu gostaria de conhecer o homem que a minha filha está namorando. Quantos anos você tem?

— Pai — eu o repreendi. — Sebastian está trabalhando.

Sebastian abriu um sorriso fácil.

— Vou apenas dar uma conferida em algumas coisas na cozinha e passar os pedidos de vocês. Terei um tempinho, depois disso. — Ele virou para o meu pai. — Tem alguma coisa que o senhor não coma ou tenha alergia?

Meu pai deu tapinhas na barriga que cultivou no decorrer dos últimos anos.

— Parece que há muita coisa que eu não como?

— Ok. Me dê uns dez minutos. Quando eu voltar, estarei à disposição para que me interrogue, senhor.

Meu pai pareceu gostar daquela resposta, mas eu fiquei constrangida. Assim que Sebastian se afastou, eu disse:

— Pai, o que foi isso?

— O quê?

— Sebastian nos convidou e está fazendo o melhor que pode e você diz "Ei, prazer em conhecê-lo... *quantos anos você tem?*". Por que a idade dele importa?

— Você disse que é louca por ele. Então, quero conhecer o sujeito.

— Há uma diferença entre conhecer alguém e ser grosseiro.

Papai pegou um pãozinho do centro da mesa e o partiu em dois.

— Você está se envolvendo com um homem que tem muita bagagem. Um viúvo, com uma filha de dez anos e administrando esse lugar... eu li que 80% dos restaurantes vão à falência dentro de cinco anos. Só estou preocupado, querida.

Suspirei. Acho que era natural um pai se preocupar por sua filha estar namorando um homem que já fora casado e tinha uma filha. Fazia sentido ele ver a filha de Sebastian como sua bagagem, embora eu tivesse certeza de que isso mudaria quando ele conhecesse Birdie.

— Ok. Eu entendo. Apenas... seja legal, por favor. Pegue leve.

Quinze minutos depois, Sebastian apareceu à nossa mesa equilibrando quatro pratos diferentes. Ele os colocou sobre a mesa e em seguida sentou-se.

— Nós fazemos queijo muçarela fresco todos os dias. É o nosso aperitivo mais vendido. — Ele apontou para um prato de cada vez. — Também trouxe crostini de salame e figo com ricota, bolinhos de arroz caseiros e mini rollatini de berinjela.

Como se não bastasse o cheiro ser delicioso, a apresentação dos pratos era linda... com molho salpicado e acompanhamentos decorativos quase lindos demais para comer.

— Uau. Está tudo incrível.

Sebastian sorriu.

— Não posso levar o crédito por isso. Foi o chef que fez. Se bem que talvez eu tenha ameaçado demiti-lo se esses pratos não ficassem perfeitos.

Nós três começamos a comer, e Sebastian foi direto com o meu pai.

— Então, sr. Bisset, voltando à sua pergunta, eu tenho 36 anos, sete anos a mais que a sua filha. Casei com a minha namorada da faculdade aos 23 e ela faleceu há quatro anos. Minha filha, Birdie, tem dez anos. Tenho uma casa de tijolinho no Upper West Side, mas só moro em uma parte dela. A outra parte eu alugo, mesmo que eu não precise porque o restaurante me sustenta muito bem, mas minha filha e eu não precisamos de todo o espaço.

Meu pai abriu um sorriso triste.

— Lamento pela sua perda.

— Obrigado.

— É uma baita coincidência você e a minha filha terem perdido alguém para o mesmo tipo de câncer.

Sebastian assentiu.

— Lamento pela sua perda também, sr. Bisset.

— Me chame de George, por favor.

Sebastian olhou para mim.

— Mas, sim, Sadie e eu temos muitas coisas em comum. Acho que é um dos aspectos que fez com que nos aproximássemos tão facilmente. — Ele estendeu a mão para mim, e entrelacei a minha na sua de muito bom-grado.

Meu pai sorriu.

— Você quer ter mais filhos?

— Pai, não acha que isso é um pouco pessoal? Sebastian está sendo bem aberto, mas acho que isso é ir longe demais.

Sebastian apertou minha mão.

— Tudo bem. Acho que eu sempre presumi que ter mais filhos não estava no meu destino. Amanda ficou doente quando Birdie tinha apenas quatro anos e meio, e achei que essa parte da minha vida tinha parado aí. Tenho minha filha e sou muito grato por isso. — Sebastian sorriu para mim. — Mas não me oponho a ter mais filhos. Acho que eu gostaria disso. Birdie ficaria animadíssima, com certeza.

Oh, nossa. Fiquei empolgada por saber que Sebastian estava aberto a ter mais filhos. Família era importante para mim, e eu sempre sonhei em ter uma bem grande.

Meu pai assentiu.

— Obrigado pela sua franqueza, filho.

Depois disso, nós três engatamos uma conversa leve e fácil. Meu pai e Sebastian descobriram o gosto em comum por pescar e jogar pôquer. Como nenhuma dessas coisas me atraía, mas ver esses dois homens se dando bem me fascinava mais do que qualquer coisa, fiquei feliz em me empanturrar de comida enquanto os ouvia. Em determinado momento, um garçom veio até nossa mesa e disse a Sebastian que precisavam dele na cozinha.

Inclinei-me para meu pai depois que Sebastian pediu licença e se retirou.

— Está satisfeito por saber que terá netos? — perguntei.

Meu pai estendeu a mão por cima da mesa e segurou a minha.

— Querida, se você se casar com um homem que tem uma filha, essa criança também será minha neta, como as que nascerão de você. Não é sobre o que eu quero. Você sempre quis uma família grande, e a sua mãe e eu não pudemos te dar isso. Eu só quero o que você quer.

Eu tinha seriamente ganhado na loteria quando se tratava dos meus pais. Levantei e fui até o lado do meu pai na mesa para dar um beijo em sua bochecha.

— Por que fez isso? — papai perguntou.

— Só porque você é você, pai.

— Obrigada por ter sido tão gentil e paciente esta noite.

Após um jantar de três horas no restaurante, meu pai foi para casa, e eu fiquei no restaurante esperando Sebastian terminar o trabalho. Depois, ele me convenceu a ir para sua casa com ele por um tempinho.

Sentamos no sofá, e Sebastian retirou meus sapatos. Ele colocou meus pés em seu colo e começou a fazer massagem neles. Quando ele afundou os polegares no arco do meu pé, soltei um pequeno gemido.

— Ah, meu Deus. Isso é tão bom. Mas foi você que passou a noite toda andando para cima e para baixo. Eu que deveria estar massageando os seus pés.

Ele sorriu.

— Meus pés estão bem. Você ganha a massagem só por ter usado aqueles sapatos de salto sensuais esta noite. E o seu pai é ótimo. A maçã não caiu longe da árvore.

— Ele é ótimo mesmo. Mas desculpe por ele ter feito perguntas tão pessoais. Ele nunca fez isso antes.

— Ele conheceu muitos dos caras que você namorou?

— Não muitos, mas alguns. E com eles, só puxou uma conversa casual mesmo. Não é do feitio dele ser intrometido.

Sebastian deu de ombros.

— Tenho certeza de que saber que já fui casado e tenho uma filha o deixou preocupado. Não posso dizer que o culpo. É difícil ao menos imaginar o dia em que não poderei mais proteger a minha filha.

— É. Mas acho que isso não teve muito a ver com você ter sido casado ou por ter Birdie.

— Não?

— Acho que ele viu algo que nunca viu antes.

— E o que seria isso?

Mordi meu lábio, pensando que talvez eu tivesse falado demais. Sebastian notou e parou de massagear meu pé.

— Fale comigo. O que é?

Balancei a cabeça.

— Não é nada ruim. Eu só acho que ele... viu a possibilidade de um futuro para mim com alguém.

Sebastian fitou meus olhos.

— Ele é um homem esperto. Eu vejo a mesma coisa. Há um futuro aqui, linda.

*Um futuro aqui.*

*Linda.*

Absorvi suas palavras, curtindo o calor que se espalhou do meu peito para as pontas dos meus dedos das mãos e dos pés. Um sorriso enorme se abriu em meu rosto.

Sebastian fez um movimento com um dedo.

— Venha cá, risonha.

Me aproximei dele no sofá.

Ele segurou meu rosto entre as mãos, e seus olhos percorreram meu rosto por um longo tempo antes de selar os lábios nos meus. Emoções borbulharam até a superfície enquanto nos beijávamos. Comecei a ficar envolvida no momento. Até que uma voz nos fez despertar para a realidade.

— Papai...

— É melhor eu ir embora.

Birdie havia acordado depois de ouvir um barulho do lado de fora de sua janela, e nos flagrou enquanto nos beijávamos no sofá. Se isso a tinha incomodado, ela escondeu bem. Sebastian a subornou com um biscoito para voltar a dormir, e ela perguntou se eu poderia colocá-la na cama, ao que respondi que sim.

Sebastian grunhiu.

— Odeio isso.

— Eu também. Mas temos que ser um exemplo para ela.

— Você não pode sair de fininho antes dela acordar?

Fiquei nas pontas dos pés e dei um beijo em seus lábios.

— Ela é uma garota esperta. Acho que não demoraria muito para descobrir.

Sebastian deixou a cabeça cair para frente e fez beicinho.

— Ok. Vou chamar a porcaria do Uber.

— Obrigada.

— Mas eu quero uma noite, uma noite inteira. Uma na qual eu possa dormir com você nos meus braços e acordar no dia seguinte, me virar e deslizar para dentro de você. Vou perguntar a Magdalene se ela pode passar uma noite aqui em breve.

Sorri.

— Gostei dessa ideia.

Alguns minutos depois, o Uber chegou e Sebastian abriu a porta da frente para mim.

— Ei — ele disse, segurando minha mão quando comecei a sair.

Voltei.

— Sim?

— Eu sou louco por você.

Fiquei toda derretida por dentro.

— Eu também sou louca por você.

# Capítulo 23
## Sebastian

Na manhã seguinte, minha filha parecia estar esperando encontrar Sadie em casa.

Seus olhos estavam grogues quando ela entrou na cozinha e perguntou:

— A Sadie está aqui?

Coloquei meu café sobre a mesa.

— Não, querida. Ela foi para casa ontem à noite.

— Ah. Eu queria que ela me fizesse mais um monstro verde.

— Você gostou mesmo do shake que ela fez naquele dia, hein? Não estava dizendo aquilo só para ser legal?

— Não. Eu adorei!

— Quer que eu faça para você? — Pisquei. — Acho que dou conta.

— Sim, por favor.

Levantei-me rapidamente.

— É pra já. Saindo um monstro verde.

Birdie parecia preocupada ao sentar-se em um dos bancos em frente à bancada.

**ESCREVENDO O PARA SEMPRE 281**

— Está tudo bem? — perguntei ao pegar o liquidificador.

— Eu acho que o Papai Noel trouxe a Sadie para nós.

Seu comentário me pegou desprevenido. Hesitei, incapaz de me concentrar em pegar o resto dos ingredientes.

— Como é?

— Nunca te contei isso... mas comecei a escrever para o Papai Noel em junho.

Sabendo a história por trás de *quem* realmente era o Papai Noel, senti-me um pouco desconfortável com Birdie me confessando isso. Ela contou a história completa sobre todas as suas cartas para o "Papai Noel". Eu não sabia bem o que a compeliu a admitir isso para mim agora.

— Enfim, eu disse ao Papai Noel que queria uma amiga especial. E acho que Sadie foi seu último presente para mim.

Tive que perguntar:

— O que te faz ter tanta certeza de que foi o Papai Noel... e não apenas sorte?

— Bom, a mamãe acreditava em escrever para ele.

*A mamãe?*

— O que você quer dizer?

— Eu só comecei a escrever para o Papai Noel porque a mamãe costumava ler as cartas que as pessoas escreviam para o Papai Noel. Foi por isso que comecei a escrever para ele, para o endereço que estava nas revistas que a mamãe guardava.

— A sua mãe guardava artigos sobre pessoas que escreviam para o Papai Noel?

— Sim. Sabe aquela caixa grande de bonecas que você me deu, que era da mamãe?

— O que tem?

— Era lá que a pasta estava. Com todos os artigos sobre o Papai Noel e tal.

Eu não fazia ideia do que ela estava falando.

— Você ainda a tem?

Birdie confirmou com a cabeça.

— Posso vê-la?

— Claro.

Ela correu até seu quarto e voltou com uma pasta parda gasta. Estava abarrotada de artigos. Devia ter pelo menos cinco centímetros de espessura e uma faixa elástica bem larga a envolvia para mantê-la fechada.

Peguei a pasta, confuso.

— Por que você não me contou que tinha encontrado isso?

Ela baixou o olhar.

— Achei que você ficaria bravo *comigo* por escrever para o Papai Noel. Porque eu não preciso de muita coisa. E isso é, tipo... ganancioso. Eu sei. Eu só queria uma amiga especial para nós... e umas meias para você.

— Tudo bem, querida. Não estou bravo. Vá tomar banho e se vestir para levarmos o Duke ao parque.

— Ok, papai!

Birdie saiu correndo, e fiquei encarando a pasta por um longo tempo, sem entender por que isso não estava me dando um pressentimento muito bom. E daí que Amanda tinha uma caixa de artigos sobre cartas ao Papai Noel? Ela provavelmente não os estava escondendo. Talvez a pasta estivesse na caixa com um monte de outros arquivos. Ela os retirou para usar a caixa para outra coisa e não percebeu a pasta que deixara para trás. Eu tinha certeza de que devia haver uma razão lógica para isso.

Ainda assim, aquela sensação corrosiva na boca do meu estômago não estava indo embora.

Tentando acabar logo com isso, retirei a faixa elástica e abri a pasta. Devia ter centenas de artigos de revistas dentro dela. Passando as páginas, vi que as primeiras vinte, mais ou menos, eram da coluna do Papai Noel. Parecia que Amanda havia guardado cada um dos artigos semanais que costumavam ser publicados durante novembro e dezembro por vários anos. Acho que ela era muito fã da coluna. Mas, ao analisar mais papéis, notei que havia outros artigos também. Algumas dezenas sobre dicas de maquiagem, e um monte que pareciam ser sobre mulheres de negócios — como lidar com políticas de escritórios e coisas como se vestir para o sucesso. Amanda não era muito fã de maquiagem, e definitivamente nunca trabalhou em um escritório. Parecia ser tudo bem aleatório. Como eram recortes, nem todos tinham data. Mas alguns tinham, no topo da página. Ela havia pegado esses artigos no decorrer dos anos. Mas por quê? E por que nunca mencionou essa sua pequena coleção?

Então, a ficha caiu.

*Artigos sobre maquiagem.*

*Etiqueta de negócios.*

*Cartas ao Papai Noel.*

Eles não eram aleatórios. Todos tinham uma coisa em comum.

Voltei a examinar as colunas para procurar pelo nome. Não tinha notado o nome da redatora quando olhei pela primeira vez. Os artigos da coluna *Desejos de Natal* tinham como autor o Papai Noel.

Mas os outros artigos, sobre maquiagem e etiqueta de negócios, cada um deles tinham a mesma autoria.

Sadie Bisset.

Anos e anos de artigos escritos por Sadie.

E *somente* Sadie.

*Que porra é essa?*

Na tarde de domingo, Birdie me convenceu a levá-la com duas amigas a um desses lugares com pula-pulas. Sadie também veio, e pretendíamos ir ao restaurante Barking Dog, no Upper East Side depois. Era um dos poucos restaurantes na cidade que aceitava cachorros e tinha um tema canino. Contudo, minha filha ficou desapontada quando eu disse que o Duke não poderia ir. Aquele cachorro maluco ainda não estava pronto para esse tipo de saída. Na verdade, eu não tinha certeza se algum dia ele se comportaria o suficiente para entrar em um restaurante.

Sadie e eu nos sentamos para tomar um café na área de espera, enquanto as crianças aproveitavam os pula-pulas por uma hora. Eu estava ansioso para dizer alguma coisa para ela sobre os artigos que descobri. Eu não sabia bem por quê, mas não pude apenas me conformar que era uma coincidência e deixar para lá.

— Então... ontem, Birdie me contou sobre as cartas que escreveu para o Papai Noel.

— Oh. Nossa. Fico feliz que ela tenha finalmente falado sobre isso. Espero que você tenha conseguido fingir que estava surpreso.

Assenti.

— Ela não fazia ideia de que eu já sabia.

— Ótimo.

— Mas surgiu algo interessante durante a nossa conversa.

— Foi mesmo? O quê?

— Ela disse que escreveu para você porque a mãe dela gostava da coluna do Papai Noel na revista.

O queixo de Sadie caiu.

— A mãe dela?

Confirmei com um balançar de cabeça.

— Ela encontrou os seus artigos com as cartas para o Papai Noel em uma pasta. Amanda os tirou das revistas e os guardou.

— Então, tudo isso... — Ela gesticulou entre nós. — Aconteceu porque a mãe dela era fã da coluna?

— Aparentemente.

— Isso é meio estranho, não é? Basicamente, a sua esposa, que faleceu há quatro anos, é responsável por estarmos juntos.

— Essa não é a parte mais estranha.

— Como assim?

— Havia outros artigos na pasta também. Escritos por você. As datas são desde quando você começou a escrever para a revista, ou perto disso. Aparentemente, Amanda guardou todos.

— Uau. — Sadie balançou a cabeça. — Isso é... não dá para acreditar.

Não sei o que eu estava procurando, mas observei o rosto de Sadie com mais atenção. Ela estava surpresa de verdade. Talvez até mais chocada do que eu ficara no dia anterior.

— Só artigos meus? Ou de outros redatores também?

— Só seus. Anos de artigos seus.

Ela franziu as sobrancelhas.

— Eu não entendo. Você quer dizer que ela era minha fã?

Tomei um gole de café.

— Acho que sim. Você já soube de outros fãs que fazem isso? Colecionam os seus artigos?

— Já recebi algumas cartas de fãs no decorrer dos anos. Pessoas que diziam que acompanhavam meus artigos na revista e tal. Mas isso é só uma louca coincidência, não é?

— Foi o que pensei.

Nós dois ficamos quietos por um tempo, ponderando aquilo. Eventualmente, Sadie falou.

— Então, a sua esposa lia todos os meus artigos e os guardava em uma pasta. Birdie encontrou essa pasta, o que, por consequência, a fez escrever para mim. Ter feito papel de Papai Noel me levou até a porta da sua casa. Onde acabei encontrando uma pequena presilha de borboleta que me fez dizer que eu era Gretchen. Além disso, nós dois perdemos alguém que amamos para o mesmo tipo de câncer. — Ela balançou a cabeça. — Acho que eu nunca soube de outra situação em que o destino abria tantas portas para fazer as coisas acontecerem assim.

Sorri. Ela tinha razão. Era o destino. Senti-me um idiota. Por mais que não tenha suspeitado de nada em particular, tive uma sensação terrível de que alguma coisa estava conspirando contra mim, em vez de aceitar aquilo como o presente que era. Mas talvez isso tivesse sido por causa do meu histórico. Toda vez que Amanda e eu estávamos felizes, alguma coisa acontecia. Aprendi a esperar a bomba estourar. Eu precisava parar de fazer essa merda e aproveitar o que eu tinha, não importava como tivesse chegado até mim.

Estendendo a mão por cima da mesa, peguei a de Sadie.

— Aconteceu outra obra do destino hoje.

— Ai, Senhor. O que foi, dessa vez?

— Quando busquei Melissa, a menininha loira de cabelos cacheados que trouxemos conosco, a mãe dela perguntou se Birdie queria ir colher maçãs com eles no interior amanhã. Não vai ter aula, já que é Dia dos Veteranos.

As sobrancelhas de Sadie se juntaram.

— Bem, que legal. Mas não estou entendendo como isso pode ser o destino. A menos que você esteja se referindo ao fato de que Birdie e eu teremos folga amanhã pelo feriado.

Balancei a cabeça e sorri.

— Não. Eles irão viajar por três horas até o norte do estado. A boa conspiração do destino é o fato de que irão sair às seis da manhã para evitar o trânsito.

— Ok... ainda não entendi o que o destino tem a ver com isso.

— Como eles sairão muito cedo, a mãe de Melissa perguntou se Birdie poderia dormir na casa dela esta noite. O que significa que estarei sozinho por quase vinte e quatro horas.

Os olhos de Sadie se iluminaram.

— Oh, uau. Isso parece mesmo uma boa conspiração do destino. — Ela abriu um sorriso largo. — Mas o que você vai fazer com tanto tempo de sobra?

Coloquei a mão debaixo da cadeira de Sadie e a arrastei para mais perto de mim.

— Vou fazer *coisas* com você... o tempo todo, sem parar.

# Capítulo 24
## Sadie

Com a casa toda para nós dois naquela manhã de segunda-feira, nós definitivamente nos deixamos levar bem rápido. Fiquei esperando que talvez Sebastian fosse sair de dentro de mim para pegar uma camisinha, em algum momento, mas ele não fez isso. Ele sabia que eu tomava pílula, então não tinha problema, mas ele sempre foi diligente quanto à proteção extra toda vez que estivemos juntos.

Mas a sensação de tê-lo dentro de mim sem barreiras era incrivelmente deliciosa. Era tão intensa que pude sentir que ia gozar muito mais rápido do que pensei. Parecíamos estar em sincronia, porque assim que meu orgasmo começou, senti Sebastian estremecer. Nossos corpos se contorceram juntos conforme nossos orgasmos nos atingiram simultaneamente. Não havia nada mais lindo do que o som gutural que ele fazia quando chegava ao ápice. Eu o senti vibrar por todo o meu corpo.

— Sebastian — gemi repetidamente conforme ele gozava dentro de mim. — Sebastian...

Foi o melhor sexo que tivemos, até então. Eu não sabia bem se foi porque estávamos bem mais próximos ultimamente, ou o quê. Só sabia que nunca me sentira tão conectada assim a um homem.

Ele apoiou a cabeça na curva do meu pescoço.

— Me desculpe. Isso foi bom demais. Eu deveria ter parado.

Deslizando minha mão para baixo e apertando sua bunda, eu disse:

— Tudo bem. Eu tomo pílula.

Ele soltou um suspiro de alívio.

— Eu sei. Mas nunca fui irresponsável assim. Você me deixa louco, Sadie.

— Te peguei de jeito, eu sei. — Sorri.

Ele olhou em meus olhos e falou:

— É... você com certeza me pegou de jeito.

Delirantemente feliz, retribuí seu sentimento com um sorriso enorme.

— O que você quer fazer? — ele perguntou. — Temos o dia inteiro.

Fazer absolutamente nada me parecia uma boa ideia. Ficar com ele em sua cama assim era uma raridade.

— Podemos apenas ficar deitados aqui por um tempinho? Adoro não ter que sair com pressa da cama ou me preocupar em sermos flagrados.

Ele franziu a testa diante das minhas palavras.

— Eu sinto muito por você não poder ficar aqui comigo o tempo todo.

— Tudo bem. Isso só faz com que estar com você seja ainda mais especial, quando podemos ter dias assim.

Ele usou a coberta da cama para me puxar para si.

— O que eu vou fazer com você? Você me enfeitiçou, Sadie Mae.

Estreitei os olhos.

— Sadie *Mae*? De onde veio esse nome?

— É. — Ele riu. — Não sei de onde veio. "Mae" parece combinar bem com o seu nome. Mas qual é o seu nome do meio, já que estamos no assunto?

— Você nunca vai adivinhar.

— Qual é? Me conte.

— É George.

Seus olhos se arregalaram.

— Sério? O nome do seu pai...

— Aham. Minha mãe achou que seria engraçado me dar o nome do meu pai. Definitivamente não é feminino, mas eu adoro. É diferente. — Sorri. — Qual é o seu nome do meio?

— Rocco.

— Sério? Adorei. De onde veio?

— Meu avô.

— Nome maneiro.

Ele afastou o lençol para fitar meu corpo nu. Eu amava o jeito que ele olhava para mim.

Sebastian parecia estar ponderando alguma coisa.

— Sabe, o fato de que eu não parei quando estávamos transando diz muita coisa. Geralmente, eu sou muito responsável. E acho que parte do motivo do meu deslize é porque me sinto tão confortável com você. — Ele soltou uma respiração pela boca. — Mas me desculpe por não ter perguntado a você primeiro se estava tudo bem.

— Eu teria pedido para você parar se estivesse preocupada. Mas, se quiser... podemos deixar de usar camisinha, agora que você sabe. — Pisquei.

— Acho que eu gostaria disso... até demais. — Seu olhar pousou em uma cicatriz no meu abdômen. Parecia ser a primeira vez que ele notava. Sebastian traçou o local com o dedo. — O que é isso?

Olhei para baixo. Meu coração acelerou um pouco, porque contar essa história podia me levar a admitir outras coisas.

— Meu apêndice rompeu quando eu era adolescente. Tive que fazer uma cirurgia de emergência.

— Que merda. Deve ter sido assustador.

— Foi mesmo. Isso acabou... causando algumas complicações para mim.

Uma expressão de preocupação surgiu em seu rosto.

— Como?

— É uma história meio longa.

— Tenho tempo — ele disse ao agarrar meu quadril e me puxar para si.

Eu não sabia se estava cedo demais no nosso relacionamento para tocar nesse assunto. Mas essa era a oportunidade perfeita para falar sobre isso. Na verdade, eu já estava me corroendo um pouco por dentro por ele não saber. Eu não achava que ele ia me julgar. Mas, independentemente de qualquer coisa, ainda sentia que era algo que eu precisava contar a ele. Como estávamos nesse assunto, provavelmente não havia momento melhor do que esse.

Respirei fundo.

— Alguns anos depois do rompimento do meu apêndice, comecei a sentir dores. Eu estava nos últimos anos da adolescência. Marquei uma consulta médica e, quando a doutora me examinou, acabou descobrindo que tinha tecido cicatrizado bloqueando as minhas trompas, resultante do rompimento do apêndice. Isso significava que, basicamente, eu poderia ter dificuldade para engravidar.

Sua expressão ficou mais sombria.

— Não puderam fazer nada por você?

— Bom, eu acabei fazendo uma cirurgia para reparar as trompas, mas eles não conseguiram remover todo o tecido cicatrizado, então não há garantias. Me disseram que, no futuro, elas podiam ficar bloqueadas novamente. É possível que eu não tenha dificuldade alguma, mas, naquele tempo, fiquei com muito medo de não conseguir engravidar, um dia, quando estivesse pronta. Minha médica sabia o quanto isso estava me deixando angustiada. Então, ela me encorajou a pensar em coletar e congelar alguns dos meus óvulos. Assim, se eu chegasse ao ponto de não conseguir conceber naturalmente, teria óvulos jovens e saudáveis para uma inseminação artificial.

Sebastian piscou algumas vezes para processar aquela informação.

— Então, você congelou alguns dos seus óvulos...

— Sim. Mas... — Essa era a parte para a qual eu precisava me preparar. Era algo que eu nunca havia contado a ninguém que namorei antes. — Pouco tempo antes do procedimento, comecei a pensar em tudo que a minha mãe passou... ao perder a capacidade de engravidar devido ao câncer e a luta pela adoção. Deu tudo certo, no fim das contas, porque ela conseguiu me adotar. Mas nem todo mundo tem a mesma sorte que tivemos. Eu sempre quis fazer algo para honrá-la. Então, tive uma ideia... já que passaria pelo procedimento de coleta dos óvulos, de qualquer forma. — Engoli em seco e continuei. — Minha médica esperava conseguir uma boa quantidade de óvulos, porque eu era jovem e saudável. Então, pensei que talvez pudesse ser a minha única oportunidade para doar alguns para uma família que precisasse, em homenagem à minha mãe.

Ele arregalou os olhos lentamente. Não consegui deduzir no que ele estava pensando. Então, continuei:

— Isso me fez sentir que eu estava fazendo algo não somente para proteger a minha futura fertilidade, mas também para ajudar alguém que precisasse.

Sebastian piscou algumas vezes.

— Nossa. Isso foi... certamente uma decisão honrosa para alguém tão jovem.

— É. Quero dizer... eu não queria ter que fazer procedimentos novamente no futuro. Pensei então que, como já ia me submeter uma vez, se existia o momento certo para tomar esse tipo de decisão, era aquele. Então, fiz logo tudo de uma vez. — Balancei a cabeça. — Enfim, nem sei por que me senti tão compelida a admitir isso para você agora. É só que... você me perguntou sobre a cicatriz, e senti que era o momento certo para te contar. — Olhei nos olhos dele. — Espero que você não me veja com outros olhos por causa da minha decisão.

Os segundos durante os quais ele não disse nada foram excruciantes.

Então, ele pousou a mão em meu rosto.

— Eu nunca te julgaria por tomar uma decisão que ajudou outra pessoa. Nunca pense isso. É definitivamente... uma surpresa... mas não algo que me faça vê-la com outros olhos, Sadie. Na verdade, eu te admiro ainda mais por fazer isso.

Soltei um longo suspiro de alívio. Não sei por que eu esperava que seria mais difícil do que realmente foi. Eu achava que não tinha que admitir nada para ele, e ele nunca saberia sobre a decisão que eu havia tomado há tantos anos. Mas, lá no fundo, acho que não saber como ele se sentiria em relação a isso ou se me veria com outros olhos teria me incomodado.

— Então... esses óvulos... — ele começou. — Eles vão para pessoas diferentes?

— Não. Eu não quis isso. Eu queria que todos fossem para uma pessoa que precisasse, uma sobrevivente do câncer, como a minha mãe. E eu não queria saber quem essa pessoa era. Era importante para mim não termos contato algum. Eu só queria ajudar alguém. Então, me certifiquei de que fosse tudo anônimo. Até hoje, não faço ideia se alguém os utilizou... se algum bebê resultou deles.

— Uau. Ok. — Ele apertou a lateral do meu corpo. — Obrigado por se abrir comigo. Eu sei que você não precisava fazer isso. — E então, seu olhar ficou vago por um momento.

Ficamos deitados em um silêncio um pouco desconfortável após a minha admissão, até que Sebastian se levantou da cama abruptamente e disse:

— Que tal eu pedir almoço para nós?

Sentei-me contra a cabeceira.

— Ótima ideia.

— Que tal você tomar um banho? Vou pedir nossa comida para que já esteja aqui quando você terminar.

As coisas estavam melhorando. Sorri e me levantei da cama.

— Ok.

Entretanto, quando terminei meu longo banho, a comida tailandesa quente estava esperando em recipientes sobre a mesa, mas Sebastian fez um anúncio inesperado.

Ele parecia chateado.

— Tenho que ir para o restaurante. O chef ligou para avisar que está doente e o substituto nunca trabalhou conosco antes. Tenho que me certificar de que ele sabe o que está fazendo, supervisionar as coisas.

— Oh, não! Isso costuma acontecer?

— Só aconteceu algumas vezes antes. Sempre acaba dando certo, mas é estressante.

Que droga.

— Ok... hum, bem... tem algo que eu possa fazer?

— Birdie ainda vai demorar a chegar em casa. Mas você pode ficar por aqui, ou ir para casa. O que preferir.

— Você pode me avisar se precisar que eu volte para recebê-la ou algo assim, caso não possa voltar a tempo?

— Com certeza. Obrigado por oferecer.

Depois que ele saiu, não pude evitar me perguntar se havia mais motivações por trás de sua partida do que a história que ele me deu. Eu sabia que, provavelmente, era apenas uma paranoia ridícula. Mas a impressão que tive foi que o clima todo mudou depois que admiti para ele que doei meus óvulos. Eu compreendia como isso podia assustar alguém. Lembrava de assistir a histórias nos noticiários sobre doadores de esperma cujos filhos acabaram os encontrando anos depois. Um cara tinha, tipo, vinte filhos. Minha situação era diferente, é claro. Não fiz pelo dinheiro. Foi para honrar a minha mãe e ajudar uma família que precisasse. Mas, ainda assim, talvez ele tivesse tido algum tipo de reação atrasada à minha confissão.

    De qualquer forma, eu devia estar vendo coisa onde não tinha. Tentei afastar isso da minha mente pelo resto do dia.

# Capítulo 25
## Sebastian

Eu estava sendo ridículo.

*Não estava?*

Suspeitar de algo assim seria uma absoluta loucura.

Minha mente tinha demorado um pouco a formular a teoria insana que a história de Sadie trouxe à tona. A princípio, fiquei chocado ao saber o que ela passara, o quanto ficara assustada, e como isso a levou a tomar a decisão muito corajosa de coletar seus óvulos tão jovem. Mas então, quando ela mencionou a *doação* de óvulos, os alarmes começaram a soar dentro de mim.

Era difícil acreditar onde a minha mente estava chegando com isso. E ainda assim... como não podia? Como eu podia não questionar? Havia uma boa chance de que tudo isso fosse apenas uma grande coincidência. Mas, e se não fosse?

Passando a mão com força pelos cabelos, sentado sozinho em uma cafeteria que ficava virando a esquina da rua do Bianco's, eu sinceramente não tinha ideia do que fazer. Me senti mal por mentir para ela sobre a situação no restaurante, mas eu precisava ficar sozinho para processar isso. Ela, com certeza, teria suspeitado de alguma coisa diante do meu comportamento se continuássemos juntos.

*Pense.*

*Pense.*

*Pense.*

Ok. Quando recebemos a informação da nossa doadora, tudo que nos deram foi um perfil com sua aparência, estado de saúde e antecedentes gerais. Mas... eles também nos disseram que nossos óvulos vieram de uma mulher que os doara sem custo para ajudar outra família. Suponho que isso poderia ser uma coincidência também. Mas e os artigos? Por que Amanda os tinha? E como ela teria descoberto o nome da doadora? O processo deveria ser completamente anônimo. E por que ela não tinha me contado, se realmente descobriu, de algum jeito? E por que guardar os artigos e não fazer nada a respeito? Que vantagem havia nisso?

Talvez Amanda apenas gostasse desses artigos.

Talvez isso tenha sido somente uma grande coincidência.

Talvez eu precise deixar tudo isso para lá.

Esquecer que ao menos pensei nisso. Mas, como? Como eu poderia simplesmente seguir em frente, sem saber com certeza se havia alguma correlação?

E se Sadie fosse a doadora de Birdie? Isso não seria uma invasão da privacidade de Sadie? Ela não tinha a intenção de descobrir para quem havia doado seus óvulos. Não era justo forçar isso nela. *Meu Deus. Isso é louco pra caralho.*

Fervendo de calor, retirei minha jaqueta e apoiei a cabeça nas mãos. De jeito nenhum eu podia abordar esse assunto com Sadie sem provas. Eu havia mencionado uma vez que Amanda e eu recorremos a métodos de fertilização, mas ainda tinha que contar a ela que tivemos que usar uma doadora de óvulos por causa dos tratamentos do câncer. Em algum momento, eu teria contado isso a ela, mas e aí? Ela poderia se perguntar a mesma coisa que estou me perguntando agora. Em algum momento, teríamos que encarar.

Se Amanda não tivesse guardado aqueles artigos, nada disso estaria acontecendo. Mas era suspeito demais para não se considerar. Contudo, eu não iria alarmar Sadie sem provas. Eu precisava descobrir uma maneira de confirmar as coisas antes.

— Papai, por que você está me olhando engraçado?

Nem tinha me dado conta de que estava olhando para minha filha muito atentamente na noite seguinte, enquanto ela estava sentada de frente para mim, comendo seu macarrão. Durante o dia todo, fiquei procurando por sinais de Sadie nela. As duas tinham cabelos loiros, mas o rosto de Birdie, bem... era o meu. Ela parecia muito comigo, então seus traços faciais não iam me dar muitas pistas.

— Só estou pensando no quanto você é linda — eu disse. — E no quão sortudo eu sou por ter você. Só isso.

— Ah. — Ela enrolou seu espaguete. — Quando veremos a Sadie de novo?

— Esta noite, não. Mas em breve, eu espero. Na verdade, Magdalene virá daqui a pouco para ficar com você, enquanto faço uma visita à Sadie.

— Por que ela não pode vir?

Eu não tinha uma resposta satisfatória para isso.

— Poderemos jantar juntos em alguma noite essa semana aqui, ok?

Ela deu de ombros.

— Ok.

Vários minutos se passaram antes que ela me chamasse novamente.

— Papai...

Pisquei, despertando dos meus devaneios.

— O que foi, querida?

— Você está me olhando engraçado de novo.

Suspirei.

— Estou, né?

Além de Birdie estar sentindo que havia algo errado, eu não podia arriscar estragar tudo com Sadie se toda essa preocupação fosse em vão. Será que eu ficaria encarando-a assim também? Eu precisava descobrir uma maneira de me manter calmo com ela esta noite.

Depois que Magdalene chegou, fui para o apartamento de Sadie o mais rápido que pude.

Quando ela abriu a porta, senti uma vontade enorme e inesperada de puxá-la para meus braços e simplesmente abraçá-la. Porque não importava qual fosse a verdade, eu gostava demais dessa mulher. Não queria que ela acabasse se sentindo magoada ou violada. Qualquer decisão que ela tomara no passado foi por pura bondade de seu coração, e eu sabia disso.

— Por que está me abraçando assim?

— Eu só estava pensando no quanto eu sou louco por você — falei contra seu pescoço. — Também quero pedir desculpas por ter tido que encerrar o nosso dia juntos tão abruptamente ontem.

— Você nunca precisa se desculpar por algo daquele tipo. Você tem que lidar com tantas coisas. Sinceramente, eu admiro como você dá conta de tudo.

Afastando-me para olhar em seus olhos, eu disse:

— Sabe de uma coisa, Sadie? Eu estava dando conta antes de você chegar, mas seguindo o fluxo dia após dia, sem ter muito o que esperar da vida. Dar conta de tudo é tão mais fácil quando você tem alguém ao seu lado, alguém que te traz alegria. Nunca duvide do que você trouxe para a minha vida. Eu sei que não estamos juntos há tanto tempo assim, mas faz muito tempo que não me sinto feliz desse jeito.

Ela parecia estar prestes a chorar.

— Você sabe que não precisa dizer essas coisas para tirar a minha roupa, não é? — Ela deu um tapa brincalhão em meu ombro. — Mas, sério, obrigada por dizer isso. Eu me sinto tão sortuda por ter conhecido você. Essa é a primeira vez em eras que eu não mudaria nada na minha vida.

Segurando seu rosto entre as mãos, inclinei-me para frente, tomei sua boca na minha e fechei os olhos, deleitando-me com cada movimento das nossas línguas, cada sabor. Eu não queria que nada mudasse. Tudo estava perfeito como estava, sem nada acontecendo para virar nossos mundos de cabeça para baixo.

Impulsivamente, ergui Sadie e a carreguei até seu quarto, colocando-a na cama. Ela trouxe as mãos até minha cintura, desfazendo a fivela do meu cinto e abrindo a minha calça. Meu pau rígido saltou para frente quando abaixei a cueca boxer e deitei-me sobre ela. Em questão de segundos, ela abriu bem as pernas e deslizei para dentro dela.

Fazer sexo com Sadie era diferente a cada vez. Às vezes, era bruto; outras, era lento e sensual. Dessa vez, era pura paixão, uma manifestação das palavras que eu havia acabado de admitir para ela minutos antes. A sensação de sua carne quente em volta do meu pau era, como sempre, quase demais para aguentar. Durei apenas alguns minutos antes de perder o controle, esvaziando meu gozo dentro dela mais rápido do que queria.

— Merda. Me desculpe — eu disse, ainda movimentando-me, entrando e saindo dela.

Fiquei satisfeito ao sentir seus músculos se contraírem em torno do meu pau segundos depois. Não havia nada mais lindo do que senti-la gozando em mim.

Com meu pau ainda enterrado nela, murmurei contra seu pescoço:

— Como eu conseguia fazer alguma coisa antes de você?

— Espero que nunca tenha que se lembrar. — Ela sorriu.

Ficamos abraçados por um bom tempo, e Sadie acabou caindo no sono. Seu dia devia ter sido longo. Meu plano era estar em casa às onze da noite, quando pediria um Uber para levar Magdalene para casa.

Eram nove da noite, e eu não sabia por quanto tempo Sadie dormiria. Eu sabia que essa talvez fosse a minha única oportunidade de fazer algo que eu realmente precisava fazer, por mais que parecesse errado e eu não quisesse.

Lenta e cautelosamente, me levantei da cama e fui até sua cozinha, olhando em volta. Encontrei uma caixa de saquinhos *ziplock* e peguei dois.

Entrando em seu banheiro o mais silenciosamente possível, peguei sua escova de dentes antes de guardá-la dentro de um dos saquinhos. Abrindo uma gaveta, peguei um punhado de cabelos de sua escova e coloquei no outro saquinho. Pelo que eu entendia, era preciso cabelos arrancados da raiz para fazer um teste de DNA, então eu duvidava que serviria, mas esperava que pelo menos a escova de dentes fosse suficiente.

*Jesus.*

*Estou mesmo fazendo isso?*

Me senti um ladrão.

Um pouco de cabelo e uma escova de dentes usada podiam não ter um valor monetário, mas, mesmo assim, o que eu fiz foi furto — furtei o direito de Sadie à sua privacidade. E estava me sentindo um merda desde o momento em que fiz isso.

No saguão da agência dos correios, mantive a cabeça baixa ao me recostar contra o balcão e soltar uma respiração trêmula. Eu tinha acabado de enviar para um laboratório as amostras que coletei para o teste de DNA e não conseguia sair dali e ir para casa. Minha cabeça latejava, meu peito parecia apertado, e estava com uma sensação ruim na boca do estômago. Normalmente, eu tomava um analgésico para dor de cabeça, mas naquele momento eu não merecia um alívio. Eu era um merda que merecia sentir como se alguém estivesse enfiando lâminas em minhas têmporas.

Mesmo que eu estivesse me sentindo mal sobre o que tinha acabado de fazer desde o dia anterior, isso não me impediu de ser a primeira pessoa na fila quando o correio abriu naquela manhã.

Quando Sadie me contou sobre sua doação de óvulos, disse que nunca quis saber quem eram os receptores de sua generosidade. Na verdade, ela certificou-se de que todo o processo fosse anônimo antes de fazê-lo. E, por alguma razão, eu achava que ela nunca havia entrado em contato com seus próprios pais biológicos. Pelo menos, ela nunca mencionou isso, então, eu tinha quase certeza de que ela não queria saber se tinha algum filho por aí.

Mas eu *tinha* que saber.

Além disso, quais eram as chances de Sadie ser a nossa doadora? O centro de fertilidade não nos disse sequer de que estado a pessoa era, somente que era cidadã dos Estados Unidos. Há mais de 300 milhões de pessoas nesse país. Eu teria mais chances de ganhar na loteria. Sadie provavelmente pensaria que eu perdi o juízo por ao menos pensar que isso era uma possibilidade — 300 milhões de pessoas no país, e por acaso a minha filha acabou escrevendo uma carta para sua mãe biológica. Quanto mais eu pensava nisso, mais eu percebia que ela provavelmente teria razão — realmente era loucura minha ao menos considerar que isso aconteceria.

O foda era que, antes disso, eu nunca pensei sobre quem poderia ser a mãe biológica da minha filha, mesmo que eu soubesse que ela estava por aí em algum lugar. Pensei muito sobre isso durante as últimas 48 horas. Por que eu estava tão determinado a querer saber agora, quando passei anos sem ter o mínimo interesse? A resposta era óbvia: porque era Sadie. Mas qual era a minha esperança quanto a esse resultado?

Eu queria que Sadie fosse a mãe biológica de Birdie?

Ou eu queria voltar a não saber quem era a doadora dos óvulos?

Esses questionamentos eram os que mais me atormentavam. Lá no fundo, mesmo que eu não quisesse admitir, acho que uma parte de mim queria que Sadie fosse a mãe de Birdie. Minha filha perdera a mãe quando era tão pequena, e eu faria qualquer coisa para que ela pudesse ter a mãe novamente. Mas essa *qualquer coisa* incluía forçar a mulher que eu amava a reconhecer uma filha que ela nunca planejou conhecer?

Pisquei algumas vezes.

*A mulher que eu amava.*

Eu amava Sadie?

Deixei os ombros caírem e soltei um suspiro pesado de derrota.

*Merda.*

Eu a amava.

Eu me apaixonei por ela, porra.

Ótimo. Que ótimo. Eu tinha acabado de trair a mulher que amava.

Eu tinha quase certeza de que nunca me perdoaria. Mas tudo bem. Eu merecia me punir pelo que tinha feito... e mais um pouco. Isso nem era uma questão. O que realmente importava era: Sadie me perdoaria?

# Capítulo 26
## Sadie

Sebastian vinha agindo estranho nos últimos dias.

Ele estava mais quieto do que o normal e parecia muito distraído. Esta noite, fiz o jantar para ele e Birdie em sua casa e, em seguida, nós três levamos Marmaduke ao parque de cães. Como de costume, Birdie falou sem parar, mantendo-nos entretidos com histórias sobre coisas que aconteceram na escola. Mas depois que ela foi para a cama, ficou bastante perceptível o quanto Sebastian estava com a mente distante.

Eu tinha acabado de lhe contar sobre um artigo que estava trabalhando para a minha coluna, no qual eu entrevistaria homens e mulheres após seus primeiros encontros às cegas uns com os outros e veria o quanto suas respostas a uma lista de perguntas seriam diferentes umas das outras. Frequentemente, uma pessoa acha que tudo correu muito bem, enquanto a outra vai embora achando que o encontro foi um fracasso completo. Fiquei tagarelando por uns dez minutos, e minha intuição me disse que Sebastian não tinha ouvido uma palavra. Ele estava olhando diretamente para mim, mas seus olhos não estavam focados. Então, decidi testar o quão longe sua mente havia ido.

— Então... — eu disse. — Achamos que seria interessante se eu fizesse as perguntas pós-encontro pelada. Sabe, para manter o artigo interessante e tal.

Parei de falar e esperei Sebastian responder. Ele piscou algumas vezes, e parecia estar descobrindo somente naquele instante que era sua vez de falar.

— Oh. Parece ótimo.

Franzi a testa.

— Sim, é perfeito. Só vou transar com dois deles, três no máximo. Então, não se preocupe.

Ele começou a assentir.

— Ok, que bom... espere... o que você acabou de dizer?

— Oh, olá, Sebastian. Que legal da sua parte juntar-se a mim nessa conversa.

— Do que você está falando?

Revirei os olhos.

— Estou falando que você não ouviu uma palavra do que eu disse na última meia hora. A sua mente está obviamente em outro lugar. O que está havendo com você? Está tudo bem?

Ele baixou o olhar.

— Sim. Está tudo bem. Só estou com muita coisa na cabeça.

— Tipo o quê?

Ele continuou a evitar contato visual.

— Eu... hã... ainda não contratei um novo gerente para o restaurante.

Eu sabia que aquilo era puro papo-furado.

— Olhe para mim.

Seu olhar se ergueu para encontrar o meu.

— O que mais está acontecendo? — perguntei. — Sinto que há algo além do trabalho te incomodando.

Os olhos de Sebastian desviaram dos meus, e ele balançou a cabeça. Ele tentou manter contato visual, mas não conseguiu. Esse homem não sabia mentir. Desde que ele notou a cicatriz da minha cirurgia do apêndice, começou a agir estranho. Isso não devia ser coincidência. Eu tinha a sensação de que sua mudança de humor tinha algo a ver com a conversa que tivemos sobre os meus óvulos. Para ser honesta, desde que conversamos, eu também não conseguia parar de pensar nessas coisas.

Peguei sua mão.

— Você ficou chateado com aquilo que te contei naquele dia? Sobre coletar meus óvulos e doar alguns?

Sebastian arregalou os olhos, mas, de novo, os desviou rapidamente antes de balançar a cabeça.

Sua reação basicamente confirmou que esse era o problema, mas, por alguma razão, ele ainda não queria admitir. No ano anterior, fiz um artigo de relacionamentos intitulado *Fator Decisivo*, no qual entrevistei algumas centenas de homens e mulheres solteiros para saber que coisas arruinariam um relacionamento em potencial com alguém que eles tinham gostado muito. Os dois lados listaram crenças espirituais em algumas respostas. Eu sabia que Sebastian era católico, e a Igreja Católica era contra fertilização in vitro, então talvez fosse isso. Ou talvez o fato de que eu havia basicamente entregado meus óvulos para uma completa estranha o tenha assustado um pouco.

— Você... tem crenças religiosas contra inseminação artificial?

Sebastian franziu as sobrancelhas.

— Crenças religiosas? O quê? Não. Claro que não.

— Então, qual é o problema? Você não parece mais o mesmo desde que conversamos sobre isso.

Ele suspirou e me puxou para um abraço.

— Desculpe. Não tive a intenção de fazê-la sentir que disse ou fez algo errado. Acho que o que você fez, ter coletado seus óvulos para evitar um possível problema de concepção natural no futuro e doado alguns em homenagem à sua mãe, foi extraordinário.

Afastei-me para olhá-lo nos olhos.

— Você acha? Tem certeza?

Ele assentiu.

— Foi um ato altruísta. Ficar sabendo disso só confirmou que você é, sem dúvidas, uma das pessoas mais bondosas e caridosas que já conheci na minha vida.

Soltei um suspiro.

— Fico tão feliz por você se sentir assim. Achei mesmo que, talvez, isso tivesse te feito pensar menos de mim.

— Por que raios eu pensaria menos de você pelo que fez?

— Não sei. Acho que eu estava com medo de que você achasse estranho eu ter doado meus óvulos, que poderiam muito bem resultar em uma criança. — Balancei a cabeça. — Sabe, o fato de que existe a chance de eu ter filhos por aí com os quais não tenho nada a ver.

Sebastian ficou quieto por um momento antes de falar novamente.

— E se... com todos os testes genéticos que se tornaram comuns nos dias de hoje... e se você descobrisse que tem um filho ou filha em algum lugar? Você iria querer conhecê-los?

Balancei a cabeça.

— Não sei. Acho que eu deixaria a criança decidir. Como alguém que foi adotada, eu nunca quis conhecer meus pais biológicos. Muitas crianças adotadas têm um senso de abandono e ressentimento em relação aos pais biológicos, mas eu nunca tive. Por mais estranho que pareça, não vejo a decisão que a minha mãe biológica tomou como algo que teve a ver comigo. Eles nem sabiam ainda quem eu era, então não levo para o lado pessoal. No entanto, eu não menosprezaria alguém que se sentisse assim. Acho que, se algum dos meus óvulos tivesse se tornado uma pessoa, e ele ou ela quisesse me conhecer, eu ficaria bem com isso. Mas a decisão deveria ser da criança, quando for madura o suficiente para tomá-la. Não minha.

O rosto de Sebastian estava muito sério, mas ele balançou a cabeça.

— Você é uma pessoa linda, Sadie. De verdade.

Dei risada.

— Disso, eu não sei. Mas me sinto bem com o que fiz. Então, estou aliviada por você não ter se chateado com isso. Mas, se não é isso, eu gostaria muito de saber o que anda te incomodando.

Sebastian sacudiu a cabeça.

— Não é nada. Mas você tem razão... tenho mesmo andado meio fora de órbita nos últimos dias. E sinto muito por isso. Não quis preocupar você.

— Tudo bem. Todos temos altos e baixos. Só espero que você saiba que estou aqui para ouvir, se quiser conversar sobre o que está na sua cabeça. Não importa o que seja.

Sebastian pousou as mãos em minhas bochechas.

— Eu sei. E é por isso que sou louco por você.

Sorri.

— Eu também sou louca por você.

Tudo pareceu voltar ao normal depois daquilo, embora Sebastian tivesse que trabalhar ainda mais do que o normal, já que ele estava sem gerente no restaurante. Acho que fazia sentido isso estar pesando em sua mente. Como ele estava tão ocupado, voluntariei-me a ajudar mais com Birdie, para que Magdalene não tivesse que trabalhar oitenta horas por semana. Naquela noite, fui para a casa dos Maxwell direto depois do trabalho. Cheguei com um kit de artesanato para Birdie e eu, pensando que, já que era sexta-feira, ela poderia ficar acordada até um pouco mais tarde. Nos sentamos à mesa de jantar depois de comermos, fazendo pulseiras da amizade. O kit vinha com cordões coloridos suficientes para fazer dez. Birdie estava em sua segunda pulseira e já tinha aprendido a tecê-las direitinho.

— Uau. Essa está ficando linda — eu disse.

— Estou fazendo essa para a minha melhor amiga.

Sorri.

— Ela é uma garota de sorte. Sabe, quando eu tinha a sua idade, fazíamos pulseiras da amizade com broches e miçangas. Todos entregavam para seus melhores amigos da escola. Então, eu fiz uma e dei para o meu amigo Darren. Ele era meu vizinho, e brincávamos juntos depois das aulas todos os dias.

Birdie deu risada.

— O seu melhor amigo era um menino?

— Bom, eu pensei que sim. Mas, quando me aproximei dele na escola para lhe dar a pulseira que fiz, ele estava com os amigos, e agiu todo estranho comigo. Ele enfiou a pulseira no bolso e fez parecer que não fazia ideia de por que eu havia lhe dado. Aparentemente, não era maneiro um garoto ser melhor amigo de uma garota, e eu era a única que não sabia disso.

— Você ficou triste?

Assenti.

— Sim. Durante os dias seguintes, ele ficou me perguntando se eu queria brincar, e eu disse que não. Acho que ele cansou de não ter alguém com quem brincar, porque, uma semana depois, começou a usar a pulseira na escola. Nunca falamos sobre isso, mas comecei a brincar com ele de novo.

— Eu vou dar a primeira pulseira que fiz para o Jonathan, da escola.

— Ah, é? Ele é o seu melhor amigo?

— Não. Mas Suzie Redmond gosta dele, e ele disse ao Brendan Andrews que não gosta dela, porque gosta de mim.

Nossa. Garotos? Já? Ela só tinha dez anos.

— Você... também gosta do Jonathan?

Birdie torceu seu narizinho fofo.

— Não mesmo. — Ela deu de ombros. — Além disso, o papai disse que não posso gostar de garotos antes de fazer trinta anos, de qualquer forma.

Dei risada. Isso parecia mesmo algo que Sebastian diria. Estranhamente, eu meio que estava concordando com ele nisso.

— Posso te perguntar uma coisa, Sadie?

— Claro, qualquer coisa.

— O papai é seu namorado, não é?

— Sim... acho que é. Por que pergunta?

— Então... se o papai é seu namorado e eu te chamo de Sadie, do que eu te chamaria se você e o papai se casassem, um dia?

Minhas mãos, que estavam tecendo uma pulseira, congelaram.

— Hummm. O seu pai e eu não vamos nos casar tão cedo.

— Eu sei. Mas, se vocês casarem, do que eu te chamaria? Eu ainda te chamaria de Sadie?

Deus, eu não fazia ideia de qual era a resposta certa para aquela pergunta.

— Não sei bem, querida. Acho que você, o seu pai e eu nos sentaríamos para conversar sobre isso juntos. E provavelmente, seria o que você se sentisse mais confortável em me chamar.

— Mas você seria minha mãe, não é?

Um peso se instalou no meu peito. Isso... era por *isso* que eu sempre me senti tão conectada a Birdie. Eu sabia como era ansiar por uma mãe.

— Bom, a sua mãe sempre será sua mãe. Tecnicamente, se o seu pai e eu nos casássemos, eu seria sua madrasta. Mas não tenho que estar casada com o seu pai para que você seja especial para mim. — Inclinei-me e passei a mão pelos cabelos de Birdie. — Você sabe que é especial para mim, não sabe, Birdie?

Ela forçou um sorriso, mas pude ver que ainda estava inquieta.

— Qual é o problema, querida?

— Bom, mas e se você e o papai não se casarem e você conhecer outro homem e casar com ele?

— Oh, meu amor. — Balancei a cabeça. — Por favor, não se preocupe com isso. — Dizer que eu sempre estaria ao lado dela estava na ponta da minha língua. A conexão que eu sentia com Birdie era forte a esse ponto. Mas, honestamente, esse tipo de compromisso era algo que eu precisava discutir com Sebastian antes de fazer. Não queria fazer uma promessa importante para ela a menos que soubesse que poderia cumpri-la. — Podemos falar sobre isso em alguma outra noite? Quero pensar sobre as perguntas que você me fez. Porque são perguntas importantes, e eu quero te dar as respostas certas.

Birdie sorriu.

— Claro. — Ela voltou a tecer sua pulseira da amizade e, então, parou de novo. — Sadie?

— Sim, querida?

— Já que você vai pensar, tenho outra pergunta.

Ai, ai.

— Claro. O que é?

— Como o Papai Noel vai conseguir entrar na nossa casa? O papai coloca aquelas capas na nossa chaminé para os esquilos não entrarem, lembra?

Dei risada.

— Você está cheia de perguntas difíceis hoje. Vou pensar um pouco nessa também.

E simples assim, nossa conversa séria acabou e as coisas voltaram ao normal. Uma hora depois, guardamos os materiais das pulseiras e Birdie foi se aprontar para dormir. Ela escovou os dentes, vestiu seu pijama e voltou carregando uma das pulseiras que fez.

— Essa ficou muito bonita. Acho que é a minha favorita das cinco que você fez. Você disse que é para a sua melhor amiga, não foi?

Ela assentiu.

— Qual é o nome dela?

Birdie estendeu a pulseira para mim.

— O nome dela é Sadie, bobinha. É para você.

— Ei, dorminhoca. — Sebastian afastou uma mecha de cabelo do meu rosto. Eu devia ter adormecido no sofá enquanto assistia TV.

Estiquei os braços acima da cabeça.

— Que horas são?

— Quase uma da manhã. Me desculpe. Eu realmente preciso encontrar um novo gerente. Não posso continuar fazendo isso com você e Magdalene.

Sentei-me e esfreguei os olhos.

— Tudo bem. Eu não me importo.

— Eu sei que não. Mas odeio que você vá embora a essa hora da noite. Na verdade, eu estava pensando mais cedo... Magdalene já dormiu aqui antes, em noites em que tive algum evento ou uma emergência no restaurante. Ela dormiu no sofá-cama do meu escritório. E se eu conversasse com Birdie e dissesse que você vai passar a noite aqui, de vez em quando, pelo menos nas noites em que eu tiver que trabalhar até mais tarde? Eu durmo no escritório e você pode ficar com o meu quarto.

— Pode ser uma boa ideia. Mas ela não poderia acordar sabendo que eu estava na cama com você.

Ele assentiu.

— Eu sei. Vou falar com ela amanhã. — Sebastian notou a pulseira em volta do meu pulso e enganchou o dedo nela, puxando levemente. — Joia nova?

— Birdie e eu fizemos pulseiras hoje. Ela me disse que estava fazendo esta para sua melhor amiga, e então, antes de ir dormir, ela a trouxe e me deu.

Ele sorriu.

— Minha filha tem um bom gosto para mulheres. Puxou ao pai.

— É. Achei um amor. Ela puxou uma conversa interessante esta noite.

— Ah, é? Sobre o quê?

— Bom, primeiro quis saber do que ela me chamaria se nós nos casássemos.

Sebastian ergueu as sobrancelhas.

— Merda. O que você disse?

— Eu meio que desviei. Disse a ela que se isso acontecesse, nós três sentaríamos e conversaríamos sobre isso.

Sebastian passou uma mão pelos cabelos.

— Bem pensado. Ainda bem que ela perguntou a você, e não a mim.

— Depois, ela me perguntou o que aconteceria se nós terminássemos e eu conhecesse outro homem e casasse com ele.

Ele franziu a testa.

— Ela sabe de alguma coisa que eu não sei?

Dei risada.

— Não. Mas acho que ela queria que eu fizesse um compromisso com ela e dissesse que continuaríamos amigas, ou o que quer que sejamos, mesmo se as coisas não derem certo entre mim e você. Perda é algo que obviamente pesa muito nela. Por alguma razão, ela se preocupa com a possibilidade de me perder também.

Sebastian suspirou.

— Você é a primeira mulher com quem ela se conectou desde que a mãe morreu.

Assenti.

— É. Percebi isso. Por isso pensei que seria melhor discutirmos isso um pouco antes que eu fizesse qualquer promessa a ela.

O olhar de Sebastian ficou sério.

— Você quer prometer a ela que vocês sempre serão amigas, independente do que aconteça entre nós?

Assenti.

— Sim. Sei que só a conheço há poucos meses, mas ela é muito especial para mim. Eu a amo, Sebastian. Então, se você concordasse em me deixar manter contato com ela, se terminássemos algum dia, não importa o que acontecesse... mesmo se, digamos, você comece a namorar outra pessoa e ela não goste da presença da sua ex-namorada na sua casa... eu gostaria de fazer a promessa de sempre estar lá para ela.

Sebastian engoliu em seco. Seus olhos ficaram marejados e ele segurou minhas bochechas.

— Sadie Gretchen Bisset Schmidt, eu te amo pra cacete. Já faz um tempo que sei disso, mas era covarde demais para admitir para mim mesmo. Enquanto isso, você e a minha filha de dez anos são completamente destemidas ao dar amor. — Ele balançou a cabeça. — Vocês duas me colocam no chinelo. Queria ter metade da coragem que vocês duas têm.

Meu coração acelerou e um calor se espalhou em meu peito.

— Você me ama mesmo?

— Sim. Eu te amo, Sadie.

Cobri meu coração com a mão.

— Eu também te amo, Sebastian. E eu também já sabia disso há um tempo. Na verdade, posso te provar isso.

Os cantos dos lábios dele se repuxaram.

— Como?

Sorri de orelha a orelha.

— *Ich liebe dich!*[1]

---

[1] Em tradução livre, Eu te amo, em alemão. (N.E.)

# Capítulo 27
## Sebastian

Na manhã de sábado, a campainha tocou assim que eu estava prestes a sair para o trabalho.

— Eu atendo, Magdalene!

Um rapaz usando uniforme do serviço de entregas estendeu um tablet para mim.

— Sebastian Maxwell?

— Sim.

— Assine aqui, por favor.

Rabisquei meu nome, presumindo que eram os novos iPads que pedi para o restaurante. Nosso sistema era todo eletrônico, e como quebramos outro havia dois dias, estávamos com apenas um. Depois que assinei, o rapaz me entregou um pequeno envelope.

— Tenha um bom dia.

— Você também — eu disse.

Fechei a porta e comecei a voltar para dentro de casa, ainda sem saber o que tinha em mãos. Até que vi o logotipo na embalagem.

*Puta merda.*

Paralisei em meio a um passo.

Eu conhecia aquele logo.

*O laboratório.*

Mas eles disseram que demorava de sete a dez dias úteis para receber o resultado, e nem havia se passado uma semana inteira ainda. Um sensação de pavor sufocante tomou conta de mim.

*Porra.*

Encarei o envelope. Minha vida inteira poderia virar de ponta-cabeça dependendo do que havia dentro dele. Senti-me mal, completamente enjoado.

Birdie chegou saltitando ao vestíbulo onde eu ainda estava. Ela viu minha expressão e olhou para o envelope.

— O que é isso?

— Hã... nada. — Enfiei-o no meu bolso de trás. — Só uma conta de uma coisa que mandei entregar no restaurante.

— A Sadie virá hoje à tarde, não é, papai?

Meu peito doeu por meramente pensar em Sadie perto desse envelope.

— Sim, querida. Ela disse que chegará lá pelas cinco.

— Podemos ir jantar no restaurante?

Eu não fazia ideia de como seria capaz de olhá-las no rosto quando esse momento chegasse. Ainda assim, confirmei com a cabeça.

— Claro. Se a Sadie concordar. Vocês sempre são bem-vindas.

Birdie começou a pular.

— Vou perguntar à Sadie se poderemos nos vestir bem chiques!

Sorri e curvei-me para dar um beijo no topo de sua cabeça.

— Ok. Eu preciso ir. Nos veremos mais tarde, então.

— Eu te amo, papai.

— Eu também te amo, minha pequena Birdie.

Quando Sadie e Birdie chegaram ao Bianco's, eu estava um desastre. Incapaz de me concentrar, minha presença não estava sendo útil a ninguém. Ficava dando instruções erradas, e o candidato a gerente que eu estava treinando deve ter pensado que eu estava drogado.

Sadie acenou para mim ao serem conduzidas pela hostess até uma mesa perto de uma das lareiras. Meu coração quase explodiu no peito quando olhei para elas — minhas duas garotas. Elas estavam arrumadas como se fossem a um baile. O cabelo loiro de Sadie estava preso em um coque alto, expondo seu pescoço. Nunca o vira assim antes. Por mais fodido que eu estivesse, imaginei-me afundando os dentes em sua pele.

E Birdie. Minha filha estava adorável. Seu cabelo estava com um penteado exatamente igual ao de Sadie, com a diferença de que ela estava usando uma tiara de princesa. Sadie usava um vestido preto longo, enquanto Birdie usava um vestido roxo com babados.

— Olhem só para vocês, lindas damas. Você não estava brincando quando disse que Sadie ia arrumá-la bem chique.

— Às vezes, uma dama precisa viver como a princesa que é. — Sadie piscou para Birdie.

— Nós não estamos lindas, papai?

— É melhor você colocar um guardanapo por cima desse vestido lindo, Birdie. Eu sei como você se suja toda quando come o seu macarrão à bolonhesa.

Respirei fundo. A ansiedade em meu peito estava começando a crescer novamente. Sempre que pensava no envelope que estava guardado no fundo do meu closet, onde guardava CDs antigos, eu surtava. Eu não o abri. Não estava pronto para isso. Como se não bastasse, quanto mais eu pensava nele, mais me dava conta de que era uma enorme violação da privacidade de Sadie. Eu ainda não tinha ideia do que fazer. Mas isso estava me corroendo, e eu sabia que não aguentaria por muito tempo.

Enquanto ruminava bem na frente da minha namorada e da minha filha, estava aparentemente falhando na minha tentativa de esconder meu pânico contínuo.

Uma expressão preocupada surgiu no rosto de Sadie.

— Seb, você está bem?

Pisquei várias vezes.

— Sabe... não estou me sentindo muito bem.

*Não era uma mentira.*

Puxei uma cadeira e sentei-me com elas, bebendo de uma vez a água que havia sido colocada diante de Sadie.

Ela colocou a mão na minha.

— É estresse. Você tem andado tão preocupado com a falta de funcionários. Eu sei que isso está te deixando mal.

— É. Provavelmente é isso. — Pousei minha outra mão sobre a sua e apertei, forçando um sorriso para aliviar sua preocupação.

Ela sentiu minha testa.

— Você está gelado. Não acho que esteja com febre.

Birdie fez beicinho.

— Papai, você pode parar de trabalhar e comer com a gente? Aposto que vai se sentir melhor depois de um prato bem grande de Macarrão à Bolonhesa da Birdie.

Eu precisava me recompor. Precisava sentar e ter um jantar normal com elas e, discretamente, descobrir como lidar com a situação sem me entregar.

*Recomponha-se.*

— Sabe de uma coisa? Acho que esse deve ser o remédio que preciso. Deixe-me ir entregar os pedidos na cozinha. — Virei-me para Sadie. — O que vai querer, linda?

Ela olhou para Birdie e sorriu.

— Que tal triplicar o Macarrão à Bolonhesa?

Assenti.

— Três pratos de Macarrão à Bolonhesa da Birdie saindo.

Ao ir para a cozinha para fazer os pedidos, inspirei profundamente, aproveitando o momento em que não precisava olhar Sadie nos olhos. Ali de pé, em meio ao caos da cozinha, ouvindo os sons de panelas batendo, vendo o vapor emanar do fogão, todos os sons se amplificaram. Até mesmo a salada sendo cortada soava como pancadas na minha cabeça. Estava ficando cada vez mais claro que eu não podia lidar com isso sozinho. Meu medo não era em relação ao resultado do teste de DNA. Era de perder Sadie pelo que fiz, por ter furtado suas coisas. Eu sabia que precisava contar a ela antes de abrir aquele envelope. A escolha não era minha. Era de Sadie. Era toda dela.

Limpando suor da minha sobrancelha, respirei fundo e voltei para a mesa.

— O jantar deve ficar pronto em breve. — Sorri, olhando para as duas.

— Ok. — Sadie estendeu a mão por cima da mesa e segurou a minha, oferecendo a outra para minha filha. — Birdie, querida, eu quero conversar com você sobre uma coisa.

Birdie colocou sua mão na de Sadie.

— Você vai me dizer que não poderemos comer sobremesa? Porque eu não consigo parar de pensar nos biscoitos arco-íris que eles fazem aqui. Eles são tão macios com um tipo de geleia no meio, e por fora é todo feito de chocolate. Eu ia perguntar se poderia comê-los antes do jantar, mas achei que o papai diria que não.

Sadie deu risada e balançou a cabeça.

— Definitivamente não era o que eu ia dizer. Mas já que estamos falando sobre biscoitos arco-íris, acho que deveríamos pedir duas porções deles. — Sadie olhou para mim, sorriu e apertou minha mão. — O que eu queria falar com você era sobre uma coisa que você me perguntou outro dia. Você perguntou o que aconteceria se o seu pai e eu terminássemos. Pensei bastante sobre essa pergunta, e até discuti com o seu pai sobre ela. Então, pensei em te dar uma resposta melhor, agora que tivemos tempo para pensar. — Sadie me lançou um olhar rápido de novo e, então, inclinou-se mais para Birdie, olhando diretamente em seus olhos. — Não importa o que aconteça entre mim e o seu pai, eu nunca deixarei de ser sua amiga. Então, acho que o que estou tentando dizer é que você meio que está presa comigo, garota. Não importa para onde a vida nos leve, eu sempre vou querer fazer parte da sua. — Sadie olhou para mim. — E o seu pai concorda com isso, não é, Sebastian?

Fiquei emocionado vendo as duas, e tive que pigarrear antes de falar.

— Totalmente. Sadie sempre será bem-vinda na nossa família.

Birdie se levantou da cadeira e ficou diante de mim. Ela baixou a cabeça, encostando o queixo no peito, e pediu:

— Papai, você pode tirar a tiara do meu cabelo para mim?

Franzi as sobrancelhas, mas fiz o que ela pediu. Soltando algumas mechas de cabelo que estavam presas, retirei a coroa brilhante do topo da cabeça da minha filha e entreguei para ela. Ela, então, caminhou até Sadie.

— Essa é a nossa coroa de amigas especiais. É a minha coisa favorita que tenho. Uma vez, eu pensei que a tivesse perdido, aí o meu pai me comprou outra igual. Então, eu tenho duas. Quero que você fique com esta. Significa muito mais do que apenas uma pulseira da amizade.

Sadie abriu um sorriso enorme e baixou a cabeça para Birdie colocar a coroa em seu cabelo. Quando terminou, minha filha praticamente pulou nos braços de Sadie. As duas trocaram um abraço bem longo, e depois,

Birdie voltou a perguntar sobre os biscoitos de sobremesa. Ela queria que eu separasse duas porções antes que eles esgotassem. Mas, enquanto minha filha voltou ao seu normal, senti como se meu mundo tivesse sido completamente abalado, e precisava de uma bebida para me acalmar um pouco. Então, pedi a um garçom que trouxesse uma garrafa de *pinot noir* para mim e Sadie.

Depois, olhei para minhas duas princesas e rezei para que esta noite, depois que Birdie fosse dormir, a revelação que eu faria não me deixasse com apenas uma delas.

Sadie levou Birdie para seu quarto e a ajudou a desfazer seu penteado e a aprontá-la para dormir. Enquanto isso, fiquei andando de um lado para o outro na sala. Sadie ainda suspeitava de que havia algo de errado comigo, apesar dos meus melhores esforços para fingir durante o jantar. Sua conduta claramente demonstrava que ela estava me sacando. Eu apostava que nem precisaria ser o primeiro a começar a falar sobre o meu comportamento assim que ela voltasse do quarto de Birdie. Eu sabia que ela chamaria a minha atenção por isso assim que minha filha estivesse longe o suficiente para não nos ouvir. Sinceramente, eu estava torcendo para que ela fizesse mesmo isso. Porque eu não fazia ideia de como ao menos começaria a abordar o assunto, se ela não o fizesse.

Ainda andando de um lado para o outro na sala de estar, vi Sadie fechar a porta do quarto de Birdie devagar. Ela estava tão linda com seus cabelos agora soltos e ondulados. Seu vestido longo estava um pouco amarrotado. A visão de sua perna exposta através da fenda na lateral conseguiu me deixar excitado, apesar do meu humor.

Sua expressão estava amuada ao se aproximar lentamente de mim. Ela pousou as mãos em meu rosto e me fez olhar bem em seus olhos.

— O que está acontecendo? Estou perdendo você? — ela perguntou. — Isso é demais?

Meu coração afundou conforme fechei os olhos e trouxe suas duas mãos para minha boca.

— Não. Não, Sadie. A última coisa que quero é perder você. Isso eu posso te prometer. — Soltando uma respiração, encontrei a coragem para acrescentar: — Mas acho que há uma boa chance de isso acontecer depois do que estou prestes a te contar.

Uma expressão alarmada surgiu em seu lindo rosto conforme ela se afastou de mim.

— O que é? Você está me assustando.

Segurando sua mão, conduzi-a silenciosamente para meu quarto. Precisávamos estar o mais longe possível do quarto da minha filha para essa conversa.

Após guiá-la até minha cama, liguei o abajur. Deitei-me de frente para ela e entrelacei meus dedos aos seus. Levei alguns segundos para reunir força para colocar as primeiras palavras para fora.

— Você estava preocupada, achando que a minha atitude havia mudado depois que me contou a história sobre a doação de óvulos. Você não estava errada sobre isso. Mas o motivo por trás da minha reação é algo que você não teria como saber.

Ela engoliu em seco, parecendo tanto assustada quanto ansiosa para saber o que eu diria em seguida.

— Ok... — Suas mãos começaram a tremer.

— Eu nunca te contei que... Birdie... bem, ela foi resultado de uma doação de óvulos.

Fiz uma pausa para observar qualquer mudança em sua reação, mas sua expressão permaneceu congelada, com exceção de seus olhos examinando os meus. Ela não pareceu fazer a conexão baseando-se apenas naquela frase. Então, continuei.

— Amanda... assim como a sua mãe... não pôde engravidar naturalmente por causa do seu tratamento de câncer quando mais jovem. Eu sabia disso quando casei com ela, e sempre soube que não importava. Encontraríamos uma maneira de ter um filho, de um jeito ou de outro. Quando ela me contou que preferiria fazer fertilização in vitro com um óvulo doado, tive minhas ressalvas. — Suspirei. — A princípio, eu não conseguia entender como meu esperma e o óvulo de outra mulher fariam o nosso bebê. Mas ela insistiu que nosso bebê fosse parente de sangue de ao menos um de nós e em poder viver a experiência da gravidez. Após muitos debates, concordei.

Parei para analisar o rosto de Sadie. Ela continuava sem se dar conta de nada. Ou, pelo menos, parecia não estar conseguindo absorver direito. Então, prossegui.

— Para ser sincero, vê-la carregando aquela criança foi a coisa mais linda. Quando a gravidez aconteceu e estávamos vivendo aquela alegria, eu soube que havia tomado a decisão certa. Ela estava podendo vivenciar algo que achava que nunca teria a oportunidade. E tudo por causa de uma pessoa altruísta que havia decidido doar parte de si para nós. Foi surreal e incrível. E ficou ainda mais incrível quando colocamos os olhos pela primeira vez em nossa linda filha, que acabou saindo a minha cara. — Dei risada. — Ficou claro desde o início que aquela *era* nossa filha. Não importava como tinha vindo ao mundo biologicamente. Ela era de Amanda. Ela era minha. Ela era nossa. Foi nosso presente de Deus.

Os lábios de Sadie curvaram-se em um sorriso pequeno.

— Isso é lindo.

Pigarreei.

— Então, sabe, eu nunca pensei em contar tudo isso para você. Não queria te dar a impressão de que o modo como Birdie nasceu importava. É claro que eu sabia que era algo que viria à tona, em algum momento. Mas isso só aconteceu depois que você me contou a *sua* história.

Eu intencionalmente parei de falar para lhe dar um momento para absorver tudo.

Segurando suas duas mãos nas minhas, sussurrei:

— Sadie, amor, você está entendendo aonde quero chegar com isso?

Seu rosto ainda estava paralisado, e então, em determinado momento, seus olhos se arregalaram lentamente, desviando para fitar o vazio. Depois, quando ela voltou a olhar para mim, eu soube. As engrenagens finalmente tinham começado a girar em sua cabeça. Ela entendeu aonde eu queria chegar e apertou minhas mãos com mais força enquanto seus olhos saltavam de um lado para o outro.

E então, as palavras finalmente saíram.

— Os artigos... Amanda ter guardado aqueles artigos... meus artigos... você acha... você acha que... ela achava que era... eu? — Seu peito subia e descia com a respiração pesada.

— Eu não sei. Ela nunca me disse absolutamente nada. Se ela procurou a doadora dos óvulos, certamente não queria que eu soubesse.

Sadie expirou, sem soltar as minhas mãos. Eu não conseguia desvendar no que ela estava pensando. Ela parecia estar entorpecida e um pouco assustada. O que fez ser ainda mais difícil admitir o que eu precisava.

— Quando me dei conta dessa possibilidade, Sadie, eu surtei. Decidi que precisava saber a verdade antes mesmo de falar sobre isso com você. Não queria causar um alarme desnecessário. Então, tomei a decisão precipitada de pegar a sua escova de dentes e alguns fios de cabelo e enviá-los a um laboratório junto com o DNA de Birdie.

O rosto de Sadie ficou em um tom de vermelho que nunca vi antes. Sua respiração ficou desenfreada.

— O quê?

— Foi a decisão errada — eu disse. — Eu a tomei em meio ao medo. Não medo do resultado. Mas medo de te perder, Sadie. Eu te amo. E nada me faria mais feliz do que saber que o ser humano amoroso e maravilhoso que doou uma parte de si para nós... também é a mulher que eu amo. Por favor, entenda isso... não tive medo algum da possibilidade da minha filha ser uma parte minha e sua. Mas a decisão de descobrir? Não cabia a mim. Então, eu não abri o envelope. Ainda está selado. E não o abrirei sem a sua permissão. Na verdade, não precisamos abri-lo de jeito nenhum. Isso não irá mudar nada entre nós ou no seu relacionamento com Birdie. Você tem todo o direito à privacidade que lhe foi prometida. E eu quero me desculpar sinceramente por permitir que o meu medo controlasse a decisão que tomei.

Engoli em seco, esperando sua próxima reação.

Ela sentou-se contra a cabeceira da cama.

— O envelope... está... aqui?

Meu coração bateu com força.

— Sim. Recebi o resultado hoje, pelo correio. O rapaz veio me entregar pela manhã, e por isso o meu comportamento no restaurante estava tão errático.

Sua voz estava trêmula quando perguntou:

— Você... acha que sou eu?

— Eu não sei, amor. Juro por Deus que não sei.

— Nós vamos descobrir?

— Eu me senti obrigado a te contar sobre a possibilidade. Mas, no fim das contas, essa não é uma escolha minha. Nunca foi. E quero nunca mais fazer nada que poderia te magoar ou violar a sua privacidade. Rasgarei o envelope com prazer, se isso for o que você quiser. Ou você pode ficar com ele. Podemos abri-lo juntos ou esquecer que ele existe. Não precisamos descobrir. A Birdie ama você. Amanda é a mãe dela. Nada tem que mudar.

Eu odiava ter colocado esse fardo em cima dela. Não sabia mais o que dizer ou fazer. Mas senti o peso sair do meu peito agora que ela sabia a verdade. Eu só não tinha a menor ideia do que ela ia fazer com isso.

# Capítulo 28
## Sadie

Isso parecia um sonho. Enquanto eu continuava sentada de frente para ele, em choque, não conseguia nem me mexer, muito menos saber o que dizer.

Amanda podia ter me seguido. Se ela havia conseguido a minha identidade, como isso foi possível? Fui assegurada de que o processo era anônimo, o que foi o único motivo pelo qual concordei em fazer isso, para começo de conversa.

— Me desculpe... eu... ainda não consegui processar isso — eu disse.

Sebastian se aproximou e me puxou para seus braços. Minha respiração normalizou imediatamente. Apesar da incerteza e do choque, eu me senti segura. Me senti amada. E sabia que não importava o que acontecesse, ele me daria apoio. Saber que ele apoiava completamente qualquer decisão que eu tomasse em relação a isso significava tudo para mim. Porque eu certamente não fazia ideia de qual era a decisão certa.

— Eu não te culpo pelo que você fez — eu falei. — Compreendo o quanto você deve ter surtado.

Ele expirou.

— Obrigado. Agora, estou vendo que deveria ter conversado com você primeiro, mas, naquele momento, achei que talvez eu pudesse resolver logo isso antes de ter que te assustar. — Ele balançou a cabeça. — Mas foi errado. Porque... se... você sabe... no final das contas, você for... não cabe a mim saber primeiro que você. Ou simplesmente saber.

— Eu não sei qual é a resposta certa.

— Você não precisa tomar uma decisão agora. Ou nunca.

Soltei mais uma respiração trêmula, assentindo sem parar.

— Eu sempre me senti tão conectada com ela.

— Eu sei. Essa situação toda... foi como um tipo de mágica desde o início. Mas talvez houvesse mais coisas por trás.

— Suponhamos que Amanda realmente tenha me procurado. Então, existe uma chance de terem dado a ela a informação errada, não é? Ou, talvez... ela simplesmente se identificou com os meus artigos, eles lhe deram esperança, e tudo isso é somente uma coincidência estranha. Quero dizer, eles são artigos públicos. Qualquer coisa é possível, não é?

— Claro. Foi por isso que fiquei em dúvida sobre te contar desde o começo. Achei que era loucura da minha parte ao menos pensar nisso. Parece tão difícil de acreditar.

Uma lágrima finalmente se formou em meus olhos, descendo pelo meu rosto quando a percepção me atingiu em ondas. Não só porque eu não tinha ideia do que fazer, mas também porque me ocorreu que se Birdie *fosse* minha filha biológica, ela era *nossa* filha. Minha e de Sebastian. Feita de nós dois. Havia a possibilidade de eu inadvertidamente ter feito uma filha com o homem que amo antes mesmo de conhecê-lo. As emoções que esse pensamento trouxe foram algumas das mais fortes que eu já senti. Mas, mais forte do que qualquer coisa era pensar que, se isso fosse verdade... como eu poderia dizer a Birdie? Ela já havia perdido a mãe. E isso seria como perdê-la novamente, de certa forma. Para quê? Para que eu pudesse obter algum tipo de validação? Não era justo.

Balançando a cabeça repetidamente, eu disse:

— Eu preciso pensar sobre isso.

— Leve todo o tempo que precisar. Estou falando sério. Podemos fingir que nada disso está acontecendo até lá. Não tenho problema algum em fazer isso. Apenas me diga que isso não irá nos afastar — ele suplicou.

Olhei nos olhos daquele lindo homem diante de mim e lhe dei a segurança de que ele precisava.

— A única coisa da qual *tenho* certeza nesse momento é de que preciso de você mais do que nunca. Eu te amo, Sebastian. Eu te amo tanto.

Ele me puxou para si e falou contra meu pescoço:

— Não quero que você vá para casa esta noite. Preciso de você aqui comigo. Na minha cama. Está na hora.

Eu não ia argumentar. Não conseguia pensar em ir para casa sozinha com o peso dessa decisão me sufocando.

Não transamos naquela noite. Sebastian apenas me abraçou até eu adormecer em seus braços, tão confusa e assustada — mas segura e amada.

Na manhã seguinte, foi como se fosse apenas o começo de mais um dia normal, com nós três sentados à mesa da cozinha tomando café da manhã juntos. Mas a sensação estava longe de ser normal. Eu não conseguia parar de olhar para ela. Seu cabelo loiro... será que tinha herdado de mim? Seu nariz... não era exatamente igual ao de Sebastian. Parecia com o meu?

— Fiquei surpresa em te ver aqui — Birdie disse para mim. — Você nunca está aqui para tomar café da manhã com a gente.

Sebastian pigarreou.

— Sadie passou a noite aqui. O que você acha de ela fazer isso com mais frequência? Talvez aos fins de semana?

Birdie deu de ombros e sorriu.

— Dã!

Sebastian e eu sorrimos um para o outro, e ele estendeu a mão por cima da mesa para segurar a minha.

Eu estava em um completo torpor. Por mais que quisesse acabar com esse dilema, eu sabia que a decisão não viria fácil, ou cedo.

Birdie e eu acabamos levando Marmaduke ao parque depois do café da manhã, curtindo a beleza da cidade nos últimos dias de outono.

Quando voltamos para casa, ficamos sozinhas, já que Sebastian teve que ir para o restaurante. Depois que Birdie foi para seu quarto para ler um livro como tarefa da escola, perambulei pela casa sem rumo, até que parei bem diante de uma das fotos de Amanda no quarto de Sebastian.

Peguei o porta-retratos e fitei seus olhos sorridentes.

Senti um ímpeto natural de falar com ela, mesmo que não estivesse realmente ali para me ouvir.

— Qual era a sua intenção? Por que colecionou aqueles artigos? Estava tentando me encontrar, ou quis deixar uma pista para trás? Estava apenas curiosa em relação a mim? — Suspirei. — Ou talvez tenhamos entendido tudo errado. Queria poder te perguntar o que você gostaria que eu fizesse agora. — Uma lágrima desceu pelo meu rosto.

Se a intenção de Amanda era me encontrar, por que não entrou em contato comigo? Ela sabia que estava morrendo. E aparentemente sabia onde me encontrar. E nunca o fez. Então, por que perseguir meus artigos? Eu nunca poderia saber o que ela queria. Sebastian deixou a decisão para mim. Por um lado, apreciei ele ter feito isso. Por outro, poderia ter sido mais fácil se alguém pudesse me dizer qual a coisa certa a fazer.

— Eu sinto muito, Amanda. Sinto muito mesmo. Espero que você esteja em um lugar melhor. Prometo que cuidarei de Birdie. Eu a protegerei e me certificarei de que ela tenha um bom exemplo feminino. Obrigada por trazê-la ao mundo. E obrigada por me conduzir até Sebastian. Sei que é estranho eu estar te agradecendo por me conduzir até o seu marido. Mas prometo amá-lo, cuidar dele e nunca tentar tomar o seu lugar. Sinto de verdade que você gostaria que ele fosse feliz, mesmo que ele pareça não ter certeza disso. De mulher para mulher, eu sei, no meu coração, que você não iria querer que ele ficasse triste e sozinho.

— Ei.

Sobressaltei-me quando Sebastian entrou no quarto.

— Você voltou cedo — eu disse, colocando a foto de volta no lugar.

— O que você estava fazendo? — ele perguntou.

— Eu estava... falando com Amanda. Pedindo a ela uma orientação. Isso é loucura?

Ele sorriu.

— Faço isso o tempo todo. A porra do tempo todo.

— E ajuda?

— Às vezes, eu a ouço me xingando, me mandando crescer e parar de reclamar para ela. — Ele riu.

— Eu... ainda não sei que decisão tomar ou o que fazer. Acho que realmente preciso de um tempo para pensar.

— Tire todo o tempo que precisar.

— Acho que preciso visitar o meu pai.

— O seu pai sabe que você doou os óvulos?

Assenti.

— Sim. Eu contei a ele antes de fazer. Ele não ficou muito animado, mas entendeu. E, no fim, apoiou minha decisão.

— O seu pai é um bom homem. Talvez ele possa te ajudar a decidir o que é melhor. Acho que é uma boa ideia conversar com ele.

Assentindo, enxuguei os olhos.

— Acho que o visitarei no próximo fim de semana.

Ele me deu um beijo suave na testa.

— Parece um bom plano. Vamos deixar isso quieto, até lá.

# Capítulo 29
## Sadie

— Nossa, que história louca.

Meu pai balançou a cabeça e massageou a nuca. Eu havia acabado de passar uma hora inteira contando toda aquela história inacreditável, desde como acabei conhecendo a família Maxwell por causa dos recortes dos meus artigos que Amanda guardara, ao fato de que eles receberam um óvulo doado. Ele já sabia algumas partes, mas não a loucura completa. Sinceramente, dizer tudo em voz alta fez com que soasse como uma novela. Fazia uma semana desde que Sebastian me contara tudo, e ainda parecia surreal.

— Eu sei. Tantas coisas tiveram que acontecer para virmos parar no ponto em que estamos hoje. Quer dizer, digamos que eu fosse a doadora de óvulos deles e, de alguma forma, Amanda descobriu minhas informações e começou a ficar de olho em mim. Alguém seria o destinatário da minha doação, então essa nem é a parte estranha. Embora, é claro, eu saiba que a doação em si provavelmente não é algo comumente feito. Mas, mesmo que isso tenha acontecido, Birdie ainda teve que encontrar os artigos recortados de sua mãe no fundo de uma caixa e escrever para o Papai Noel por conta própria. E a partir daí, eu tive que decidir começar a brincar de Papai Noel, o que acabou me levando a ser uma intrometida e passar pela casa deles. Birdie teve que perder uma pequena presilha de borboleta no chão, com a qual acabei me deparando. Sem mencionar que, quando tentei devolvê-la, fui acometida por um súbito caso de insanidade e decidi fingir ser uma adestradora de cães... e que adestrava em *alemão*. E não vamos esquecer que a *verdadeira* adestradora teve que coincidentemente não aparecer porque teve uma emergência exatamente no mesmo dia em que passei em frente à casa. E mesmo depois dessa louca cadeia de eventos que, de alguma forma, aconteceram, Sebastian e eu ainda nos apaixonamos. Quais são as chances de todas essas coisas acontecerem, pai?

— Você sabe que eu sou totalmente prático. Acredito que a maioria das coisas da vida vêm das nossas próprias ações. Você não encontra uma nota de cinco dólares no chão porque tem sorte. Você a encontra porque está prestando atenção aos seus arredores. Mas essa história está me fazendo achar que há algo bem maior que isso. A sua mãe era mais religiosa do que eu. Acredito que, se você trabalhar duro, conseguirá colocar comida na mesa para a sua família, enquanto sua mãe acreditava que Deus cuida das pessoas que servem a Ele. Tenho que admitir, querida, que, nesse momento, estou sentindo que talvez eu deva ir à igreja aos domingos.

Sorri.

— O que eu faço, pai? Devo abrir aquele envelope?

— Se você fizesse isso, mudaria alguma coisa?

Pensei um pouco e, então, sacudi a cabeça.

— Eu já amo Birdie, então não vai mudar o que sinto por ela. E não tenho certeza se esse seria o melhor momento para contar a ela. Você e a mamãe nunca esconderam de mim que eu era adotada. Não me lembro de um tempo em que eu não sabia disso. Então, nunca senti como se um dia vocês tivessem puxado o tapete de debaixo dos meus pés ao jogar a bomba de que não eram meus pais biológicos. Eu sempre soube quem eu era, e acho que Birdie sentiria que não sabe mais quem é, se isso faz sentido.

Papai assentiu.

— Foi difícil decidir como lidaríamos com isso. Mas, no fim das contas, sabíamos que a verdade sempre vem à tona. E isso costuma acontecer quando o momento não é favorável. Nós não queríamos que você acreditasse em algo durante a sua vida inteira e, então, descobrisse que tudo que sabia era uma mentira. A sua mãe e eu tivemos medo de que isso te levasse a ter problemas de confiança.

Suspirei.

— É. Isso faz muito sentido, e fico feliz por ter sido assim. Mas, no caso de Birdie, as coisas são um pouco diferentes. Ela já tem dez anos. O fato de que sua mãe não é sua mãe biológica já está escondido há muito tempo. Então, ela não deveria sentir seu mundo virando de cabeça para baixo. E você tem toda razão, ela pode não confiar em mais nada que seu pai, ou mesmo eu, diga para ela depois de saber de tudo isso. É quase como se o estrago já estivesse feito há dez anos. Isso não pode ser mudado.

— Quando nós debatemos como faríamos para te contar ou não, pedimos a opinião da agente de adoção. Sabe o que ela disse?

— O quê?

— Ela disse que se você tiver que sentar com o seu filho ou filha e contar que ele ou ela é fruto de uma adoção, você esperou demais.

Respirei fundo.

— Acho que você tem razão. Como isso já foi escondido dela, o foco precisa ser pensar em qual será o melhor momento para esclarecer as coisas. Seria melhor agora ou quando ela for mais velha? Ou o momento certo não existe?

— Me parece que você já sabe a resposta para essa pergunta.

Abri um sorriso triste.

— É, eu acho que sei. Obrigada, pai.

Ele tocou minha mão.

— Eu quero te mostrar uma coisa. Venha comigo.

Segui meu pai até seu quarto, e ele pegou uma caixa de sapatos antiga de uma prateleira no closet. Ele remexeu dentro dela por um minuto e, então, retirou algo.

— Aqui está. Dê uma olhada.

Era um pedaço de papel amassado com uma frase escrita. Reconheci a letra da minha mãe. Li em voz alta:

— Quando duas pessoas estão destinadas a ficar juntas, Deus faz acontecer.

Ergui o olhar, confusa.

— O que é isso?

— Você sabe que eu estava no exército quando a sua mãe e eu nos conhecemos. Eu tinha vindo para casa de licença e a conheci. Passamos todos os momentos que pudemos juntos por duas semanas, mas então, tive que pegar um voo de volta para o outro lado do oceano. Ainda tinha seis meses a cumprir.

— Sim, eu sabia disso.

Ele pegou o papel da minha mão e sorriu, olhando para ele.

— Nós nos despedimos na manhã em que eu tinha que embarcar. Eu estava louco por ela, mas seis meses era muito tempo. Tive medo de voltar para casa e ela ter seguido em frente. — Papai piscou para mim. — A sua mãe era um partidão, especialmente para um cara mediano como eu. De qualquer forma, nos despedimos, e passei as dezoito horas seguintes viajando de volta para a base. Naquela noite, quando me troquei, esse bilhetinho aqui caiu do bolso da minha jaqueta. A sua mãe o tinha enfiado lá sem que eu soubesse. Eu o mantive comigo todos os dias até poder voltar para ela. — Ele fez uma pausa e olhou para mim. — No dia em que trouxemos você para casa, a sua mãe estava sentada naquela cadeira de balanço que tanto adorava, segurando você nos braços. E eu não conseguia parar de olhar para ela.

Meu coração apertou. O que ele estava dizendo era tão lindo, mas também me deixou triste. Apoiei a cabeça no ombro do meu pai e olhei para o papel com ele.

Ele pigarreou.

— Enfim... a sua mãe me flagrou olhando para ela e me perguntou o que raios eu estava fazendo. Sabe o que eu disse?

— O quê?

— Quando duas pessoas estão destinadas a ficar juntas, Deus faz acontecer.

Engoli e senti gosto de sal na garganta.

— *Ah, pai...*

Ele dobrou o pedaço de papel e o colocou em meu bolso.

— Fique com isso. Compartilhe essa sabedoria com seus filhos, um dia. Seja Birdie ou alguma outra criança sortuda.

Naquela noite, não consegui dormir. Então, mandei uma mensagem para Sebastian e perguntei se podia ir à sua casa quase onze da noite.

— Oi. — Ele abriu a porta antes que eu batesse.

— Como você sabia que eu estava aqui?

Sebastian sorriu.

— Eu estava olhando pela janela esperando o seu Uber chegar.

— Oh. Ok. — Retirei meu casaco e o pendurei em um dos ganchos da entrada. — Desculpe por vir assim tão tarde.

Quando virei, Sebastian imediatamente me puxou para um abraço.

— Estou feliz por você estar aqui. — Ele beijou o topo da minha cabeça. — Só espero que a urgência que senti na sua mensagem não tenha sido porque você precisava vir aqui me dar um pé na bunda e acabar logo com isso.

Afastei-me.

— O quê? Não! Por que você acharia isso?

Ele soltou uma respiração trêmula.

— Não tive muitas notícias suas nos últimos dias. Achei, talvez, que você tivesse caído em si.

Abri um sorrio triste.

— Me desculpe. Eu só precisava de um tempo para pensar.

— Claro. Venha, você quer um chá ou alguma outra coisa?

Neguei com a cabeça.

— Não, obrigada. — Entramos em sua sala de estar silenciosa. — Birdie está dormindo, certo?

— Sim. — Ele ergueu seu pulso, onde havia uma pulseira da amizade. — Ela me fez levá-la para comprar outro kit, e depois ficou me interrogando querendo saber se o Papai Noel realmente existia enquanto me ensinava a fazer esses trecos. Eu fiz uma para você.

Sorri.

— Fez?

— Sim, mas não se anime muito. Eu sou péssimo nisso.

Dei risada.

— Ok. Bem, o que vale é a intenção.

— Continue pensando assim quando vir o quanto a sua nova joia é malfeita.

Acenei para seu quarto com a cabeça.

— Que tal conversarmos em particular? Caso ela acorde.

— Boa ideia.

Sebastian me conduziu até seu quarto antes de sentar contra a cabeceira de sua cama, e acomodei-me de frente para ele, entre suas pernas. Segurei suas mãos.

— Então, eu tenho pensado bastante, e acho que não deveríamos abrir o envelope.

Ele sustentou meu olhar.

— Tem certeza?

Assenti.

— Eu acho que, a essa altura, a decisão deve ser de Birdie. Quando ela descobrir como foi concebida, pode ou não querer descobrir quem é sua mãe biológica. Eu nunca quis saber quem era a minha, porque tenho a minha família e nunca precisei de mais nada. — Balancei a cabeça. — Talvez a minha decisão tenha sido provinda de uma lealdade aos meus pais. Não sei bem. Mas foi uma decisão minha, e acho que essa tem que ser de Birdie, não nossa.

Sebastian arrastou uma mão pelos cabelos.

— Ok. Mas daremos a ela esse poder de decisão agora?

— No fim das contas, acho que essa escolha é sua, como pai dela. Você a conhece melhor do que ninguém. Eu sinto que seria melhor esperar até ela ficar mais velha. Mas, de verdade, a escolha é sua.

Ele ficou quieto por um bom tempo antes de falar novamente.

— E você? Não vai ser difícil para você, se eu adiar contar isso a ela?

— Às vezes, a coisa mais difícil também é a coisa certa a fazer.

Durante as duas horas seguintes, discutimos os prós e contras de contar a ela agora ou no futuro. Compartilhei minhas opiniões sinceras, e Sebastian me ouviu e me contou todos os seus medos. De uma coisa eu tinha certeza: eu não o invejava por ter que tomar uma decisão tão difícil. As questões mais difíceis sempre são aquelas que não têm uma resposta certa ou errada.

Eventualmente, ele balançou a cabeça.

— Vamos guardar o envelope no meu cofre amanhã. Não sei quando deveríamos contar a ela, talvez quando ela tiver dezoito anos... não tenho certeza. Acho que saberemos o momento certo quando ele chegar. Pelo menos, é o que espero.

Sorri.

— É. Acho que saberemos.

— Mas quero discutir mais uma coisa. Odeio ser mórbido, mas uma das coisas que nós dois aprendemos é que a vida pode mudar em um piscar de olhos. Se alguma coisa me acontecer, e você for a mãe dela... ela deveria ficar com você, Sadie. Atualmente, meu testamento deixa a custódia para Macie.

— Oh, nossa. Ok. É, acho que eu não tinha pensado sobre isso.

— Acho que deveríamos falar com o meu advogado para saber como cuidar disso.

— Faz sentido.

Nossos olhares se sustentaram por um longo tempo.

— Bom, acho que está decidido, então — eu disse.

Sebastian sorriu.

— Acho que sim.

Inspirei profundamente, e meus ombros relaxaram pela primeira vez em dias quando expirei. Ele segurou meu rosto entre as mãos.

— Não sei se foi o destino ou uma série de coincidências loucas que nos juntou. Mas o que quer que tenha me guiado até você não é tão importante quanto o que te manterá comigo. Eu te amo com todo o meu coração, Sadie.

— Eu também te amo.

Ele sorriu.

— Ótimo. Agora... *umdrehen.*

— *Umdrehen?* — Franzi as sobrancelhas. — Está me mandando rolar?

Sebastian fez um movimento repentino e me colocou deitada de costas sobre a cama.

Seus olhos cintilaram.

— Sabe, decidir abrir aquele envelope somente após alguns anos funciona a meu favor de outra maneira.

— Ah, é? Como?

— Vai te dar um motivo para ficar e descobrir a resposta.

Sorri.

— Você quer dizer *outro* motivo para ficar.

Ele pareceu genuinamente confuso.

— Qual é o primeiro motivo?

— Você. Nunca precisei de nenhum outro.

# Capítulo 30

## Sadie

*Quatro semanas depois*

— Café? — Devin entrou em meu escritório e colocou duas pilhas de correspondências envoltas em uma faixa elástica em minha mesa. Cada uma devia ter quase oito centímetros de espessura. Ainda mais cartas que ontem.

Olhei para as pilhas.

— Acho que vou precisar de cafeína para isso. Você pode me trazer o de sempre, um latte de baunilha grande gelado, sem açúcar e com leite de soja?

— Aham. Um copo de café sem graça. É pra já.

Abri a gaveta da mesa e peguei minha carteira. Devin ergueu a mão.

— Não. É minha vez. Volto já. Separe as cartas mais loucas para mim.

Dei risada.

— Sempre.

Dois dias atrás, a revista anunciou que a coluna *Desejos de Natal* começaria na semana seguinte. Nem acreditava em quantas correspondências eu tinha recebido em apenas 48 horas. Uma das nossas estagiárias nos ajudava a separar as cartas. Ela escolhia as que achava interessantes para consideração, mas eu também gostava de abri-las e escolhê-las. Às vezes, era aleatório, talvez as primeiras poucas cartas do topo da pilha e, em outras vezes, eu escolhia pelo sobrenome do remetente ou pelo lugar interessante onde a pessoa morava. Embora a distribuição da revista impressa fosse somente nos Estados Unidos, eu sempre recebia algumas cartas de leitores de outros lugares do mundo. No dia anterior, eu escolhera abrir a carta de Janice Woodcock, porque, bem, quem não ficaria curioso com o que uma mulher com um sobrenome que lembra "pau duro" queria pedir de Natal? Também escolhi uma pessoa que morava em Bacon, Indiana. Porque, bem... bacon.

Recostei-me na cadeira, retirei a faixa elástica de uma das pilhas e comecei a passar os envelopes. Examinando os nomes e endereços, nada estava chamando a minha atenção, até que cheguei a um envelope em particular e congelei.

B. Maxwell.

Puta merda. Birdie escreveu para o Papai Noel de novo?

Abri a carta o mais rápido que pude.

*Querido Papai Noel,*

*Não sei se você se lembra de mim, mas o meu nome é Birdie Maxwell. Escrevi pra você faz alguns meses e pedi pra você trazer algumas coisas pra mim e pro meu pai. Não se preocupe, não vou pedir mais nada. Já tenho o que eu preciso. Mas, na verdade, não acho mais que você é de verdade. Não foi muito difícil de descobrir.*

*Sabe, estamos estudando população na aula de*

história. Minha professora, a srta. Parker, disse que a população do Polo Norte é zero. Ela disse que humanos não conseguem sobreviver às temperaturas de lá, e que lá só vivem algumas baleias. Tem zero pessoas no Polo Norte, onde dizem que você mora!

E aí teve uma história com a Suzie Redmond, da minha escola. Já falei dela pra você antes. Ela viu a mãe dela colocando os presentes debaixo da árvore na manhã de Natal do ano passado. Além disso, se você faz os brinquedos na sua própria oficina, por que as bonecas que ganhei ano passado dizem "Feito na China"? Achei bem estranho.

Ah, e eu fiz as contas. A srta. Parker disse que tem 1,9 bilhão de crianças no mundo morando em mais de 320 milhões de quilômetros quadrados, e uma família média hoje em dia tem 2,67 crianças. Isso significaria que você teria que percorrer mais de 8,18 milhões de quilômetros por hora para visitar todo mundo na véspera de Natal. Como aquele seu trenó velho de madeira conseguiria andar tão rápido?

E ainda por cima, você não consegue entrar pela nossa chaminé! Dã!

> *Então, já que tenho quase certeza de que você não é de verdade, você deve estar se perguntando por que estou escrevendo. Bom, eu decidi que, quando crescer, quero ser escritora, assim como a minha amiga especial Sadie. Às vezes, ela vem na minha casa pra minha babá poder ir embora mais cedo, e a gente fica na mesa de jantar fazendo nossos trabalhos juntas. Agora mesmo, ela está digitando no laptop bem na minha frente, e estou fingindo que estou fazendo a lição de casa. Mas, na verdade, fiz a lição na aula hoje, enquanto a professora estava falando sobre alguma coisa chata, então estou escrevendo só pra praticar.*

Cobri minha boca com a mão e comecei a rir.

Que danadinha. Nós realmente nos sentamos de frente uma para a outra à mesa quando cheguei mais cedo a sua casa e tinha trabalho para terminar. Eu não fazia ideia de que ela não estava fazendo o dever de casa. Ainda rindo, voltei a ler a carta.

> *Então, tudo bem você não ser de verdade. Eu tenho tudo que eu poderia querer na vida. Agora meu pai sorri o tempo todo. E é tudo por causa da Sadie. Ela também me faz sorrir. Mesmo se você fosse de verdade, eu não pediria nenhum presente este ano.*

*Bem, só pediria que a Sadie dissesse sim ao que o papai vai perguntar pra ela no Natal.*

*Com amor,*

*Birdie Maxwell*

Arregalei os olhos.

*Ao que o papai vai me perguntar no Natal?*

Eu estava muito apreensiva na véspera de Natal. Essa talvez fosse ser a noite mais importante da minha vida. Selecionei minha roupa com muito cuidado, escolhendo um vestido vermelho que eu sabia que Sebastian adorava, baseado em quando o usara antes. Se ele ia me pedir em casamento esta noite, eu queria me certificar de que estava vestida para a ocasião.

O plano era que Sebastian, Birdie e eu tivéssemos uma véspera de Natal íntima com a presença do meu pai, que viria de Suffern para passar a noite no sofá-cama do escritório de Sebastian, que servia como um quarto de hóspedes. Eu mal podia esperar para mostrar à Birdie algumas das nossas tradições de Natal e passar uma noite aconchegante em casa com as pessoas mais importantes da minha vida.

Após pegar um Uber para a casa de Sebastian, parei para absorver a noite fria ao sair do carro. Alguns pequenos flocos de neve já estavam começando a aparecer. *Tinha como essa noite ser ainda mais perfeita?* Para completar, também teríamos um Natal com neve? Essa era a última vez que eu estaria aqui nessa calçada como uma mulher que não estava noiva? *Uau. Deixe-me assimilar isso por um momento.*

Apertei meu casaco e olhei para o céu já escuro, agradecendo ao cara lá de cima por fazer essa vida ser possível, por me guiar até essa família e por me presentear com a oportunidade de tê-la como minha.

Sebastian abriu a porta antes que eu tivesse a chance de tocar a campainha.

— O que você está fazendo aí fora no frio, linda?

— Eu só estava agradecendo às estrelas do céu, literalmente, por tudo. Me sinto a mulher mais sortuda do mundo.

Ele acenou com a cabeça.

— Venha cá me dar um beijo.

Assim que subi as escadas, Sebastian me envolveu em seus braços. O calor do suéter que ele usava me trouxe um conforto imediato. Seu cheiro era tão bom, como uma mistura de cedro e sândalo. Ele me beijou intensamente, e pude sentir seu coração batendo no peito. Perguntei-me se ele estava nervoso sobre o que poderia acontecer esta noite.

— Sadie! Você chegou. Já estava na hora! — Birdie veio correndo.

Ela usava o que muitos chamariam de suéter feio de Natal, com gatos na estampa, e duas marias-chiquinhas nos cabelos.

Nós três demos um abraço em grupo.

— Estou tão animada para esta noite — eu disse. — Está pronta para começarmos a fazer as coisas na cozinha?

Birdie bateu palmas e pulou.

— Sim!

Sebastian retirou meu casaco. Ele tirou um momento para olhar com cobiça para o meu vestido e grunhiu sutilmente, balançando a cabeça. Eu estava ansiosíssima para que ele tirasse esse vestido do meu corpo mais tarde. Teríamos que ser mais quietos do que de costume, com meu pai em um cômodo próximo ao nosso, mas de jeito nenhum eu ia ficar sem sexo de véspera de Natal.

Birdie correu para a cozinha na minha frente. A campainha tocou antes que eu tivesse a chance de segui-la.

— Deve ser o meu pai.

Sebastian foi abrir a porta. Meu pai estava usando sua famosa touca de Natal, com abas peludas nas orelhas.

— George! Que bom que chegou em segurança. — Sebastian deu tapinhas nas costas dele.

As bochechas do meu pai estavam vermelhas do frio.

— Como foi a viagem de trem? — perguntei ao puxá-lo para um abraço.

— Tranquila. — Meu pai olhou em volta. — Onde está a Miss América?

— Estou bem aqui! — Birdie disse, voltando da cozinha.

Ela correu para dar um abraço no meu pai.

— Papai da Sadie!

— Feliz Natal, querida. Que maravilha conhecê-la.

Ele a abraçou bem apertado. Eu sabia que o meu pai devia estar pensando o óbvio: que ela poderia ser sua neta.

Sebastian pegou o casaco dele.

— O que gostaria de beber, George?

— Um pouco do ponche de rum da minha filha seria ótimo.

— Eu já estava indo fazer isso, papai. Vou fazer uma versão sem álcool para Birdie primeiro, depois acrescentarei o rum ao nosso. — Pisquei.

Birdie e eu fomos para a cozinha para começar a preparar os aperitivos da noite. Tostamos castanhas, fizemos ponche e preparamos bandejas de vegetais cortados com batatinhas e molhos variados.

Sebastian pedira ao chef do Bianco's que preparasse uma lasanha especial para nós, que estava na geladeira esperando para ser colocada no forno depois.

Em determinado momento, Birdie ficou pensativa. Depois, disse:

— Minha mãe costumava fazer biscoitos de gengibre em formato de bonequinhos na véspera de Natal.

Meu coração apertou. O fato de que ela estava pensando na mãe naquele momento teve um impacto profundo em mim. Ali estava eu, fazendo o melhor que podia para representar uma figura materna quando, na verdade, nunca seria capaz de substituir Amanda.

— Era mesmo? — perguntei. — Bonequinhos de gengibre. Eu adoro.

— Eu não me lembro de tudo que ela costumava fazer. Mas me lembro das panquecas em formato de Mickey Mouse. — Ela fechou os olhos por um momento antes de continuar: — Eu não quero esquecer. Às vezes, tenho medo de esquecer quando estiver mais velha.

Naquele instante, eu soube exatamente o que precisava fazer.

— Nós não vamos esquecer. Temos ingredientes para fazer bonequinhos de gengibre?

Seu olhar se iluminou.

— Acho que sim...? Eu sei que temos os cortadores de biscoito em uma gaveta.

— Eu acho que precisamos fazer alguns. E se não tivermos os ingredientes, irei agora mesmo comprá-los, ok? Acho que deveríamos fazê-los todo ano, em homenagem à sua mãe.

Ela abriu um sorriso radiante.

— Obrigada. A mamãe gostaria disso.

Acabei tendo que ir rapidamente até o mercado descendo a rua para comprar alguns ingredientes. Felizmente, estava aberto.

Quando estávamos terminando, Sebastian entrou na cozinha.

— Vim ver como estão as coisas. — Os olhos dele pousaram nos biscoitos alinhados na bandeja. — Vocês estão fazendo bonequinhos de gengibre. Agora entendi por que você foi ao mercado.

— Sim. Birdie me disse que a mãe dela sempre os fazia na véspera de Natal.

— É. — Ele sorriu. — Ela fazia.

— Eu disse a ela que precisamos fazê-los todo ano.

Ele olhou para os biscoitos por alguns segundos antes de erguer o olhar para mim e sussurrar:

— Obrigado.

— Não há de quê — sussurrei de volta.

Meu pai entrou na cozinha.

— Estou sentindo cheiro de castanhas tostadas?

Nós quatro nos juntamos em volta da bancada para comer todas as delícias que preparamos junto com o ponche.

Após levar alguns dos itens para a mesinha de centro da sala de estar, nos juntamos em torno da árvore de Natal enquanto meu pai contava histórias da minha infância para Sebastian.

— Então, o que você pediu ao Papai Noel esse ano, Birdie? — meu pai perguntou.

— Nada. Eu tenho tudo de que preciso. Além disso, não sei mais se o Papai Noel realmente existe.

Todos trocamos olhares, sem saber como responder àquilo.

Sebastian arriscou-se primeiro.

— Então, como você explica os presentes que ganha todo ano?

— Não sei. Talvez seja você. Talvez algumas partes sejam verdadeiras, mas outras não. Tipo a chaminé. Escrevi para uma pessoa que achei que fosse o Papai Noel. Eu te contei isso, papai. Eu achava que era o Papai Noel que me respondia, mas não sei mais se era. — Ela deu de ombros. — Mas aconteceram coisas boas, desde então.

Ficamos em silêncio.

— Eu acredito em pessoas boas — ela disse finalmente. — Mas ainda espero ganhar azeitonas e adesivos brilhantes para as unhas esse ano. — Ela piscou para Sebastian.

Suspirei. Nossa garotinha estava crescendo.

*Nossa garotinha.*

De um jeito ou de outro, ela era. Minha garotinha. Não importava qual fosse a verdade.

Sebastian se levantou do sofá.

— Bem, Birdie, você terá que esperar até a manhã de Natal para abrir os seus presentes, porque o *Papai Noel* não estava pronto esta noite. Mas talvez agora seja um bom momento para darmos à Sadie o presente que compramos para ela.

Ela começou a pular.

— Sim! Estou tão animada!

*Será que é agora?*

Meu coração acelerou. Sebastian estava prestes a me pedir em casamento com Birdie ao seu lado? Eles iam me pedir para oficialmente fazer parte da família? Comecei a engasgar um pouco de emoção enquanto eles iam juntos até o quarto.

Meu pai sorriu para mim. Não dava para ter 100% de certeza, mas ele parecia saber de alguma coisa.

*Ele sabia da surpresa?*

Sebastian devia ter pedido sua permissão.

Birdie saltitou pelo corredor ao lado de Sebastian ao voltarem para a sala de estar. Sebastian carregava uma caixa embrulhada com papel vermelho brilhante e um laço dourado.

Ele se sentou ao meu lado antes de me entregar.

— Pensamos bastante sobre o que dar para a alguém que é tão importante para nós. Desde que você entrou por aquela porta, nossas vidas se tornaram mais ricas e cheias de alegria. Esse presente representa a nossa gratidão por você fazer parte do nosso mundo. Nós te amamos.

Minhas mãos tremiam conforme eu tentava abrir a caixa.

E então, meu coração murchou um pouco quando percebi que não era um anel. Fechei os olhos, precisando de um momento para acalmar meus nervos, porque eu tinha tanta certeza. Abri-os novamente. Então, quando vi e compreendi o que havia ali, minhas emoções foram de decepção para completa admiração.

Dentro da caixa, estava uma réplica exata da presilha de borboleta que me guiou até a porta de Sebastian naquele dia, com a diferença de que continha diamantes nela e estava pendurada em uma corrente de ouro branco.

Meu queixo caiu.

— Não tenho palavras.

— Eu comentei com Birdie que você me contou o quanto admirava sua presilha. — Ele piscou para mim, sabendo muito bem que somente eu e ele sabíamos a história completa sobre a presilha e como ela me levou a ser a adestradora de cães.

Ele continuou:

— Nós a levamos a um joalheiro e perguntamos se ele poderia replicá-la em diamantes. Acho que ficou perfeita. Espero que você goste.

Engasgando um pouco com o choro iminente, eu disse:

— Está brincando? Esse é o presente mais genuíno, carinhoso e deslumbrante que já recebi em toda a minha vida.

Após abraçá-los bem forte, Sebastian retirou o colar da caixa.

— Deixe-me colocar em você.

A sensação das mãos de Sebastian em minha pele enviou arrepios por minha espinha enquanto ele colocava o colar em volta do meu pescoço.

Meu pai estava sorrindo de orelha a orelha.

— Ficou lindo, filha.

Birdie admirava a joia com olhos arregalados.

— Agora, você pode pensar em mim toda vez que usá-lo.

Eu a abracei novamente e falei:

— Meu amor, eu não preciso de um colar para pensar em você. Você sempre está nos meus pensamentos. Mas eu o adorei. Significa para mim mais do que você imagina.

Acabou não tendo sinal de anel algum naquele Natal. E tudo bem, por mim. Eu preferia que Sebastian não apressasse uma decisão tão importante. Eu estava um pouco desapontada? Claro. Mas ainda me sentia a mulher mais sortuda do planeta.

# Capítulo 31
## Sebastian

— Marmaduke, olhe para mim.

O cachorro correu em volta do cômodo, com as patas arranhando o piso de madeira.

— Pare, seu cavalo!

Ele continuou a correr em círculos. Então, lembrei-me do comando em alemão para "fica".

— *Bleib!*

Isso funcionou. Ele parou diante de mim.

— Me mostre o que fez com ele.

*Au!*

Ergui a caixa vazia e mastigada, apontando para dentro dela.

— O que você fez com o anel?

*Au!*

Se os últimos dias tivessem sido um filme, se chamaria: *O Ano em que o Cachorro Arruinou o Natal*.

Na manhã da véspera de Natal, eu estava em frente ao espelho em meu quarto, praticando todas as palavras tocantes que recitaria quando me ajoelhasse e pedisse Sadie em casamento. Eu não tinha certeza de quando exatamente faria o pedido — se na véspera ou no dia de Natal. Só sabia que faria isso em algum momento durante esses dois dias, quando parecesse a hora certa.

Birdie sabia de tudo e havia planejado seu pequeno discurso para recitar para Sadie quando *nós* a pedíssemos em casamento. Com o pai de Sadie na cidade para testemunhar tudo, seria épico. Isso até eu decidir deixar o anel na minha mesa de cabeceira enquanto tomava banho. Quando saí do banheiro, a caixa havia sumido.

Não havia a quem culpar além de Duke. Ele era o único que estava em casa na hora, e ficava entrando e saindo do meu quarto momentos antes do meu banho.

Acabei tendo que contar a Birdie. Ela e eu passamos o dia inteiro vasculhando a casa à procura da caixa do anel. Quando finalmente a encontramos, estava vazia. Nosso cachorro havia perdido um anel de diamante da Tiffany de vinte mil dólares.

Acho que eu ainda poderia ter feito o pedido sem ele. Mas eu queria que tudo fosse perfeito, e sem um anel, bem, teria sido uma droga. Graças a Deus eu também tive a ideia de mandar fazer aquele colar, porque pelo menos eu tive algo para dar para Sadie. Que pesadelo.

Então, ali estava eu, no dia depois do Natal, sem anel, só com uma caixa vazia amassada, e falando com o cachorro, esperando uma resposta feito um lunático — como se eu pudesse, de alguma forma, negociar com ele e convencê-lo a me contar o que tinha feito com a joia.

O fato de que havíamos revirado a casa inteira e, ainda assim, não conseguimos encontrar o anel, era muito desanimador, para dizer o mínimo.

Se não aparecesse nas próximas semanas, eu teria que comprar um novo anel. Mas ainda não tinha perdido as esperanças por completo.

Além disso, as coisas estavam um pouco estranhas. Senti algo em Sadie quando ela foi embora pela manhã, como uma decepção. Fiquei pensando se ela estava secretamente esperando que eu fizesse o pedido. Isso deixou tudo ainda pior, porque eu queria desesperadamente colocar aquele anel em seu dedo.

Birdie entrou em meu quarto, enquanto eu continuava a tentar negociar com o cachorro.

— Teve sorte, papai?

— Não. E você?

Ela negou com a cabeça.

— Não. Olhei até mesmo nos meus bichinhos de pelúcia, pensando que talvez Marmaduke tivesse brincado e deixado o anel em algum deles. Mas não encontrei nada. Tem mais algum lugar onde possamos procurar?

Olhando em volta e coçando minha cabeça, eu disse:

— Acho que já procuramos em cada canto da casa.

Birdie ajoelhou-se diante do cachorro.

— Marmaduke, por favor, nos diga onde colocou o anel de Sadie. — Ele apenas começou a lamber o rosto dela. Nem mesmo minha filha pôde fazer sua mágica com ele nessa situação.

A campainha tocou. Meu coração acelerou um pouco, porque eu sabia que era Sadie voltando para nossos planos da tarde. Ela tinha ido em casa apenas para trocar de roupa. Nós levaríamos Marmaduke ao parque e, em seguida, iríamos ao Bianco's para jantar. Depois, voltaríamos para casa para assistir a um filme.

Abri a porta para deixá-la entrar.

— Oi, amor — eu disse ao me inclinar para beijá-la.

As bochechas de Sadie estavam rosadas do frio.

— Oi.

— O seu pai chegou bem em casa?

— Sim. Ele acabou de ligar. Está de volta a Suffern em segurança.

— Que bom. Foi bom poder passar esse tempo com ele.

— Sim. Ele também gostou muito da companhia de vocês. — Ela sorriu.

Birdie entrou na sala de estar já vestida em seu casaco.

— Estamos prontos, Sadie!

— Oi, srta. Birdie. — Ela abraçou minha filha. — Sentiu minha falta nas três horas em que estive fora?

— Muita! — Ela deu risadinhas.

Nós três saímos para nosso passeio, com o cachorro *nos* levando, ao invés do contrário.

Quando chegamos ao parque, deixamos Marmaduke correr pela área cercada um pouco enquanto nos sentamos em um banco e ficamos ouvindo Birdie falar sem parar sobre as crianças de sua escola. Enquanto isso, passei o tempo todo pensando no maldito anel. Esperava que minha falta de atenção não estivesse tão óbvia. Eu odiaria ter que mentir para Sadie se ela perguntasse por que eu parecia preocupado.

Vinte minutos depois, Marmaduke finalmente começou a se cansar. Levantamos do banco e começamos a retornar para casa para deixá-lo e podermos ir ao restaurante para o jantar.

Após alguns quarteirões, o cachorro parou debaixo de uma árvore. Nós sabíamos o que aquilo significava. Então, aguardamos enquanto ele se agachava. Sadie estava segurando o saquinho de lixo, então curvou-se para recolher as necessidades dele.

Ela congelou de repente.

— O que houve? — perguntei.

Sadie estava boquiaberta.

Ela mal conseguia falar.

— Hum... tem um... anel... de diamante... no cocô dele!

Birdie deu um gritinho e começou a pular.

— Oba!

E eu? Fiquei apenas parado na calçada com os olhos arregalados, sem acreditar.

*Porra, não é possível.*

Em vez de explicar, aconteceu algo inesperado. Eu simplesmente comecei a gargalhar incontrolavelmente. Devia ser uma manifestação do estresse que passei nos últimos dias. Aparentemente, era contagioso, porque Birdie também caiu na gargalhada. Sadie foi a última a ceder, mas acabou perdendo o controle e começou a rir. Marmaduke começou a latir para nós.

Assim que me recuperei da minha histeria, percebi que Sadie ainda estava ali de pé olhando para o diamante grande e oval — e tudo que viera junto com ele.

Ergui meu dedo indicador.

— Fique aqui. Não se mexa.

— É... não vou a lugar algum nesse momento. — Ela riu.

Felizmente, havia um mercado na esquina. Entrei correndo, pedi ao homem do balcão algumas sacolas plásticas e agradeci abundantemente.

Corri de volta até onde elas estavam e usei uma das sacolas para cobrir minha mão e poder pegar o anel cuidadosamente antes de colocá-lo em outra sacola.

Sadie, então, recolheu o restante com a sacolinha que tinha e a amarrou.

Agora que havíamos nos recuperado do nosso ataque de risos, estávamos os três ali, parados. Eu precisava explicar sobre o anel, mas não sabia bem como fazer isso. Então, fiz o que pareceu certo naquele momento.

Ajoelhando-me, eu disse:

— Sadie, esse momento provavelmente ficará na história como um pedido de casamento de merda, o pior de todos. Mas agora que você viu o que viu, não posso mais apagar. A surpresa já está arruinada, então vou fazer o que preciso. — Respirei fundo. — Eu queria tanto fazer o pedido no Natal. Birdie e eu vínhamos planejando há um tempo. Mas aí, como você já deve ter deduzido, o anel sumiu. Vasculhamos todos os cantos procurando por ele. E agora está claro por que não o encontramos. — Olhei para o céu para organizar meus pensamentos antes de encontrar seu olhar novamente. — Eu fiquei devastado, porque achei que o anel era uma parte importante do processo e escolhi adiar algo que, no meu coração, eu não queria mais adiar. Aparentemente, esse foi o jeito do Universo de me mostrar que o anel não era a parte mais importante. A parte mais importante de um pedido de casamento é a expressão do amor. — Coloquei uma mão no peito. — Eu te amo. Birdie ama você. Por favor, diga que aceita fazer parte da nossa família para sempre?

Lágrimas cobriam o rosto de Sadie, suas palavras mal saindo coerentes enquanto ela assentia.

— Sim! É claro, seria uma honra. Sim!

Então, levantei para dar um beijo intenso na minha mulher — minha mulher, que ainda estava segurando uma sacolinha de cocô. Mas, de algum jeito, nada disso parecia importar naquele momento. Minha filha deu pulinhos e bateu palmas, enquanto Marmaduke continuava a latir para nós. Birdie infiltrou-se entre nós e a abraçamos.

Saímos das risadas para um choro coletivo. Se alguém tivesse nos assistido da calçada do começo ao fim, só me restava imaginar que estaria completamente confuso ou completamente entretido.

— Prometo mandar desinfetar o anel devidamente — eu disse.

Ela enxugou os olhos.

— É tão lindo, pelo que pude ver.

Virei-me para o cachorro.

— Você poderia ter se engasgado com isso, seu animal maluco.

Sadie deu risada.

— Acho que foi conveniente ele ter feito parte disso, de certa forma, já que ele teve um papel importante em nos tornarmos uma família.

Birdie proclamou, animada:

— E agora eu posso dizer a todo mundo que o meu cachorro faz cocô de diamantes!

# Epílogo

## Sadie

*Oito anos depois*

O feriado de Natal havia se tornado minha nova época favorita do ano. Enquanto esperava, na porta, Birdie chega em casa da faculdade para as festas de fim de ano, eu mal podia suportar. Estava com tanta saudade dela.

Ao longo dos anos, Birdie se tornou uma melhor amiga para mim. Nosso relacionamento era diferente de um relacionamento típico de mãe e filha. Nasceu de uma escolha consciente e do desejo de estar na vida uma da outra. Não éramos unidas por sangue, mas sim por algo mágico e sem nome que parecia ainda mais forte.

*Sangue.* Essa palavra imediatamente me lembrou de um dos dias mais difíceis da minha vida, o dia em que contamos a verdade a Birdie. Sebastian e eu decidimos que, quando ela fizesse dezesseis anos, contaríamos sobre a doação de óvulos. Alguns meses depois de seu aniversário, nos sentamos com ela e o envelope, e lhe contamos a história, não apenas sobre a doação, mas sobre todas as circunstâncias que me guiaram até suas vidas e, finalmente, sobre a possibilidade de eu ser sua mãe biológica.

Ela ficou apenas sentada e quieta, enquanto colocávamos todas as cartas na mesa. Lembro-me de pensar que ela devia estar em choque total, porque, de tudo que ela poderia ter dito, a primeira pergunta que saiu de sua boca foi:

— Você fingiu ser a adestradora de cães?

Quando a ficha começou a cair, foi difícil. Esse foi certamente um dia intenso e emocionante, que eu nunca esqueceria enquanto vivesse. Suas emoções foram do choque à confusão, à tristeza e, por fim, à compreensão. Demorou cerca de um ano inteiro para que as coisas parecessem normais de novo depois disso. Mas, eventualmente, isso aconteceu. E, na verdade, contar a ela fez com que nosso relacionamento se fortalecesse. No fim das contas, por mais louca que fosse nossa história, todas as peças ainda estavam unidas firmemente pelo amor.

Depois da revelação, ela levou quase aquele ano inteiro também para decidir se queria descobrir os resultados do teste de DNA. Decidimos que, se ela quisesse, faríamos um exame de sangue tradicional apenas para ter certeza da precisão. No entanto, Birdie finalmente chegou à conclusão de que saber se éramos parentes de sangue não mudaria o quanto ela me amava. Ela também acreditava que Amanda talvez não quisesse que ela descobrisse. Então, achou melhor continuar sem saber. Sebastian e eu respeitamos totalmente sua decisão, e assim que ela a tomou, uma sensação de alívio tomou conta da nossa casa. Finalmente, conseguimos seguir em frente.

Sebastian, Birdie e eu acabamos pegando o envelope, que estava guardado no quarto de Birdie, e o queimamos.

E foi isso.

Uma parte de mim sempre se perguntaria? Claro. Mas, no fim, não mudava absolutamente nada. E era isso que importava.

Ironicamente, depois de todos esses anos, as cartas voltaram a fazer parte do nosso relacionamento. Escrever para mim era a maneira favorita de Birdie de manter contato enquanto estava na faculdade. Ela disse que era como um diário; a única diferença era que ela compartilhava seus pensamentos e sentimentos comigo em vez de mantê-los privados. Eu me sentia tão feliz por saber que ela me considerava como não somente uma figura materna, mas uma amiga. Eu esperava animada por cada uma de suas cartas.

Meu filho se aproximou por trás de mim, despertando-me dos pensamentos.

— O que você está usando na cabeça, mamãe?

Puxei-o para mim enquanto continuava a olhar pela janela.

— Oh... é a minha coroa especial. A sua irmã me deu há muito tempo.

— Parece muito pequena para você.

Dei risada.

— Esse é o seu jeito de me dizer que *você* quer usá-la?

Seb contorceu seu rostinho adorável, como se tivesse sentido cheiro de peixe podre.

— Não! Coroas são para meninas.

— Na verdade, eu acho que qualquer pessoa pode usar uma coroa. — Inclinei-me e acariciei seu nariz com o meu. — Mas fico feliz por você não querer usar a minha, porque é a minha joia favorita.

Seb Junior nascera havia seis anos, concebido através de uma inseminação artificial com um dos meus óvulos congelados depois de Sebastian e eu passamos alguns anos tentando, sem sucesso, engravidar naturalmente. Como sua irmã, Seb tinha cabelos loiros e era a cara de Sebastian.

— Ela não chegou ainda? — Ouvi meu marido perguntar atrás de mim.

— Não. O carro deve ter ficado preso no trânsito.

Sebastian pousou sua mão na parte baixa das minhas costas.

— Deus. Fico pensando que Marmaduke vai ficar animado em vê-la, mas aí lembro que ele não está mais aqui.

Uma lágrima começou a descer pelo meu rosto ao pensar naquilo.

Nosso cachorro precioso faleceu de linfoma há poucos meses, logo depois de Birdie ir embora para seu primeiro semestre em Stanford. Aquele dia — ter que ligar para ela e dizer que Marmaduke havia partido — foi o segundo dia mais difícil da minha vida.

Pegamos a plaqueta com seu nome e mandamos fazer um colar para Birdie como presente de Natal. Queríamos que ela tivesse algo para sempre se lembrar dele, já que eles tiveram um relacionamento tão especial.

— Ela chegou! — Seb Junior anunciou animado quando viu o Uber de Birdie estacionar em frente à nossa casa.

Sebastian correu até a porta. Meu filho e eu fomos logo atrás dele. Foi como uma competição.

Birdie saiu do veículo. Somente vê-la de longe colocou um enorme sorriso no meu rosto. Recentemente, ela desenvolvera um estilo muito boêmio chique. Seus longos cabelos loiros estavam presos em uma trança lateral, e ela usava uma saia esvoaçante que ia até o chão. Mas foi o que estava no topo de sua cabeça que fez meus olhos marejarem. Cobri minha boca, ficando emocionada. Minha Birdie também estava com sua coroa na cabeça. Mal pude acreditar. Se bem que isso não deveria ter me surpreendido tanto. De alguma forma, sempre estivemos na mesma sintonia, desde o início.

Birdie subiu as escadas correndo e jogou-se nos braços de Sebastian.

Ele a abraçou com firmeza.

— Minha garotinha está em casa.

— Estou tão feliz por estar em casa! — Ela curvou-se para bagunçar os cabelos de seu irmãozinho. — Oi, pequeno. Obrigada por cuidar do forte por mim.

Quando se ergueu novamente, ela veio me abraçar.

— Smamãe! Você também está usando a sua! Eu senti tanta saudade.

"Smamãe" foi o nome que ela me deu pouco tempo depois de Sebastian e eu nos casarmos. Era apelido de Sadie-Mamãe. Sinceramente, era perfeito para nós. Eu não era realmente sua mamãe. Eu era sua Sadie-Mamãe.

Ela olhou em volta, e então vi as lágrimas se formarem em seus olhos quando se tocou de que nosso cachorro enorme não apareceria correndo para cumprimentá-la. Era a primeira vez, desde seus dez anos de idade, que ela estava entrando nessa casa sem ele.

— Não acredito que ele morreu.

Enxuguei meus olhos.

— Eu sei, querida.

— É literalmente o único motivo pelo qual eu não queria vir para casa.

Sebastian afagou suas costas.

— Ele era como sua alma gêmea. Ele sempre estará com você, Birdie.

— Podemos ir ao túmulo dele amanhã?

— É claro — eu disse. — Estávamos planejando fazer isso em algum momento durante as suas miniférias.

Ela balançou a cabeça.

— Ok. Pensamentos felizes. Pensamentos felizes. — Ela virou-se para mim. — Estou morrendo de fome.

— Bom, eu acabei de fazer a sua salada de couve favorita e o seu pai trouxe Macarrão à Bolonhesa da Birdie do restaurante hoje.

Ela deu um soco no ar.

— Isso!

Nós quatro fomos para a sala de jantar, onde eu já havia posto a mesa.

— Magdalene vai passar aqui? — Birdie perguntou. — Estava esperando vê-la.

— Ela virá nos visitar amanhã para dar um oi na véspera de Natal.

— Ah, legal.

Magdalene não trabalhava mais para nós, mas ainda era como da família. Mantivemos contato, e Birdie fazia questão de escrever para ela o tempo todo enquanto estava na faculdade. Magdalene nos informara há alguns anos que precisava parar de trabalhar para cuidar do marido doente. Foi o momento perfeito, realmente, porque eu já estava pensando em sair da revista para ficar em casa com Seb. Então, deu certo para todos.

Olhando para trás, essa foi uma boa decisão, considerando que eu daria à luz pela segunda vez em alguns meses.

Birdie fez uma pausa para olhar para minha barriga antes de se servir com uma porção generosa de salada.

— A sua barriga cresceu muito, Smamãe.

Acariciei minha barriga.

— Eu sei. Loucura, né?

É engraçado como a vida acontece, às vezes. Sebastian e eu tentamos durante anos engravidar antes do nosso filho e acabamos recorrendo à inseminação artificial. Então, quando aceitamos o fato de que provavelmente não teríamos mais filhos, engravidei naturalmente. Ficamos surpresos, mas em êxtase.

— Vocês vão descobrir o sexo? — Birdie perguntou.

— Não sei — Sebastian respondeu. — Smamãe e eu estávamos falando sobre isso. O que você acha? Esse deve ser uma surpresa?

— Essa família é muito boa em *surpresas* — ela disse sarcasticamente. — Então, é, acho que sim!

Birdie passou os minutos seguintes enfiando comida na boca.

Em determinado momento, ela parou para falar:

— Então...

Inclinei minha cabeça para o lado.

— Sim?

— Eu convidei uma pessoa para vir aqui amanhã à noite na véspera de Natal.

Sebastian ergueu as sobrancelhas.

— Uma pessoa?

— Sim. Meu... namorado. — Birdie parecia estar se preparando para a resposta do pai.

Pude literalmente ver a veia pulsando no pescoço de Sebastian.

— Namorado...

— É. Você sabe... eu tenho quase dezenove anos.

— Qual é o nome dele? — perguntei.

— Não ria. — Ela limpou a boca com um guardanapo. — É Duke.

— Mentira! — eu disse. — Deve ser um bom presságio.

— Ou poderia significar... que ele é um cachorro — Sebastian comentou, impassível.

— Pai! — Birdie revirou os olhos. — Ele é um cara legal.

— Eu que vou julgar isso! — Seb Junior gritou do nada. Ele aprendeu aquela frase com Sebastian, que a dizia com frequência.

Todos viramos para ele e rimos. Ele era tão inteligente para sua idade, como um pequeno adulto. Mesmo aos seis anos, ele já era protetor com a irmã.

Sebastian suspirou.

— Tentarei me comportar.

— A família dele mora no Brooklyn. É uma coincidência nós dois sermos de Nova York.

Estendi minha mão para tocar a dela.

— Bem, estamos ansiosos para conhecê-lo.

Durante a hora seguinte, acabamos com toda a comida enquanto Birdie nos contava histórias sobre seu primeiro ano na faculdade. Para a sobremesa, eu havia feito biscoitos de gengibre em formato de bonequinhos. Eu nunca deixava de fazê-los durante as festas de fim de ano, em homenagem a Amanda.

Birdie tomou um gole de água antes de erguer o dedo indicador.

— Ah, esqueci de contar para vocês. Na minha aula de genética, estávamos estudando genótipos e características. Uma das vantagens do curso é um desconto enorme para os alunos naqueles testes de DNA. Vocês sabem, aqueles kits que você pede pela internet e envia uma amostra de saliva? Lembra, pai, que eu sempre colocava um desses na minha lista de Natal todo ano, mas o Papai Noel nunca me trouxe um?

Sebastian me lançou um olhar, e então disse:

— Sim, eu me lembro.

— Bem, eu finalmente fiz o meu. Os resultados foram bem intrigantes. Sou basicamente uma vira-lata. Mas sabem qual é a parte realmente interessante?

— Qual? — Sorri.

— Eu sou parte chinesa.

Meu sorriso desvaneceu ao absorver suas palavras. Senti o sangue correr e pulsar rápido por todo o meu corpo.

Sebastian e eu apenas olhamos um para o outro.

E simplesmente... sabíamos.

Agora, nós sabíamos.

*Uau.*

*Isso é... uau.*

Não estávamos buscando a verdade, mas parecia que a verdade tinha nos encontrado. E, assim como cada parte da nossa jornada... foi mágico.

*Fim*

# Agradecimentos

Obrigada a todos os blogueiros incríveis que ajudaram a espalhar as novidades sobre este livro para os leitores. Somos muito gratas por todo o apoio.

Para Julie. Obrigada por sua amizade e por estar sempre pronta para nossas pequenas aventuras!

Para Luna. Obrigada por sua amizade, encorajamento e apoio. Hoje o número mágico foi setenta. Mal posso esperar para ver o que é quando você ler isso.

Para nossa superagente, Kimberly Brower. Obrigada por nos aturar!

Para nossa incrível editora na Montlake, Lindsey Faber, e para Lauren Plude e toda a equipe da Montlake. A empolgação de vocês com este livro começou no resumo e nos manteve motivadas durante todo o processo. Obrigada por fazerem este livro brilhar.

Por último, mas não menos importante, aos nossos leitores. Obrigada por nos permitir entrar em seus corações e lares. Nos sentimos honradas por vocês continuarem voltando para nos acompanhar nesta jornada de publicação. Sem vocês, não haveria sucesso!

Com muito amor,

Penelope e Vi

# Editora Charme

Entre em nosso site e viaje no nosso mundo literário.
Lá você vai encontrar todos os nossos
títulos, autores, lançamentos e novidades.
Acesse www.editoracharme.com.br

Você pode adquirir os nossos livros na loja virtual:
loja.editoracharme.com.br

Além do site, você pode nos encontrar em nossas redes sociais.

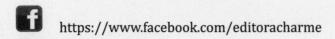 https://www.facebook.com/editoracharme

 https://twitter.com/editoracharme

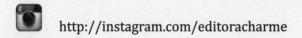 http://instagram.com/editoracharme

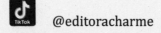 @editoracharme